Das Papolupatal
Die federleichte Rückkehr

Das Papolupatal

Die federleichte Rückkehr

Eine Geschichte für ältere Jugendliche
und jung gebliebene Erwachsene

von P. C. Nunes Monteiro & J. Roos

www.papolupatal.de

Bibliografische Information der Deutschen Nationalbibliothek
Die Deutsche Nationalbibliothek verzeichnet diese Publikation
in der Deutschen Nationalbibliografie; detaillierte bibliografische
Daten sind im Internet über http://dnb.d-nb.de abrufbar.

Umschlagdesign, Satz, Herstellung und Verlag:
BoD – Books on Demand
ISBN 978-3-7357-6767-7

Inhalt

Für Birgit:
Denk an den Stein und daran,
dass alles auch immer eine gute Seite hat!

Zweiter Teil

Prolog

In *„Ein federleichter Anfang"*, dem Beginn unserer Geschichte, habt ihr mit mir erlebt, wie ich die ersten Farben meiner Welt erblickte. Im weiteren Verlauf lerntet ihr meine Familie kennen und wart natürlich auch am großen Tag unseres Ausfliegens dabei!

Ihr erfuhrt ferner, warum Mama und Papa ihren eigenen Weg einschlugen, wie sie gegen das grauenhafte Unwetter ankämpften und dem großmäuligen Chikotte zu Hilfe kamen, der dadurch ebenfalls in Not geraten war.

Auch seid ihr dabei gewesen, als sie zusammen mit ihren Freunden einige Jungvögel aus einer ziemlich misslichen Lage befreiten.

Natürlich habt ihr auch von dem gefräßigen Wels erfahren, der unsere Eltern bereits zu seiner Zwischenmahlzeit auserkoren hatte.

Wie ihr nun wisst, sind sie schließlich nach ihrer abenteuerlichen Reise wohlbehalten auf dem Rabenhorn angelangt!

Meine Geschwister und ich bestanden unterdessen unsere eigenen Herausforderungen! Federnah habt ihr miterlebt, wie wir nur um Krallenbreite raubgierigen Ameisen entkommen konnten und wie wir unseren heldenhaften Grünspecht Stechbert von Schnuddel kennenlernten.

Sicherlich könnt ihr euch genauso gut an den schwerhörigen Langohrigel Kleimi, das lauschende Eichhörnchen Pinselohr und die Nusshöhle der Haselmausschwestern erinnern.

Wenn ihr mir gut zugehört habt, wisst ihr bestimmt auch noch, warum Omelettegesicht immer jammernd durch den nächtlichen Himmel schwebt und weshalb der Pfeifhase Pepe´leoh vor dem Bären Zucker-schnute davongehoppelt ist.

Außerdem habt ihr uns mit den Bibern begleitet, als wir mit der armen Tütelütü zur Keainsel reisten und wie wir von dort in Begleitung Torna-dos, auf eine ungewisse Reise durch die Röhre, zum Plateau aufbrachen. Denn schließlich sollten ja dort die Seerosenblüten mit den vielen „Mi-nerals" wachsen, mit deren Hilfe wir hofften, Tütelütüs Federproblem zu lösen!

Wenn ihr euch zwischenzeitlich wieder von den schwindelerregenden Ereignissen des ersten Teils erholt habt und noch ausreichender Aben-teuergeist bei euch vorhanden ist, dann folgt mir nun. Haltet aber bitte eure Federn gut fest, denn es werden erneut heftige Turbulenzen auf-treten!

Euer Blaukäppchen

1. Erwachen am Rabenhorn

Arle wurde von leisem Flüstern geweckt und öffnete ihre noch vom Schlaf verklebten Augen.

Sie hockte auf dem wippenden Zweig einer mächtigen Kiefer. Ihr Gefährte Gego befand sich neben ihr und bewegte sich schlafend im Einklang mit den schlingernden Bewegungen des Zweiges. Jetzt kehrten Arles Erinnerungen zurück: Sie waren auf dem Rabenhorn, wo sie ja am Vorabend eingetroffen waren!

Schlagartig wurde ihr auch wieder bewusst, dass sie ihre Kleinen beim Heimbaum zurückließen, weil sie ihnen eine solche weite und gefährliche Reise nicht hatten zumuten wollen. Dazu kam noch, dass deren Flügel dafür noch gar nicht kräftig genug waren. Nicht zum ersten und mit Sicherheit auch nicht zum letzten Male wünschte sie sich, dass es ihnen während ihrer Abwesenheit gut ergehen würde!

Nach ihrer Ankunft hier oben auf dem Rabenhorn hatten sie Onkel Butterschnabel und den seltsamen Nacktschnabelhäher Bickabolo getroffen, welcher sie sogleich einem Verhör unterzogen hatte. Eine Frage war der nächsten gefolgt, wobei er sie die ganze Zeit mit bohrenden Augen fixiert hatte. Was der so alles hatte wissen wollen! Doch im weiteren Verlauf des Abends, als sie die Geschichte ihrer Herreise erzählt hatten, war er zunehmend entspannter geworden und verlor dabei immer mehr seine misstrauische Haltung.

Nun wurde Arles Aufmerksamkeit auf die Wiese gelenkt, die sich scheinbar endlos in westliche Richtung ausbreitete. Gestern noch hatten sich hier in der Nähe des Baumstammes viele schlafende und schnarchende Steinböcke aufgehalten. Jetzt zogen diese grasend oder herumtollend in einiger Entfernung über den wogenden Grassee.

Ursprünglich waren die beiden Blaumeisen aufgebrochen, um einem Bruder Arles zu helfen, der sich laut Frau Platsch hier im Gebirge verletzt haben sollte. Doch im Verlauf ihrer Herreise stellte sich heraus, dass es sich dabei nicht um einen von Arles Brüdern gehandelt hatte, sondern um Onkel Butterschnabel.

Die Kohlmeise war bereits durch den Nacktschnabelhäher Bickabolo und die Seinen versorgt worden. Onkel Butterschnabel befand sich schon auf dem Weg der Besserung und würde heute mit ihnen den Rückweg zu ihrem Heimbaum antreten. Da sein Flügel noch nicht vollständig ausgeheilt war, würden sie deshalb nur ein wenig langsamer reisen müssen. Aber das machte nichts, denn sie würden ja nach Hause zurückkehren. Zurück zu Federchen, Blaukäppchen, Bürste, Kralle, Piep und Samtbäuchlein – ihren Kleinen, die sie beide so sehr vermissten!

2. Butterblumen zur Beruhigung

Als Arle sich umschaute, sah sie Onkel Butterschnabel und Bickabolo am Ende des Astes hocken. Sie unterhielten sich in gedämpftem Tonfall, wahrscheinlich um niemanden aufzuwecken. Während sie diese betrachtete, fragte sich Arle nicht zum ersten Mal, wo der Onkel nur immer diese Butterblumen herbekäme. Sie hingen ihm bei jeder Gelegenheit aus dem Schnabel – wie auch jetzt wieder. Es schien fast so, als würden sie darin wachsen. Eine andere mögliche Erklärung für Arle war, dass der Waldwichtel ihm immer heimlich zuflüsterte, wo diese gerade zu finden waren!

Um Gego noch nicht aufzuwecken, hüpfte sie möglichst leise den Ast entlang. Als Bickabolo dies bemerkte, hob er seinen Kopf und stieß gleichzeitig einen kurzen Pfiff in Richtung des Baumwipfels aus. Wie der Blitz kamen darauf zwei Rabenvögel aus dem Baum herabgezischt.

Sie brachten Arle verschiedene Sämereien, Pinienkerne und auch Beeren zum Frühstück, welche sie vor ihr auf dem Ast ausbreiteten. Bickabolo nickte ihnen wohlwollend zu und kraulte ihnen zum Dank dafür noch kurz mit seinem Schnabel den Nacken. Rabenvögel machten das gerne, um den Gruppenzusammenhalt zu festigen!

Leise fragte Bickabolo den zuletzt gelandeten Rabenvogel in einem verschwörerischen Tonfall, ob er auf dem Weg hierher irgendjemanden mit verdächtigem Verhalten bemerkt habe. Darauf schüttelte der Angesprochene verneinend den Kopf und flog dann dem anderen Rabenvogel geschäftig hinterher!

Gestern Abend hatten sie noch alle bis weit nach der Dämmerung in dem Heimbaum von Bickabolo und seiner Gefährtin Hakeka gehockt. Dort in der riesigen Kiefer hatten die Blaumeisen von ihrer ereignisreichen Herreise zum Rabenhorn erzählt. Je mehr sie erzählten, desto voller war es auf den Ästen um sie herum geworden. Am Ende ihrer Erzählung war fast jeder Ast von Vögeln besetzt gewesen – weil in der rauen Umgebung des Rabenhorns natürlich alle Bewohner spannende Geschichten zu schätzen wussten!

Sogar ein paar Steinböcke, wie Gotondro oder auch der arme, verwirrte Hornrich, befanden sich unter der Zuhörerschaft. Sie hatten unterhalb der Äste auf der Wiese gestanden, die nun von einer dünnen Nebelschicht bedeckt war, da so hoch in den Bergen die Nächte immer ziemlich feucht waren. Die ersten Strahlen der Sonne sorgten am Morgen dafür, dass die Feuchtigkeit aus dem Boden stieg und sich als Nebelteppich auf das Gras legte. An diesem Morgen zupfte die sich sanft bewegende Luft bereits erste Stücke davon heraus und verschwand damit irgendwo weit oben im Himmel. Heute würde sicherlich ein sonniger Tag werden – und das war auch gut so!

Die rege Betriebsamkeit, welche bereits auf der Wiese herrschte, erinnerte Arle wieder daran, dass an diesem Tag ein Wettkampf stattfinden sollte. Da Bickabolo wusste, dass die Blaumeisen zu ihrem Heimbaum zurückkehren wollten, hatte er sich am Vorabend zusammen mit Gotondro überlegt, dass die drei Gewinnerteams daraus sie auf ihrer Rückreise begleiten sollten. Zum einen, weil Onkel Butterschnabel noch nicht ganz gesund war, und zum anderen, weil es natürlich mehr Spaß machen würde, in einer Gruppe zu reisen!

Arle pickte genüsslich an einer Beere herum, während sie nebenbei dem Gespräch zwischen Bickabolo, Onkel Butterschnabel und dem Steinbock Gotondro zuhörte, der graskauend unter ihrem Ast stand. Die drei fachsimpelten über den anstehenden Wettkampf und die Blaumeise fragte sich zum wiederholten Male, wie es nur sein konnte, dass sich ausgewachsene Tiere dermaßen wegen eines Spieles erregen konnten – ganz so, als ob es nichts Wichtigeres geben würde. Sie hatte diese Frage bereits am Vorabend Onkel Butterschnabel und Gego gestellt, aber nur erstaunte Blicke von ihnen geerntet.

Ihre weiteren Überlegungen zu diesem Thema wurden nun durch Gego unterbrochen, der inzwischen aufgewacht war und den Ast entlang auf sie zugehüpft kam. Seine Kopffedern wirkten noch ziemlich unordentlich und wiesen in jede erdenkliche Richtung, was durchaus passieren konnte. Im Besonderen, wenn man sich die ganze Nacht den Schlafflügel über den Kopf hielt und die Nachtluft dazu noch sehr feucht war. Das Schlimme daran war aber, dass Arle ganz genau wusste, dass ihr Gefährte den ganzen Tag lang so herumhüpfen konnte, ohne dass ihn das in irgendeiner Weise stören würde!

Sie schnäbelte flüchtig mit ihm und blickte ihn leicht vorwurfsvoll an. Daraufhin begann sie geschäftig seine vorwitzigen Kopffedern mit einem ihrer Flügel zu glätten, bis sie schließlich mit seinem Aussehen einverstanden war. Anschließend gab Arle dem Nacktschnabelhäher ein Zeichen, der dann erneut einen Pfiff ausstieß. Unmittelbar darauf kamen abermals zwei Rabenvögel aus dem Baum herabgezischt, doch jetzt waren es andere als vorhin und sie brachten die Nahrung für Gego. Bickabolo dankte auch ihnen mit einem Nackenkraulen. Bevor die zwei Vögel wieder in die Baumspitze fliegen konnten, flüsterte er einem von ihnen noch etwas zu. Dieser blickte ihn aufmerksam an, schüttelte nach einem Moment den Kopf und flog mit seinen Artgenossen davon.

Zwischenzeitlich steuerten die Wettkampfvorbereitungen ihrem Höhepunkt entgegen. Gerade wurden am südlichen Ende der Wiese mehrere Tannenzapfen in einer Reihe ausgelegt. Auf den fragenden Blick von Gego erklärte ihm Bickabolo:

„Alle Teilnehmer stellen sich nachher im Norden der Wiese auf, wo wartende Helfer je einen Steinbock und einen Vogel mit einer besonderen Pflanzenfaser verbinden."

Er machte eine Pause, um der Blaumeise die Gelegenheit zu geben, sich das vorzustellen, und fuhr dann fort:

„Wenn der Spielwächter pfeift, bewegen sich alle Mannschaften zum südlichen Ende des Feldes – so schnell es eben geht! Sie nehmen einen der dort liegenden Tannenzapfen auf und laufen damit wieder umgehend zurück nach Norden."

„Ja, genau bis dahin, wo ihr das große Nest sehen könnt", schaltete sich Gotondro dazwischen.

Die Blicke der drei Meisen wanderten in die angegebene Richtung. Das kunstvolle Gebilde war von ihrem Ast aus gut zu sehen. Es stand fast unmittelbar neben dem Zugang zur Schlucht, durch die sie am Vorabend hier hochgelangt waren.

Das Nest hatte ungefähr die Höhe von zwei Rabenvögeln, die übereinanderhockten. Als Baumaterial waren Äste von Weiden ausgewählt worden, zwischen die verschiedenste Blüten gesteckt worden waren. Wie Bickabolo ihnen bereitwillig erklärte, dienten diese nur der Verschönerung – was aber eindeutig untertrieben war. Die drei Meisen waren augenblicklich begeistert von der Blütenpracht, die sich ihnen darbot.

„In das Nest wird dann der Tannenzapfen hineingeworfen – natürlich unter den strengen Blicken des Spielwächters und seiner Gehilfen. Die ersten drei Mannschaften, die das geschafft haben, sind die Sieger, und der Wettkampf ist beendet!"

Der Nacktschnabelhäher schaute daraufhin die Meisen nachdrücklich an und Gotondro sagte volltönend, Bickabolos Gesprächspause nutzend:

„Aber glaubt jetzt nur nicht, das wäre so einfach! Löst sich beispielsweise eine Pflanzenfaser, aus welchem Grund auch immer, muss die entsprechende Mannschaft zum nördlichen Ende zurückkehren – ohne Tannenzapfen! Sind sie dort angelangt, werden die beiden erneut verbunden und erhalten auch wieder einen Tannenzapfen. Dann müssen sie den anderen schleunigst hinterher und je später eine Mannschaft getrennt wird oder ihren Tannenzapfen verliert, desto schwerer wird es natürlich auch für sie, die anderen wieder einzuholen!"

Bickabolo hatte mehrmals während der Erklärung des Steinbockes seinen Schnabel geöffnet, um etwas zu sagen, doch jetzt hielt er es nicht mehr aus und es quoll aus ihm hervor:

„Schaut da! In der Mitte des Spielfeldes!"

Die Meisen taten, wie er ihnen geheißen hatte. Dort sahen sie einen langen Graben, der randvoll mit Schlamm angefüllt war. Unmittelbar daneben breitete sich ein dichtes Gebüsch aus.

„Dieses Buschwerk ist der Irrweg des Erfolges", erklärte der Nacktschnabelhäher mit einem dramatischen Unterton, „und seitlich davon befindet sich der Graben der Läuterung!"

Er schaute nun so, als erwarte er, dass einer von ihnen etwas dazu sagen würde.

„Hübsch, aber ein paar Blumen würden es bestimmt noch verschönern!", meinte Arle, da ihr gerade nichts Besseres dazu einfiel.

Der Nacktschnabelhäher sah sie ein wenig irritiert an, bevor er fortfuhr:

„Der Irrweg des Erfolges ist ein verschlungenes, tückisches Labyrinth. Niemand darf sich vor Spielbeginn in dessen Nähe aufhalten oder gar darüberfliegen! Die Gänge des Irrgartens werden vor jedem Spiel geändert. Manche enden einfach, andere führen zum Eingang zurück, wieder andere in den Graben der Läuterung – und nur zwei führen auf die andere Seite!"

„Erzähl ihnen von dem Graben, erzähl ihnen von dem Schlamm!", forderte Onkel Butterschnabel nun den Steinbock ebenso leidenschaftlich wie ungeduldig auf.

„In den Graben der Läuterung werden das ganze Jahr hindurch immer wieder Äste oder Pflanzen hineingeworfen – manchmal sind es nur Zweige oder einfaches Gras, dann wieder starke Äste oder kleine Baumstämme. Weil das Hineingeworfene natürlich unterschiedlich schnell vermodert, ist der Schlamm im Graben auch nicht an allen Stellen gleich tief!"

Dem Nacktschnabelhäher dauerte die Beschreibung Gotondros offenbar zu lange, denn er platzte einfach dazwischen:

„Wenn jemand bei der Überquerung Glück hat, tritt er auf die noch nicht vollständig vermoderten Pflanzen und gelangt so schnell zum gegenüberliegenden Ende. Das ist der kürzeste, aber zugleich auch der heimtückischste Weg zum Ziel. Wegen des Schlamms kann man natürlich nicht genau sehen, worauf man tritt. Das, was lose aussieht, ist manchmal fest – und umgekehrt. Schnell ist man dort gestürzt und zerreißt das Band – oder der Tannenzapfen geht verloren. In jedem Fall wird man unheimlich dreckig!", lachte Bickabolo und die Meisen stimmten mit ein. Ihre Ausgelassenheit war sicherlich auch zum Teil darauf zurückzuführen, dass sie bei dem Spiel nur Zuschauer sein würden.

Der Nacktschnabelhäher flatterte hinab zu Gotondro und krallte sich an einem seiner Hörner fest. Dann entschuldigten sich die beiden bei den Meisen, da sie sich nun zur Startzone begeben mussten. Selbstverständlich wollten sie auch an dem Spiel teilnehmen – und zwar als Team!

„Das Beste wird sein, wenn ihr von eurem Ast aus dem Spiel folgt. Neben einem ausgezeichneten Überblick, geht es da auch nicht so wild wie unten zu. Die Zuschauer, die sich direkt neben dem Spielfeld aufhalten, liefern sich nämlich immer ihre eigenen kurzen Kämpfe. Dabei können kleine Vögel schon mal schnell übersehen werden!", rief ihnen Gotondro im Davontraben noch zu.

Da das Spiel noch nicht begonnen hatte, entschuldigte sich Onkel Butterschnabel kurz bei den beiden Blaumeisen. Er hüpfte vom Ast, glitt nach unten zur Wiese und schon einen kurzen Moment später kam er bereits wieder zurückgeflogen. In seinem Schnabel wippten frische Butterblumen, worauf sich Arle und Gego amüsiert anschauten.

„Na und?", fragte Onkel Butterschnabel gelassen. „Ich mag sie halt gerne und sie beruhigen mich auch irgendwie. So ein Spiel kann nämlich ganz schön aufregend werden, müsst ihr wissen!"

Im Gegensatz zu ihrem Onkel verließen sich Arle und Gego lieber auf die beruhigende Wirkung von Pinienkernen oder irgendwelchen Sämereien! Gut, diese beruhigten vielleicht nicht wirklich ihre Gemüter, aber die beiden Blaumeisen pickten gerne darauf herum, während sie beispielsweise einem Wettkampf zusahen – oder auch nur einfach so.

Die Bewohner des Rabenhorns mochten zwar in einer wilden Gegend leben, trotzdem – oder gerade deshalb – waren sie ausgezeichnete Gastgeber, wie die Meisen nun bemerken durften. In regelmäßigen Abständen kamen Vögel zu ihnen geflogen, um sich mit ihnen zu unterhalten und ihre Meinung zu dieser oder jener Mannschaft kundzutun. Oder sie brachten einfach nur verschiedene Leckereien vorbei, damit sich die Gäste wohlfühlten.

Dies taten sie natürlich nicht zuletzt wegen Bickabolo, der großen Wert auf Gastfreundschaft legte!

3. Das Spiel beginnt

Gotondro war mit Bickabolo zu der Nordseite des Feldes getrabt, wo schon ungefähr dreißig Mannschaften Aufstellung genommen hatten. Eifrige Vögel verbanden dort je Team das Horn eines Steinbockes mit der Kralle eines Vogels durch eine Pflanzenfaser, um sie so auf den anstehenden Wettkampf vorzubereiten.

Die Meisen sahen von ihrem Ast aus, dass Gotondro sich neben dem armen Hornrich aufgestellt hatte, auf dessen rechtem Horn ein großer, pechschwarzer Rabe thronte.

„Das ist Jaeo!", sagte ein Rabenvogel, der ihnen gerade etwas zum Picken vorbeigebracht hatte und dabei ihre fragenden Blicke aufgefangen hatte. „Er ist zwar etwas merkwürdig, weshalb er auch gut zu Hornrich passt, aber er ist auf alle Fälle einer der tollkühnsten Flieger des Rabenhorns", führte er weiter aus.

„Wer steht denn da auf der anderen Seite neben Gotondro?", erkundigte sich Arle wissbegierig bei dem Rabenvogel.

„Das ist Hakeka, die Gefährtin von Bickabolo. Der Steinbock, auf dem sie hockt, heißt Windfuß. Er ist der schnellfüßigste Läufer hier bei uns und kein anderer Steinbock kann es mit seinem Tempo aufnehmen!"

Darauf entschuldigte sich der Rabenvogel bei ihnen, da er auch noch anderen etwas zu picken bringen wollte, bevor das Spiel begann. Als er in den Himmel aufgestiegen war, setzten die drei Meisen ihre Beobachtungen weiter fort.

„Ich hoffe nur, dass der arme Hornrich sich wieder so weit erholt hat, dass er ungefähr weiß, was er macht. Nicht, dass sein armer Kopf noch mehr Schaden nimmt!", sagte Arle mitfühlend.

„Möglicherweise übernimmt ja dieser Jaeo das Denken für ihn, dann müsste Hornrich nur laufen und würde nicht so sehr durch andere Dinge abgelenkt", meinte Gego daraufhin.

Just in dem Moment kamen drei Saatkrähen zu den Mannschaften geflogen.

„Das müssen der Spielwächter und seine beiden Gehilfen sein!", kommentierte Onkel Butterschnabel deren Eintreffen, während er leidenschaftlich eine gelbe Blüte mit seinem Schnabel zermatschte.

Die Krähen machten einen ziemlich gewichtigen Eindruck und hüpften nacheinander um jedes Team herum. Es sah so aus, als prüften sie genau, ob alle Teilnehmer ordnungsgemäß mit den Pflanzenfasern verbunden waren. Anscheinend war alles so, wie es von ihnen erwartet worden war, denn sie stiegen kurze Zeit später wieder in die Luft auf. Die beiden Gehilfen flogen jeweils auf eine Seite des Feldes und kreisten dort, während der Spielwächter, einen lauten Pfiff ausstoßend, über die Mannschaften hinwegflog. Es war ein wirklich sehr lauter Pfiff, welcher bestimmt noch am Fuße des Rabenhorns zu hören war!

Die Unterhaltungen verstummten auf der Stelle und das darauf folgende Geräusch der sich zugleich entfaltenden Flügel erinnerte stark an das Knallen einer Peitsche. Nur Wimpernschläge später stürmten die Steinböcke zum südlichen Ende des Feldes davon, während die Vögel über ihren Köpfen flogen. Natürlich nur so hoch, wie die Pflanzenfaser dies zuließ, die das jeweilige Team verband. Die Gefiederten machten das, um den Steinböcken ein möglichst unbehindertes Vorankommen zu ermöglichen. An ihre Hörner gekrallt, wäre das durch die Bremswirkung ihrer Flügel nicht gewährleistet gewesen, die zwar vermutlich nicht sehr stark ausgefallen wäre, aber keiner der Teilnehmer wollte das riskieren!

„Schaut mal, wie schnell der ist!", rief Arle aufgeregt und deutete mit ihrer Klaue auf das führende Team. Es waren Hakeka und Windfuß, dessen Beine nicht mehr den Boden zu berühren schienen, so schnell war er. Sie verschwammen förmlich vor den Augen der Meisen!

Es wirkte ganz so, als würde er in langen Sätzen von Grashalm zu Grashalm springen. Oder auch so, als zöge Hakeka ihn bei jedem Satz an der Pflanzenfaser nach oben, was sie aber natürlich nicht konnte.

Schnell erreichten die beiden die Tannenzapfen am südlichen Ende des Feldes – weit vor allen anderen Teams. Hakeka krallte sich dort einen der Zapfen, beeindruckenderweise ohne dass Windfuß anhalten musste. Kurz darauf hatten die beiden schon fast die halbe Strecke zum Irrweg des Erfolges zurückgelegt, noch bevor eine der nachfolgenden Mannschaften überhaupt in die Nähe der Südseite gelangen konnte. Schließlich schafften es doch mehrere Teams beinahe zeitgleich am südlichen Ende des Spielfeldes einzutreffen.

Jede dieser Gruppen versuchte nun, so schnell als möglich einen Tannenzapfen für sich zu erbeuten, wodurch ein fürchterliches Gedränge entstand. Jene, die bereits einen ergattert hatten, wollten diesen natürlich schnellstmöglich ins Nest bringen, während die anderen zunächst einmal einen erringen mussten.

Aus diesem Chaos heraus entstand ein wildes Gerangel, das von Schubsen und aufgeregtem Flügelschlagen begleitet wurde. Sogar die Zuschauer knufften sich untereinander ein wenig, begleitet von lautem Röhren, Pfeifen und Krähen. Dann konnten sich die ersten Mannschaften aus dem Wirrwarr lösen. Sofort nahmen sie die Verfolgung von Windfuß und Hakeka auf. Auch bei den Zuschauern trat wieder ein wenig mehr Ruhe ein und sie widmeten sich erneut mit voller Aufmerksamkeit dem Spielgeschehen.

„Schaut, Gotondro und Bickabolo sind schon an der vierten Stelle, aber weder von Hornrich noch von Jaeo ist eine Spur zu entdecken!", sagte Onkel Butterschnabel aufgeregt – trotz der Butterblume, die er zwischen seinem Schnabel nervös pürierte. Kaum hatte er das ausgesprochen, drangen laute, ungewöhnliche Geräusche zu den Meisen vor. Unmittelbar darauf wurde auch die Ursache dieses Lärms ersichtlich: Es waren Hornrich und Jaeo!

Der Steinbock bewegte sich zügig springend vorwärts und grölte lautstark dazu. Der Rabe flog, nicht minder laut krächzend, über Hornrichs Kopf und hielt dabei in einer seiner Klauen einen Zapfen.

„Windfuß, lauf! Hakeka, ihr schafft es!", rief Arle voller Begeisterung, bevor die beiden im Irrweg des Erfolges verschwanden.

„So viel Aufregung nur wegen eines Spieles – ganz so, als ob es nichts Wichtigeres geben würde!", flüsterte Gego augenzwinkernd seinem Onkel zu. Gemeinsam blickten sie zu Arle hinüber, schauten sich wieder an und begannen prustend zu lachen. Als Arle sie daraufhin durchdringend ansah, richteten sie ihre Blicke umgehend auf das Spielgeschehen und versuchten dazu einen unschuldigen Eindruck zu vermitteln.

Weitere Mannschaften verschwanden im Irrgarten, wo mittlerweile ein ziemliches Gedränge herrschen musste. Aus dem Gebüsch drangen laute Rufe der konkurrierenden Teams bis zu den Zuschauern hinüber. Plötzlich zischte ein Team in sehr zügigem Tempo aus einer seitlichen Öffnung des Irrgartens heraus. Einen Moment befanden sich Steinbock und Vogel in der Luft, dann stürzten sie mit lautem Klatschen in den Graben der Läuterung. Eine Schlammfontäne spritzte nach oben und sowohl die beiden als auch einige Zuschauer, die sich zu nahe am Geschehen aufhielten, wurden von dem wieder herabfallenden Schlamm besudelt. Der Rabenvogel hatte sich dadurch so erschrocken, dass er hochflog und dabei die Pflanzenfaser zerriss.

„Die müssen jetzt wieder von vorne anfangen", kommentierte ein Vogel das Geschehen, der gerade zu den drei Meisen geflogen war, um sie wieder mit Knabbereien zu versorgen. „Und ich würde meinen, dass sie nun keine Chance mehr auf einen Sieg haben", fügte er noch hinzu.

Im gleichen Moment ging ein Ächzen durch die Zuschauermenge.

Hornrich war mit Jaeo auf den Graben der Läuterung zugerannt und kurz davor mit einem gewaltigen Satz abgesprungen. Jaeo hatte sich mit je einer Klaue an seinen Hörnern festgekrallt und bewegte dazu kraftvoll seine langen Flügel. Es sah fast so aus, als könnte es ihm gelingen, sich mit Hornrich in die Luft zu erheben, um so den Graben zu überwinden. Doch natürlich war der Steinbock viel zu schwer für den Rabenvogel und so fielen beide zusammen hinunter in den Graben.

Jedoch gingen sie nicht, wie von den Meisen erwartet, im Schlamm unter. Sobald Hornrichs Hufe darin ein kleines Stück versanken, krähte Jaeo auf und der Steinbock sprang umgehend zu einer anderen Stelle.

„Hört mal, Jaeo gibt Hornrich immer ein Zeichen, wann er abspringen soll!", kommentierte Arle und schaute den beiden verblüfft zu, wie sie sich unter emporspritzenden Schlammfontänen vorwärtsbewegten. Als diese wieder herabplatschten, wurde das Publikum, das sich zu weit vorgewagt hatte, dadurch fast vollständig verdreckt. Dann, kurz bevor sie die gegenüberliegende Grabenseite erreichten, machte Hornrich einen gewaltigen Satz und die zwei befanden sich wieder auf festem Boden!

Die Meisen konnten nun auf ihrem Ast hören, wie der herumspringende Steinbock brüllte:

„Wir sind die Schlechtesten! Lernt von uns, wie man verliert!"

Anscheinend hatte sich der Arme doch noch nicht ganz von dem Kräftemessen mit Gotondro erholt, weshalb er beim Sprechen noch immer die Inhalte leicht verdrehte. Wie es aber aussah, konnte Jaeo ihn davon überzeugen, dass der Tannenzapfen zum Nest gebracht werden musste, denn die Meisen sahen jetzt, wie der Steinbock zum nördlichen Ende des Feldes lief.

Als die beiden dann an dem kunstvoll gefertigten Nest angelangt waren, warf Jaeo den Tannenzapfen hoch in die Luft, worauf ein Stöhnen durch die Menge ging. Doch als der Zapfen wieder herabfiel, landete er zielgenau im Nest!

„Wir haben das erste Gewinnerteam: Hornrich und Jaeo!", gab der Spielwächter mit kräftiger Stimme bekannt, während die Zuschauer begeistert grölten und anerkennend pfiffen. Jaeo durchtrennte daraufhin die Pflanzenfaser und flog krähend sowie vor Schlamm tropfend um seinen Mitstreiter herum. Dieser sprang ausgelassen umher, noch dreckiger als der Rabe, und brüllte immer wieder:

„Wir haben zuerst verloren, wir sind die ersten Verlierer!"

Den Zuschauern blieb aber keine Zeit, darauf zu reagieren, denn inzwischen hatten auch Gotondro und Bickabolo den Irrweg des Erfolges hinter sich gelassen. Sie bewegten sich jetzt zielgerichtet auf das Nest zu und Bickabolo krähte begeistert auf, als er sah, dass ihnen niemand folgte.

Der Blick der drei Meisen wurde erneut abgelenkt, weil in diesem Moment ein anderes Team seitlich aus dem Irrweg des Erfolges herausschoss und laut brüllend in den Graben der Läuterung stürzte. Nur Augenblicke später folgte ihnen ein weiteres Team nach!

„Da wollten wohl welche besonders schlau sein und es Hornrich nachmachen, oder im Labyrinth wird es langsam zu eng!", kommentierte Gego das Missgeschick, während sich eine weitere Schlammwelle über die Zuschauer ergoss, denen dies jedoch nichts auszumachen schien. Im Gegenteil, alle waren offensichtlich begeistert davon und verfielen umgehend in eine erneute Rangelei.

Die beiden Mannschaften konnten sich unterdessen wieder total verdreckt aufs Trockene retten, nur leider hatte das erste Team den Tannenzapfen verloren und das zweite war nicht mehr mit der Pflanzenfaser verbunden. Da das Spiel schon zu weit fortgeschritten war, lohnte sich für beide Mannschaften kein neuerlicher Start. So schlossen sie sich den Zuschauern an und hatten dort ihren Spaß.

Die Blicke der Meisen wanderten wieder zu Gotondro und Bickabolo, die mittlerweile schon die Hälfte der Strecke zum Nest zurückgelegt hatten. Hinter ihnen kamen weitere Mannschaften aus dem Irrweg des Erfolges herausgeschossen und nahmen sofort deren Verfolgung auf. Bickabolo machte trotzdem einen gelassenen Eindruck, weil der Vorsprung ja ausreichend war. Das dachte er zumindest!

Ein Steinbock und ein Nacktschnabelhäher, der etwas kleiner als Bickabolo war, schälten sich aus der Verfolgergruppe hinaus und kamen rasch näher: Es waren Windfuß und Hakeka!

In Windeseile schmolz der verbleibende Abstand zwischen den beiden Teams zusammen und als Gotondro einmal nervös den Blick wandte, war Windfuß schon fast bei ihm angelangt!

Augenblicke später konnte er nur noch dessen Rückseite bewundern, da dieser ihn überholt hatte. Schnell vergrößerte sich der Abstand zwischen beiden Teams, nur dass dieses Mal Gotondro und Bickabolo hinten lagen!

Der Nacktschnabelhäher versuchte jetzt alles, um seinen Teamkameraden zu mehr Schnelligkeit zu bewegen. Er flatterte sogar unterstützend mit seinen Flügeln, doch der Steinbock war fast am Ende seiner Kräfte angelangt. Auch die Flügelschläge Bickabolos verloren an Kraft, bis er sie nur noch müde herabhängen lassen konnte. So blieb den beiden nichts anderes übrig, als zuzusehen, wie Hakeka den Tannenzapfen vor ihnen ins Nest warf und wie die beiden durch den Spielwächter zum zweiten Sieger ausgerufen wurden.

Schließlich schafften Gotondro und Bickabolo es ebenfalls bis zum Nest, aber der Nacktschnabelhäher legte den Tannenzapfen einfach nur hinein, ganz ohne die für ihn sonst übliche Übertreibung – was allen zeigte, wie erschöpft er wirklich sein musste!

Der Spielwächter rief nun den dritten Sieger aus und erklärte das Spiel für beendet. Sowohl die Zuschauer als auch die Mannschaften pfiffen und brüllten anerkennend – auch wenn vielleicht einige von ihnen gerne selber gewonnen hätten!

„Hornrich, Jaeo, Windfuß, Hakeka, Gotondro und Bickabolo sind die Sieger des Wettkampfes. Daher dürfen sie unsere drei Ehrengäste auf ihrem Weg nach Hause begleiten. Der Waldwichtel lebe hoch, hoch lebe der Waldwichtel!", rief der Spielwächter mit seiner kräftigen Stimme.

Daraufhin trampelten die zuschauenden Steinböcke mit den Hufen und die Vögel klapperten dazu mit ihren Schnäbeln. Gemeinsam brüllten sie dann:

„Hoch lebe der Waldwichtel, der Waldwichtel lebe hoch!"

4. Die letzten Vorbereitungen

Unaufhaltsam stieg die Sonne ihrem höchsten Punkt entgegen und sowohl bei den Spielern als auch bei den Zuschauern machte sich nun Hunger breit.

„Einige von uns haben eine Kleinigkeit zum Essen für alle Hungrigen ausgelegt. Ich bitte euch daher, mir nun zu meinem Heimbaum zu folgen, in dessen Schatten wir gemeinsam speisen werden!", rief Bickabolo, woraufhin die Versammelten brüllten, bevor sie ihm folgten:

„Hoch lebe unser Bickabolo und seine Helfer! Sie leben alle hoch!"

Einige Spielteilnehmer und auch mehrere Zuschauer suchten zuvor allerdings den kleinen Wasserfall in der Nähe auf, um sich des Schlamms zu entledigen, den sie während des Wettkampfes abbekommen hatten. Manche von ihnen konnten sich kaum noch bewegen, besonders da der Matsch schon zu trocknen begann.

Jaeo war beispielsweise nicht mehr in der Lage, richtig zu fliegen, so besudelt hatte er sich. Er musste sich sogar von dem ebenfalls stark verdreckten Hornrich zum Wasser tragen lassen. Die Meisen lachten herzhaft, als sie das Bild der beiden betrachteten, das sich ihnen darbot. Jaeo, der wie ein großer, wabbelnder Dreckklumpen mit Beinen aussah, hockte auf dem Geweih des vor Schlamm tropfenden Hornrichs!

Nach einer Weile kehrten alle von ihnen wieder gesäubert zurück, hockten sich zu den anderen und begannen mit ihnen eifrig zu essen.

„Am frühen Nachmittag werden wir mit den Meisen zu ihrem Heimbaum aufbrechen. Damit hier alles seinen gewohnten Gang geht, bitten wir unsere Vertreter, sich in der Zwischenzeit um alles zu kümmern. Sollte während unserer Abwesenheit ein unlösbares Problem auftreten, kann uns ein schneller Flieger jederzeit benachrichtigen. Er muss dann einfach nur nach einer großen Kastanie in der Nähe des westlichen Ufers unseres Regenbogensees suchen!", erklärte der Steinbock den Versammelten, als deren größter Hunger gestillt war.

„Wir begeben uns jetzt mit denen, die in der Zwischenzeit unsere Aufgaben übernehmen werden, zum Besprechungsbaum. Die restliche

Gesellschaft kann gerne an Ort und Stelle verbleiben und in Ruhe noch ein wenig weiterfeiern, während wir die zu erledigenden Dinge durchsprechen werden!", sagte Bickabolo und flatterte zum Anführer der Steinböcke hinüber, wo er sich auf dessen Geweih niederließ.

Als sie in Richtung des Besprechungsbaumes entschwunden waren, feierten die Zurückbleibenden weiter, wie Bickabolo es gerade angeregt hatte. Erneut flatterten Vögel aus dem Heimbaum herab und brachten Kleinigkeiten zum Picken, während junge Steinböcke von der Wiese mit frisch gezupften Kräutern her   aneilten. Ziemlich schnell entwickelte sich unter den Feiernden ein lebhafter Meinungsaustausch über den zuvor gesehenen Wettkampf.

In seiner Begeisterung hatte einer der Steinböcke etwas gesagt, was Arle nicht besonders zu gefallen schien. Daraufhin flatterte sie zu ihm hinüber, krallte sich an eines seiner Hörner und ließ sich davon kopfüber herabhängen. Von dort schaute sie ihm fest in die Augen und sagte energisch:

„Das hatte nicht im Geringsten etwas mit Glück zu tun. Hakeka und Windfuß sind ein tolles Team! Schlauheit und Schnelligkeit, das sind eben die Erfolgsgaranten, auf die es letztlich ankommt!"

Klugerweise verzichtete der Angesprochene darauf, ihr seine weiteren Ansichten mitzuteilen, woraufhin Gego ihm zunickte. Seines Erachtens hatte der Steinbock mit Schweigen die einzig richtige Wahl getroffen. Auch wenn seine Arle für den Steinbock vielleicht nur die Größe eines Insektes hatte, besaß sie doch das Temperament eines Bären – und zwar das eines ziemlich großen. Gego wusste ja aus eigener Erfahrung, dass dieses sich bei solcherart Gesprächen gerne in den Vordergrund drängte!

Nach einer Weile hockten sich die Meisen dann zu Hakeka, Windfuß, Hornrich und Jaeo, damit sich alle besser kennenlernten, bevor sie ihre gemeinsame Reise antraten.

„Eine gute Möglichkeit, uns miteinander vertraut zu machen, ist vielleicht, dass du kurz die Geschichte eurer Reise zum Rabenhorn erzählst", meinte Hakeka an Arle gerichtet, während sie diese verschmitzt ansah – hatte sie die ausführliche Version ihrer Schilderung doch schon am Vorabend gehört, „Bei uns lieben alle Geschichten, wenn sie gut sind. Das ist ein fester Bestandteil unserer Gemeinschaft. Wir hocken uns oft mit Durchreisenden zusammen, wobei auch immer Erzählungen ausgetauscht werden. Das erlaubt nicht nur Einblicke in die verschiedenen Welten, sondern fördert auch das Verständnis für andere Lebensweisen. Mir wäre niemand bekannt, der Geschichten nicht mögen würde, und so nebenbei kann man dadurch ja auch noch vieles erfahren! Zum Beispiel, wie es in der näheren Umgebung aussieht, ob dort genügend Nahrung vorhanden ist, oder wo man in der Reichweite gutes Wasser trinken kann und natürlich auch wen oder welches Gebiet man am besten meiden sollte. Wenn dazu noch alles in eine nette Erzählung eingewickelt ist, bekommt man wichtige Informationen, die auch dann gut in Erinnerung bleiben!"

So taten Arle und Gego ihnen den Gefallen und erzählten noch einmal zusammengefasst, was ihnen alles auf der Herreise widerfuhr. Zwischenzeitlich war auch die Besprechung beendet, denn Bickabolo, Gotondro und die anderen kamen wieder zurück. Ihnen hatten sich mehrere Steinböcke und Vögel angeschlossen, welche die unterschiedlichsten Dinge mit sich führten.

„Dies ist für unsere Reise! Niemand kann vorhersehen, was wir unterwegs benötigen werden – mit Ausnahme vielleicht der Seher oder des Waldwichtels. In der Hauptsache sind es natürlich Nahrungsmittel, wie beispielsweise Heu oder Beeren, aber genauso auch Heilkräuter – für den Fall, dass etwas Unerwartetes auf unserer Reise geschehen sollte!", erklärte Bickabolo. Das alles wurde sodann mit Pflanzenfasern auf den starken Rücken von Gotondro, Hornrich und Windfuß befestigt.

Dieses Gewicht schien ihnen nichts auszumachen, denn sie erlaubten den Vögeln sogar, dass sie es sich während der Reise auf ihren Rücken bequem machten. Natürlich wäre das nicht notwendig, da diese ja gut fliegen konnten, mit Ausnahme vielleicht von Onkel Butterschnabel – aber so war es geselliger. Sie konnten sich dann dabei gemütlich miteinander unterhalten, was wiederum die gefühlte Dauer der Reise für alle erheblich verkürzen würde.

Um nun die Zeit bis zum Aufbruch schneller vergehen zu lassen, erzählte Onkel Butterschnabel Arle und Gego von ihren Familien:

„Bei denen ist noch immer alles so, wie es schon damals bei der Entstehung der Berge war! Ihr wisst ja, dass sie Abenteuer genauso wenig mögen wie Veränderungen. Die finden es eben gut, immer nur mit den gleichen Lurchzungen die gleichen öden Gespräche zu führen, die sie schon unzählige Male genau so geführt haben. Und dazu – nicht zu vergessen – picken sie natürlich immer schön die gleiche Nahrung! Dabei werden einem doch die Federn stumpf, das kann ich euch versichern. Ich mag lieber Abwechslung – nein, ich brauche sie! Aber genug jetzt von langweiligen Dingen. Habe ich euch schon gesagt, dass ich mich wie eine gekräuselte Feder auf eure Kleinen freue? Und wenn ich gewusst hätte, wie schön das Papolupatal ist, hätte mich mein Flug schon viel früher hierhergeführt!"

5. Sehr rutschige Pfade

Alle Bewohner des Rabenhorns hatten sich eingefunden, um die neunköpfige Reisegruppe zu verabschieden. Natürlich nahm dies eine geraume Zeit in Anspruch, doch dann war es schließlich geschafft.

Die sechs Vögel flatterten zu Gotondro, Hornrich und Windfuß, um sich auf das Gepäck zu hocken, das ja bereits auf den Rücken der Steinböcke verzurrt war. Unter den lauten Rufen der Zurückbleibenden trabten die Steinböcke los, während die Vögel in ihrem Gepäck festgekrallt im Takt ihrer Schritte gemütlich hin und her wankten. Einige Bewohner des Rabenhorns begleiteten die kleine Reisegruppe noch ein Stück des Weges, bis sie schließlich wieder zu ihren wartenden Familien und Freunden zurückkehrten. Irgendwann musste ja alles wieder seinen normalen Lauf nehmen!

Der schmale Pfad, den die Gemeinschaft eingeschlagen hatte, würde sie auf die südöstlich gelegene Bergspitze führen. Je weiter sie dem Pfad folgten, desto mehr Felsbrocken lagen auf ihm. Sie waren aus der Bergflanke herausgebrochen und bis hierher herabgestürzt, sodass die Steinböcke ihre Gangart dem Gelände anpassen mussten. Sie wechselten zwischen Zickzackkurs und elegantem Springen, damit sie stets einen festen Halt zwischen dem losen Geröll fanden. Ihre Passagiere bemerkten davon nichts, was daran zu erkennen war, dass sie noch vollkommen entspannt ein kleines Nickerchen hielten. Festgekrallt im Gepäck und den Schnabel auf der Brust abgelegt, schaukelten sie sanft durch das Land des Traumwichtels. Unterdessen zog die Sonne weiter ihre Bahn und als diese ihren höchsten Punkt deutlich überschritten hatte, erreichten die Reisenden die Bergspitze. Die Steinböcke hielten an, während die Vögel aus dem Land des Traumwichtels zurückkehrten, da das Schaukeln aufgehört hatte. Sie nahmen wieder ihre Schnäbel von der Brust und als sie jetzt ihre Augen öffneten, bot sich ihnen ein grandioser Anblick.

Das schräg einfallende Licht und der Staub, der sich in der Luft befand, hatten dazu geführt, dass die gesamte Landschaft sehr unwirklich aussah. Am Fuße des Berges schlängelte sich der Papo träge dem Lupa entgegen, um sich etwas später im Dunst mit ihm zu vereinen. Niemand von der Reisegesellschaft hätte mit Sicherheit zu sagen vermocht, wo das Wasser begann und der Himmel endete.

„Da hinten haben sich beide Flüsse zum Papolupa zusammengeschlossen, kannst du es sehen?", fragte Gego seine Arle, die daraufhin einen tiefen Seufzer ausstieß.

„Ja, und er fließt weiter nordwärts, fast an unserem Heimbaum vorbei, wo die Kleinen schon ungeduldig auf unsere Rückkehr warten!", seufzte sie erneut und Gego fuhr ihr tröstend mit dem Schnabel über den Kopf.

„Bald sind wir ja wieder bei ihnen und dann werden wir ihre Langeweile mit tollen Geschichten unserer Abenteuer schon wieder schnell vertreiben, du wirst es sehen!", sagte er mit fester Stimme.

Im Norden in weiter Ferne entschwand der Papolupa ihrer Sicht und würde sehr viel später in das unvorstellbar große Meer fließen, welches sie leider bisher noch nicht gesehen hatten! In nordöstlicher Richtung reckte sich der Tafelberg in die Höhe, von dem ein gigantischer Wasserfall hinunter in den See stürzte. Mit Unterstützung der Sonne bildete sich dort ein riesenhafter Regenbogen, der den gesamten See überspannte und ihm zu seinem Namen verholfen hatte.

„Wenn die Luft morgens noch klar ist, kann man von hier aus eine kleine Insel im See erkennen, die ihr mal besuchen müsst!", meinte Bickabolo. „Dort leben unter anderem auch die Keas Armana und Bickamuck mit ihrem Nachwuchs. Sie sind zwar ziemlich merkwürdig, dafür aber zugleich auch unheimlich schlau und geschickt. Wenn ihr für irgendetwas keine Lösung findet, sind sie die richtige Anlaufstelle für euch", erklärte der Nacktschnabelhäher, während er die Meisen gleichzeitig mit seinen dunklen Augen fixierte.

„Diesem Fluss bin ich ins Tal gefolgt", rief Onkel Butterschnabel und deutete nach Südosten, wo sich ein Fluss seinen Weg in den Regenbogensee bahnte. Es war auch der gleiche, dem Arle und Gego bis ins Tal gefolgt waren.

„Warum nehmen wir eigentlich nicht wieder denselben Weg, auf dem wir hierhergekommen sind?", wollte Arle von Gotondro in Erfahrung bringen.

„Weil wir euch jetzt begleiten und ihr euch daher keine Sorgen darüber machen müsst, ob plötzlich Nebel vom Papo hochzieht. Wir finden nämlich immer unseren Weg!", antwortete der Steinbock mit seiner beruhigenden Stimme.

„Außerdem habe ich keine Lust, diesem fetten Fisch zu begegnen, der sich ständig im Papo herumtreibt!", meinte Bickabolo und fügte noch erklärend hinzu: „Dort werde ich das Gefühl einfach nicht los, dass er mich aus den undurchdringlichen Tiefen des trüben Wassers beobachtet. Und wer kann schon mit Sicherheit sagen, dass er es nur beim Beobachten belässt? Vermutlich wartet er immer auf einen günstigen Moment, um etwas Abwechslung in seinen fetten Bauch zu bekommen – Nacktschnabelhäher womöglich!", schloss er theatralisch, während er sich dazu angewidert schüttelte.

„Auch wenn er immer untertaucht, falls er uns Steinböcke mal erspäht, würde ich ihm auch nicht vertrauen wollen", erklärte Gotondro daraufhin. „Diese langen Fäden, welche aus seinem Maul herabhängen, schaffen auch nicht gerade Vertrauen bei mir. Genau wie diese wulstigen Lippen und seine heimtückisch umherblickenden kleinen Augen!"

„Da hast du vollkommen recht, aber zu unserem Glück ist er ein absoluter Feigling", meldete sich nun wieder Bickabolo zu Wort. „Auch gibt es am Papo einige Stellen, da wird man schnell schläfrig, was bestimmt ebenfalls mit diesem alten Fischmaul zusammenhängt – oder der Traumwichtel hat seine Klauen dabei im Spiel!", fuhr er in verschwörerischem Tonfall fort. „Jedenfalls wartet die Schuppenhaut so lange, bis man fest eingeschlafen ist, damit ihm nichts geschehen kann, dann öffnet er seine riesige Fressklappe und schon ist man sein ständiger Begleiter – wenn ihr wisst, was ich meine?", fragend blickte er stumm in die ihn umgebenden ratlosen Gesichter. Plötzlich rief er so laut, dass alle zusammenfuhren: „Na, er frisst einen einfach auf, was denn wohl sonst?!"

Gego schaute Arle besorgt an und sah, dass sie ihren Schnabel leicht geöffnet hatte. Sie schien sich ebenfalls an das Schläfchen zu erinnern, welches sie auf der Herreise unten am Fluss machen wollten. Dort, wo der Ast, auf dem sie gehockt hatten, plötzlich ohne erkennbaren Grund gebrochen war.

„Fisch hin oder her – wir nehmen jetzt einen anderen Weg, weil er kürzer und dadurch natürlich auch schneller ist. Und wenn dieser Dungbräter irgendwo auftauchen sollte, wird es ihm sicher nicht gefallen, was wir dann mit ihm machen werden!", schaltete sich Jaeo ein und hatte dabei ein gefährliches Glitzern in seinen Augen.

„Jedenfalls ist es immer besser, in der Gruppe zu reisen. Je mehr Augen die Gegend überwachen, durch die man reist, desto sicherer ist man vor unangenehmen Überraschungen. Es kann so viel geschehen, womit man nicht rechnet und auch nicht rechnen kann. Plötzliche Wettereinbrüche, ein lauernder Fisch, Erdrutsche – oder man bricht sich einfach nur einen Flügel, wie es Onkel Butterschnabel geschehen ist", sagte Bickabolo und schaute dazu die Kohlmeise amüsiert an.

„Genau, Tante Butterpflaume hat sich nicht ablenken lassen und ist deshalb auch nirgendwo gegengeflogen!", brüllte nun Hornrich laut vor Lachen, worauf die Kohlmeise zu ihm hinüberflatterte und sich zwischen seine Hörner hockte. Dort pickte sie dem Steinbock leicht auf den Kopf und sagte etwas zu ihm – was aber keiner außer den beiden verstand. Jedenfalls führte es dazu, dass Hornrich nur noch heftiger vor sich hin gluckste.

„Wollen wir jetzt den ganzen Tag nur alte Geschichten erzählen oder machen wir ein Rennen bis hinunter zum Fluss?", fragte Windfuß ungeduldig, da er sich endlich wieder bewegen wollte, was jeder auch unschwer an seinem Herumzappeln ablesen konnte.

„Dich juckt es wohl mal wieder kräftig unter deinen Hufen! Aber wenn du und die beiden anderen unbedingt spielen wollen, können wir Vögel auch nach unten fliegen", bot Hakeka großmütig an. „Außerdem ist der Tag klar und es scheint weder Sturm noch Nebel aufzuziehen", fügte sie noch hinzu.

Die Steinböcke waren damit sofort und ohne Zögern einverstanden. Die Vögel waren ebenfalls froh ihre Schwingen etwas bewegen zu können, weshalb sie auch sogleich in die Luft aufstiegen und sich im gleitenden Sinkflug hinab zum Fluss begaben. Elegant und fast ohne ihre Flügel zu bewegen, segelten sie in weiten Spiralen nach unten, während die Steinböcke ihnen mit ihren Blicken folgten. Wenig später hatten die Vögel die Bäume am Flussufer erreicht und ließen sich darin nieder. Von dort aus würden sie einen guten Ausblick auf das Wettrennen der Steinböcke haben. Nun holte Bickabolo tief Luft und stieß einen schrillen, lauten Pfiff aus – das Startsignal für die wartenden Steinböcke!

Es dauerte nur einen kurzen Moment, da sahen die Vögel schon Hornrich im Zickzack den Berg herabspringen, während er dazu lautstark grölte:

„Ich bin wie die Windstille, alle haben mich überholt!"

Hinter ihm sprangen die beiden anderen Steinböcke die Bergflanke hinab. Zuerst bewegten sie sich noch ein wenig zögerlich, doch dann wurden sie immer schneller und schneller.

„Schaut, wie hoch alle springen und wie mühelos!", rief Arle erstaunt aus. Tatsächlich flogen die Böcke scheinbar über das lose Geröll, denn kaum ein Stein rollte den Berg hinab.

„Ich frage mich, wo sie genügend Halt für ihren Absprung auf diesem rutschigen Pfad finden", überlegte Onkel Butterschnabel gerade laut.

Unterdessen hatten die Steinböcke bereits die Hälfte des Weges zurückgelegt und steigerten immer noch ihre Geschwindigkeit. Sie versuchten alles, um die Konkurrenz hinter sich zu lassen. Da ihr Eintreffen noch eine Weile dauern würde, ergab sich jetzt für Arle eine gute Gelegenheit, um Onkel Butterschnabel einem Verhör zu unterziehen. Mit einem zum Grinsen geöffneten Schnabel fragte sie ihn:

„Nun, Tante Butterpflaume, du willst uns doch sicherlich jetzt ganz genau erzählen, wovon du abgelenkt wurdest? Ich meine, als du dir den Flügel auf deinen rutschigen Pfaden verletzt hast?"

„Schaut mal, jetzt liegt Windfuß vorne – und das mit einem einzigen, mächtigen Sprung", kommentierte der Angesprochene nun plötzlich höchst interessiert den Wettlauf der drei Böcke. Arle fiel aber nicht auf seinen offensichtlichen Ablenkungsversuch herein. Sie sah ihn nur mit steinhartem, unnachgiebigem Blick an – es war derselbe Blick, mit dem sie eine Raupe anschaute, bevor sie diese verschluckte!

Das führte dazu, dass der Onkel seine Vorgehensweise änderte. Ruckartig blickte er zum Himmel hinauf, riss dazu seinen Schnabel und die Augen weit auf, um wenig später seinen Kopf wieder zu senken. Als er aber nach einem schnellen Seitenblick feststellte, dass Arles Augen ihm immer noch Löcher in seine Federn brannten, schloss er den Schnabel, piepte leidend und schaute Hilfe suchend in Gegos Richtung. Doch der hatte einen sehr interessierten Blick aufgesetzt und dachte gar nicht daran, den Onkel aus seiner Zwangslage zu erretten. Schließlich war Arle ja seine Gefährtin und außerdem war er ebenfalls sehr gespannt auf die Geschichte – zumal der Onkel so sehr versuchte, davon abzulenken!

So startete die Kohlmeise noch ein paar weitere halbherzige Versuche, das Thema zu wechseln, musste aber dann schließlich schnabelklappernd klein beigeben:

„Ja, schon gut. Eigentlich war es nur ein dummer Unfall, der bestimmt jedem hätte passieren können!"

„Na ja, jedem ja nun nicht! Ich glaube, dazu muss man schon irgendwie männlich sein, meinst du nicht auch?", schaltete sich Hakeka belustigt ein. „Mir wäre es zu gefährlich, hübschen Vögelchen zu zeigen, wie toll ich bin. Dabei könnte ich ja schnell gegen einen Baum krachen und mich verletzen – sagen wir mal, beispielsweise am Flügel!"

„Mir ist das auch noch nicht passiert, obwohl ich männlich bin. Aber ich achte auch eher auf Hindernisse, als niedlichen Vögelchen hinterherzuschauen!", gab Jaeo nun, ebenfalls belustigt, seinen Kommentar dazu ab. „Ich sehe eigentlich immer einen Baum, wenn er direkt vor mir steht, und so schnell wachsen die ja auch nicht, als dass man von ihnen überrascht werden könnte!"

Natürlich hatte auch Bickabolo noch etwas dazu beizutragen:

„Du kannst wirklich froh sein, dass dir nicht mehr geschehen ist. Vielleicht weißt du es noch nicht, aber du bist kein Jungvogel mehr – und da kann man sich schneller verletzen!"

„Wir warten alle gespannt auf deine Geschichte, Onkel Butterpfläumchen, mach jetzt!", forderte Arle ihn nachdrücklich auf, die nun wirklich neugierig auf seine Geschichte geworden war.

„Da ihr ja vorher sowieso keine Ruhe gebt, werde ich es eben erzählen, es ist ja gar nichts Schlimmes daran!", sagte Onkel Butterschnabel. „Ich flog also über die Berge im Süden – die sind ja so hoch. Und wusstet ihr, dass da oben sogar im Sommer noch Schnee liegt?"

„Ja, Onkel! Hör mit deinen leicht zu durchschauenden Ablenkungsversuchen auf und komm jetzt endlich zur Sache, ich verliere langsam die Geduld!", verlangte Arle unnachgiebig von ihm.

So beeilte er sich fortzufahren:

„Na ja, dann war ich hier auf dieser Seite des Tals. Der Flug ermüdete mich doch mehr, als ich es für möglich gehalten hätte. Ich war so erschöpft, dass wohl meine Konzentration nachließ, ohne dass ich etwas davon mitbekam."

„Onkel! Lass dir nicht jede Blattlaus aus dem Schnabel ziehen!", pfiff Arle ihn an.

„Na schön. Als dann ein Vogel meines Weges geflogen kam, wollte ich mich nur bei ihm nach der Richtung erkundigen. Dazu musste ich ihn natürlich zuerst einmal einholen und dabei bin ich mit meinem Flügel unglücklich an einem Ast hängen geblieben. Der Flügel knackte, ich stürzte hinab, man brachte mich zu Bickabolo – und das war es auch schon! Pech kann man immer haben. So sollte es wohl sein. Jetzt gehört es jedenfalls der Vergangenheit an, also Ende der Geschichte!", sagte er und schloss trotzig den Schnabel.

Hakeka schien aber noch aus anderen Quellen über den genauen Hergang des Unfalls unterrichtet worden zu sein, denn sie pfiff nun amüsiert:

„Nette Geschichte! Dann hat es also überhaupt keine Rolle gespielt, dass es sich bei dem Vogel um eine niedliche, hübsche, junge Meisin gehandelt hat? Dann hast du also nicht versucht, sie mit deinen Flugkünsten zu beeindrucken – ich meine, als dir der Baum hinterhältigerweise in den Weg sprang?"

Zu seinem Glück wurde Onkel Butterschnabel jetzt vor dem Tribunal gerettet, denn drei schnaufende Steinböcke trafen in diesem Moment bei ihnen ein. Erleichtert schwebte die Kohlmeise schnell vom Baum herab und nahm auf dem Rücken von Windfuß Platz.

Dass er sich Windfuß als Landeplatz ausgesucht hatte, weil dieser möglicherweise etwas weiter weg von dem Anführer der Steinböcke stand, blieb nur eine Vermutung – auch wenn sich die anderen beiden Meisen auf Gotondros Gepäck niedergelassen hatten.

Auf alle Fälle machte Onkel Butterschnabel einen sehr erleichterten Eindruck, als sich die Gruppe endlich wieder in Bewegung setzte. Möglicherweise lag dies ja daran, dass er nun keine unangenehmen Fragen mehr beantworten musste – wenngleich das auch nur für diesen Moment gelten würde!

Er war sich in seinem Innersten sicher, dass Arle keinesfalls aufgeben würde, bevor sie nicht alles erfahren hätte. Doch momentan trabten die

Steinböcke mit ihren Passagieren locker den Papo entlang, weshalb die Kohlmeise ein kleines bisschen durchatmen konnte.

„Es ist besser, wenn wir uns ein wenig beeilen, da wir im Tageslicht deutlicher sehen können, welche Überraschungen auf uns zukommen!", meldete sich Bickabolo zu Wort.

„Da hast du recht, möglicherweise wird Onkelchen ansonsten wieder von einem netten Vögelchen abgelenkt und bricht sich diesmal dabei noch sein Schnäbelchen!", pflichtete Arle ihm heiter bei und nachdem das darauf einsetzende Gelächter wieder verklungen war, bat Gotondro die Gruppe:

„Haltet bitte alle die Augen auf, da wir eine gute Möglichkeit finden müssen, den Fluss zu überqueren. Das dürfte gar nicht so einfach werden, weil er reichlich Wasser mit sich führt, wie ihr ja sehen könnt!"

6. Weiter, immer weiter!

Der Tunnel führte leicht bergab und wurde ein wenig durch phosphoreszierende Flechten beleuchtet, die sich entlang der Röhrenwände ausbreiteten. Sie schienen hier die idealen Wachstumsbedingungen vorgefunden zu haben, wenn die Dichte ihres Bewuchses mir dies anzeigte. In der schummrigen Beleuchtung sah ich die sich bewegenden Flügel meines jüngsten Bruders Piep.

Immer auf und ab, und immer wieder auf und ab!

Es kam mir so vor, als würden wir schon eine Ewigkeit durch diese unwirkliche Welt fliegen. Wahrscheinlich lag das an dem Fehlen des Sonnenlichtes, denn das diffuse Licht brachte mein Zeitgefühl irgendwie vollkommen durcheinander.

Immer auf und ab, und immer wieder auf und ab!

Das Ganze erinnerte mich stark an die Zeit, als ich mich noch in meinem Ei befunden hatte. Nur, dass mir in diesem Fall nicht das Wackeln, sondern die vor mir flatternden Flügel verrieten, dass ich wach war.

Immer auf und ab, und immer wieder auf und ab!

Meine Flügelspitzen berührten zwar nicht die Wände, jedoch hätte nicht viel dazu gefehlt. Überall tröpfelte es von der Decke, und die herabfallenden Wassertropfen begleiteten unseren Flug mit ihrer Melodie.

Pling, pling und immer wieder pling, pling!

Meine Gedanken kreisten darum, was wir machen sollten, wenn plötzlich Wasser in unseren Tunnel eindringen würde – denn schließlich befanden wir uns ja unter dem Regenbogensee.

Pling, pling und immer wieder pling, pling!

Es würde dann nur zwei Möglichkeiten geben hier wieder heil herauszukommen, ausgenommen man wäre vielleicht ein Fisch oder etwas in dieser Art. Wir müssten entweder den Weg zurückfliegen, den wir gekommen waren, oder irgendwie nach oben zum Plateau des Tafelberges gelangen – und beides würde in jedem Fall ziemlich lange dauern. Ich unterdrückte das in mir aufsteigende Schaudern.

Pling, pling und immer wieder pling, pling!

Glücklicherweise führte Tornado unsere kleine Gesellschaft, denn schließlich war er ja schon mehrmals hier unten gewesen und würde daher sicherlich am ehesten bemerken, wenn etwas nicht stimmte. Allzu lange konnte es nun auch nicht mehr dauern, bis wir in der Höhle ankamen, von der uns ein Durchlass hoch zum Plateau führen sollte. Damit würden wir die unberechenbaren Winde umgehen, die an der Flanke des Tafelberges wüteten.

Weiter, weiter und immer wieder weiter!

Ich war mir sicher, dass wir dort die Seerosenblüten finden würden. Schließlich flogen Federchen und Samtbäuchlein mit uns – und die wussten eine ganze Menge! Dann waren ja auch noch die Zwillinge da – für den Fall, dass wir tollkühne Flieger benötigten! Bei dem Gedanken an die beiden zuckte mir durch den Kopf, dass sie sich seit einer geraumen Zeit sehr unauffällig verhielten und sogleich fragte ich mich, was sie nun schon wieder für eine Verrücktheit aushecken würden. Aber ich war mir absolut sicher, dass wir das noch früh genug herausfinden würden – möglicherweise sogar schon viel früher, als wir das wirklich wollten.

Weiter, weiter und immer wieder weiter!

Bickamuck war sich ja sicher gewesen, dass er aus den Seerosenblüten eine Lösung herstellen könnte, die Tütelütü helfen würde. Dann war auch noch Armana da und zu zweit schafften die Keas bekanntlich einfach alles! Aber was wäre, wenn wir keine Blüten fänden oder sich trotz aller Bemühungen daraus keine Lösung herstellen ließe? Was sollten wir dann unserer Freundin erzählen? Wie nur könnten wir sie dann noch trösten? Weiter, weiter und immer wieder weiter!

Meine Überlegungen wurden jäh unterbrochen, denn wir waren jetzt in die Höhle geflogen, von der Tornado zuvor gesprochen hatte. Der Kolibri drehte sich im Fliegen zu uns um, und wir landeten auf den Steinen, die sich unter uns im Schlick befanden. Im Gegensatz zu ihm konnten wir nicht im Flug auf der Stelle verharren und so nutzten wir stattdessen die Gelegenheit, um unsere Flügel ein wenig auszuruhen!

„Wir müssen nun diese Höhle durchqueren", erklärte uns Tornado. „An der hinteren Wand befindet sich eine Öffnung. Dort beginnt der Durchlass, der uns bis ganz nach oben, hinauf auf den Tafelberg führen sollte. Er ist ungefähr vier bis fünf Mal breiter, als die Röhre, durch die wir gerade gekommen sind. Unterwegs werden wir mehrmals die Möglichkeit haben, uns ein wenig auszuruhen und vielleicht können wir sogar auf dem Weg nach oben eine gute Schlafmöglichkeit für uns finden. Es macht ja keinen Sinn, wenn wir müde und in der Dunkelheit auf das Plateau hinausfliegen."

„Eine Schlafmöglichkeit hört sich gut an. Vielleicht ja mit einer Gelegenheit, sich dort den Staub ein wenig abzuwaschen?", meinte Federchen dazu.

Tornado schaute sie entgeistert an und schüttelte heftig seinen Kopf, ganz so, als hätte sich darauf ein Floh niedergelassen. Danach fuhr er fort, ohne auf die Frage meiner Schwester einzugehen: „Seid aber vorsichtig! Manchmal kann plötzlich Wasser herabgestürzt kommen oder es können sich auch Steine aus der Felswand lösen. Ihr müsst euch dann unbedingt und so schnell wie nur möglich einen sicheren Platz suchen. Man kann hier nämlich nie wissen, was und wie viel davon nach unten fällt! Weil ihr so langsam seid, ist das natürlich viel gefährlicher für euch, trotzdem versuche ich rechtzeitig vor Gefahren zu warnen." Tornado schaute uns nacheinander in die Augen und sagte dann bestimmt: „So, genug ausgeruht! Weiter geht es!"

Noch bevor er seinen letzten Satz richtig beendet hatte, sirrte er auch schon durch die Höhle und steuerte den Durchlass an. Während wir ihm folgten, warf ich noch einen letzten Blick zurück.

In dem Schlick fielen mir Krallenabdrücke auf, die einen Stein umgaben, den wir gerade verlassen haben mussten. Der Form nach konnten sie nur zu den Zwillingen gehören. Ihre Abdrücke würden nun hier in dieser unwirklichen Welt verweilen und zusammen darauf warten, dass sie jemand besuchen käme. Das Pling-pling leistete ihnen zumindest bis dahin Gesellschaft. Ich seufzte tief und verabschiedete mich in meinen Gedanken von ihnen, sodann schloss ich zu den anderen auf – denn schließlich wartete ja noch ein Abenteuer auf uns!

Wir durchquerten die kleine Höhle, in der sich an den Wänden und an der Decke ebenfalls Flechten angesiedelt hatten. Auch hier tauchten sie alles in ihr sanftes Licht. Auf dem Höhlenboden befanden sich unzählige kleine Wasserbecken, die vermutlich von den Tropfen gebildet worden waren, die ohne Unterlass von der Höhlendecke herabplatschten. Ich erkannte in dem klaren Wasser viele kleine Fische, die unter der sich kräuselnden Oberfläche umherschwammen. Durch die gewaltigen Wassermassen, die draußen über das Kliff in den See hinabstürzten, vibrierte hier der gesamte Felsen, das Wasser und sogar die Luft – wie ich gut an meinen Federn spüren konnte!

Jetzt verschwand der Kolibri in einer Öffnung und wir folgten ihm. Das war der Durchlass, von dem er uns erzählt hatte. Unter dem Leuchten der Flechten flogen wir höher und höher. Das auch hier zu spürende Vibrieren des Felsens vermittelte mir langsam das Gefühl, als wäre ich ein Teil von ihm.

Das donnernde Geräusch des Wassers wurde mit jedem meiner Atemzüge lauter. Just in dem Moment, als ich mich fragte, warum dies in Wichtels Namen so wäre, stand Tornado über uns in der Luft und brüllte gegen die Geräusche an, sodass wir ihn gerade noch verstehen konnten:

„Über uns ist ein größeres Stück aus dem Durchlass herausgebrochen oder herausgespült worden! Man kann nun den Wasserfall von der Rückansicht sehen, seid daher bitte sehr vorsichtig. Dort wird es vermutlich äußerst starke Luftverwirbelungen geben, die einen schnell gegen die Felswand schmettern könnten! Bevor wir unser Glück versuchen, ruhen wir uns besser noch auf der Felsnase dort drüben ein wenig aus. Danach wird es immer noch früh genug sein, um zu sehen, welche weiteren Überraschungen der Erdwichtel für uns vorbereitet hat!"

So flogen wir alle zu dem Felsvorsprung, auf den er gewiesen hatte. Dort ruhten wir ein wenig und schöpften neue Kraft für das, was uns erwarten würde. Im schwachen Licht der Flechten erkannte ich die glänzenden Augen der Zwillinge. Vermutlich freuten sie sich auf die fliegerischen Herausforderungen, die noch eventuell vor uns liegen mochten!

Als sich dann alle so weit erholt hatten, erhoben wir uns erneut in die Luft. Die Führung übernahm wieder Tornado und wir anderen blieben dicht hinter ihm. Schnell waren wir an dem Loch in der Felswand angelangt.

„Das herabstürzende Wasser hat den Felsen vermutlich mit nach unten genommen. Hitze und Kälte hatten das bestimmt schon von langer Kralle vorbereitet – und sie haben ganze Arbeit geleistet, muss man sagen! Schaut doch mal, wie groß das Loch ist!", sagte Samtbäuchlein beeindruckt.

„Ist das riesig! Das ist bestimmt doppelt so groß wie Zuckerschnute!", rief Bürste erstaunt, während sich zerstäubtes Wasser auf unsere Federn legte.

Weiter höher, oberhalb des in der Wand klaffenden Loches, wirbelte dichter Nebel in dem Durchlass umher, dem wir folgen mussten. Der Dunst machte es uns unmöglich festzustellen, wie es darüber aussah.

„Wenigstens werden dadurch unsere Federn nicht noch zusätzlich nass. Irgendwie muss der nach oben ..."

Federchen brach mitten im Satz ab, weil Tornado, der vor ihr flog, in diesem Moment einfach aus der Luft gepflückt wurde und nur Wimpernschläge später widerfuhr meiner Schwester das gleiche Schicksal. Gerade als mir der Gedanke durch den Kopf zuckte, dass dies von den

Luftverwirbelungen kommen könnte, packte auch mich eine unsichtbare Klaue und riss mich unnachgiebig in die Höhe!

In diesem Sog wurde ich hin und her gewirbelt, was das Fliegen für mich unmöglich machte. So legte ich die Flügel einfach an meinen Körper, um meine Kräfte zu schonen, genau wie Papa es uns gelehrt hatte. Niemand kann vorhersagen, wann man seine Flügel dringend benutzen muss – mit Ausnahme der Seher vielleicht. Das gilt natürlich umso mehr, wenn man sich in unbekannte Bereiche vorwagt, wie wir es gerade bei diesem Abenteuer taten!

In einer Spirale wurde ich immer weiter nach oben gesaugt, wobei ich glücklicherweise nie den Felswänden zu nahe kam. Manchmal sah ich in dem feinen Nebel einen Flügel oder auch den Kopf einer meiner Geschwister. Sogar der lange Schnabel von Tornado tauchte einige Male kurz auf, um gleich darauf wieder im Wasserdunst zu verschwinden. Nach einer Weile konnte ich nicht mehr einschätzen, wie lange dieser unfreiwillige Ausflug in dem Sog dauerte. Es war irgendetwas zwischen einem Moment und einer gefühlten Ewigkeit!

Dann war der Dunst verschwunden und die Klaue, die mich gepackt hatte, ließ von mir ab. Ich trudelte noch ein wenig, konnte meine Flügel aber wieder benutzen, sodass ich mich schnell fing.

„Komm hierher!", rief der auf einem Felsvorsprung hockende Tornado zu mir herab, da zischten Bürste und Kralle lachend an mir vorbei. Für die Zwillinge schien das gerade Erlebte ganz nach ihrem Geschmack gewesen zu sein, wie ich an ihrem ausgelassenen Zwitschern hören konnte. Sich gegenseitig schubsend, landeten sie genau wie ich neben dem Kolibri.

Samtbäuchlein näherte sich ein wenig schnaufend von weiter unten. Auch wenn er viel von seinem Gewicht verloren hatte, war er immer noch der Schwerste von uns, weshalb er nicht ganz so weit in die Höhe gesaugt worden war. Federchen und Piep war es genau umgekehrt ergangen: Weil sie leichter als wir waren, mussten die beiden von weiter oberhalb zu uns herabflattern.

Der Felsvorsprung erwies sich als ausreichend groß für uns und alle fanden darauf bequem Platz. Nachdem wir uns alle nach Verletzungen abgesucht hatten, von denen es Waldwichtel sei Dank keine gab, fiel mir auf, dass Federchen einen besorgten Eindruck machte. Die Erklärung für ihre Besorgnis ließ auch nicht lange auf sich warten:

„Seht euch doch nur mal unsere Federn an, so geht das nicht – ganz und gar nicht! Da muss dringend etwas getan werden!"

Sie hatte recht, unsere Federn waren von der Feuchtigkeit und der Luft in eine neue Form gebracht worden, sie standen jetzt in jede erdenkliche Richtung ab. Tornado hatte es am schlimmsten getroffen, denn er sah wie ein übergroßes Weidenkätzchen aus – mit einem langen Schnabel!

Federchen war aber gut auf solche Situationen vorbereitet: Armana hatte ihr vor unserer Abreise von der Keainsel eine biegsame Pflanzenfaser an ihrem Kammzapfen angebracht. So konnte sie ihn nun um den Hals tragen und überallhin mitnehmen.

„Bevor noch jemand irgendeine Kralle bewegt, müssen wir das in Ordnung bringen. So kann niemand von uns fliegen! Und was, wenn wir derart unvorbereitet gesehen werden? Also los, wer will der Erste sein?"

Es war uns klar, dass sie nicht eher Ruhe geben würde, bis sie ihren Plan in die Tat umgesetzt hatte. Also hockten wir uns alle ergeben hin, damit sie möglichst gut an unsere Federn herankam und die Prozedur wieder schnell vorbei sein würde. Nur Tornado dachte, dass er Federchen entkommen könnte. Er versuchte, sich hinter uns ganz klein zu machen, aber natürlich war dies meiner Schwester nicht entgangen!

„Komm, du Flaumfeder, ich kämme dir schön deine Federchen! Komm brav zu mir – es tut auch gar nicht weh. Los, dreh dich um!", befahl sie unerbittlich.

Natürlich mussten wir alle piepen und unsere Kommentare dazu abgeben – hatte er doch zuvor noch behauptet, ihn würde man dazu nicht bewegen können. Kleinlaut gab er nun seine Gegenwehr auf und fügte sich ins Unvermeidliche. Vermutlich hegte er auch die Hoffnung, dass er so schneller unseren Spöttereien entkommen würde.

Als Federchen zufrieden mit seinem Aussehen war und auch alle anderen versorgt waren, sagte sie:

„Das war es! Blaukäppchen, jetzt könntest du nur noch meine Rückenfedern glätten!"

Sie hielt mir dazu ihren Tannenzapfen mit einer Klaue vor den Schnabel und ich machte mich sogleich an die Arbeit. Was wäre ich denn für ein Bruder, wenn ich ihr diesen kleinen Gefallen nicht täte? Ich machte es, so gut ich konnte, und Federchen schien damit auch zufrieden, denn sie tätschelte mir mit ihrem Flügel den Kopf. Dann wurde es Zeit sich anderen Dingen zu widmen.

Tornado verdeutlichte uns, welche Auswirkungen der Sog auf unsere Heimreise haben würde:

„Auf dem Rückweg werden wir jetzt ein ziemlich großes Problem haben. Der aufsteigende Luftstrom ist viel zu stark, als dass wir auf demselben Weg wieder hinuntergelangen könnten und wir würden darin auch gar nicht genug sehen. Es wird uns nichts anderes übrig bleiben, als einen anderen Weg hinab zum See zu suchen!", sagte der Kolibri und erweckte damit bei mir ein flaues Gefühl im Bauch.

Sogleich schossen mir zahlreiche Fragen durch den Kopf: Was wäre, wenn wir keinen anderen Weg mehr fänden? Wie kämen wir wieder zu Mama und Papa? Was würde mit Tütelütü geschehen? Entschlossen schob ich diese Gedanken beiseite und sagte mir, dass wir uns darum erst kümmern müssten, wenn es so weit wäre. Und dann würden wir auch sicherlich eine Lösung finden!

„Wir sollten jetzt wieder weiterfliegen!", durchbrach der Kolibri die nachdenkliche Stille, die bei uns entstanden war. So brachen wir also wieder auf und flogen höher und höher. Nach einiger Zeit fiel mir auf, dass der Felsen über uns silbern leuchtete und ich wies sofort Samtbäuchlein darauf hin, der neben mir flog.

„Keine Sorge, Blaukäppchen, das ist der Mond, wir haben es bis nach ganz oben geschafft! Er muss durch irgendeine Öffnung zu uns herabscheinen, aber es sieht wirklich genau so aus, als würde der Stein selber silbern leuchten", sagte er laut.

„Bürste, komm! Wer als Letzter draußen ist, ist eine gammelige, alte Lurchzunge!", rief Kralle euphorisch aus.

„Halt, ihr bleibt genau da, wo ihr jetzt seid!", dämpfte Federchen umgehend ihren Unternehmungsdrang. „Es macht bestimmt keinen Sinn, wenn wir uns in der Dunkelheit ins Unbekannte stürzen und uns dabei doch noch verletzen oder verlieren. Lasst uns lieber zuerst einmal darüberfliegen!"

„Darüber" war eine Ausbuchtung in der Felswand, die uns allen ausreichend Platz bieten würde, um bequem übernachten zu können. So folgten wir ihrem Vorschlag – wenn auch unter dem Gejammer der Zwillinge, welches aber schlagartig aufhörte, als unser Schwesterchen die beiden scharf ansah.

Nachdem wir in der Nische gelandet waren, sahen wir, dass das wirklich kein übler Platz war und alle empfanden das Moos, welches hier auf dem Stein wuchs, als angenehm weich unter den Klauen. Jetzt rückten wir eng zusammen, damit es uns allen während der Nacht schön warm bliebe, legten unsere Schlafflügel über die Köpfe und schlossen die Augen.

Wie Federchen schon gesagt hatte, wäre es jetzt zu gefährlich hinauszufliegen. Wir konnten ja nicht im Dunkeln fliegen – mit Ausnahme vielleicht der Zwillinge, die dies ja schon einmal mit den Fledermäusen gemacht hatten. Auch müssten wir uns zuerst einen Überblick darüber verschaffen, was uns dort oben auf dem Plateau erwartete. Zudem hatten wir ja auch noch gar keine Ahnung, in welche Richtung wir fliegen sollten, um die Seerosenblüten für Tütelütü zu finden. Auch Tornado konnte uns da nicht weiterhelfen, und so war es nur vernünftig, wenn wir auf das kommende Tageslicht warteten!

Das leise hochschallende, monotone Rauschen des Wasserfalls hatte etwas sehr Beruhigendes an sich. Langsam veränderte sich mein Bewusstseinszustand. Meine Muskeln erschlafften und meine Zunge wurde entsetzlich schwer, so beeilte ich mich, allen in nuschelndem Tonfall eine gute Nacht zu wünschen. In meinen letzten Gedanken schloss ich in diesen Wunsch noch unsere Eltern und die zurückgebliebenen Freunde mit ein. Wenige Atemzüge später war ich auch schon im Land des Traumwichtels angelangt!

7. Eine außergewöhnliche Freundschaft

Jemand strich mit seiner Kralle leicht über meinen Nacken. Ich nahm den Schlafflügel von meinem Kopf, öffnete die verklebten Augen und drehte mich um. Der lange Schnabel von Tornado wies auf die Rückseite von Piep, den er gerade mit einer Kralle im Nacken berührte, wie er es vermutlich zuvor auch bei mir gemacht hatte.

„Wollt ihr denn den ganzen Tag verschlafen? Es ist schon strahlend hell draußen! Ihr wisst doch, dass wir heute noch viel vorhaben, außerdem brauche ich jetzt dringend Nektar – oder mir fällt vor Hunger der Schnabel ab! Steht endlich auf oder ich helfe nach!", nörgelte er laut, worauf auch die letzten meiner Geschwister ihre Schlafflügel herunternahmen. Gemeinsam schauten wir unseren vor Tatendrang überschäumenden Freund an und in meinem Kopf tauchten langsam Erinnerungen an den vergangenen Abend auf.

Heute würden wir auf das Plateau hinausfliegen, um die Seerosenblüten zu suchen, mit denen wir zur Lösung Tütelütüs Federproblem beitragen wollten. Hoffentlich gelang es uns, einen Teich mit diesen schwimmenden Pflanzen zu finden. Bevor ich diesen Gedanken weiter verfolgen konnte, wurden bereits neue in meinen Kopf geschwemmt: Gedanken an Mama und Papa!

Fast drei ganze Tage waren sie schon ohne uns unterwegs, und ich vermisste sie immer mehr. Ich hoffte, dass bei ihnen alles gut verlaufen war. Erinnerungsfetzen an die Zeit vor unserem Ausfliegen hängten sich an das gerade Gedachte.

Mir fiel jetzt das gemeinsame Üben für die Welt außerhalb der Behausung ein, wie wir abends den Erzählungen der Eltern gelauscht hatten und auch die kleinen Einzelheiten unseres täglichen Lebens, bevor wir flügge geworden waren. All das schien mir schon eine Ewigkeit her zu sein, doch in Wirklichkeit waren seitdem nur wenige Tage vergangen. Ich atmete tief ein und stieß ein lautes Seufzen aus. Federchen, die neben mir hockte, schien das, was ich fühlte, zu verstehen. Sie stieß auch einen kleinen Seufzer aus und legte mir tröstend ihren Flügel auf den Rücken.

Das half – wenn auch nur ein wenig! So bedankte ich mich durch ein leises Piepen bei ihr und blickte zu den Zwillingen hinüber, die mal wieder kicherten. Wenn die beiden ähnlich fühlten, wie ich es tat, war ihnen jedenfalls gerade nichts davon anzumerken. Sie hatten nämlich damit begonnen, sich laut zwitschernd gegenseitig zu schubsen!

Tornado war trotz der frühen Stunde voller Ungeduld und Tatendrang: „Keine Ahnung, was ihr da so langsam macht, ich jedenfalls sehe nicht dabei zu. Ich fliege nach draußen – jetzt!" Kaum hatte er geendet, da sirrte er auch schon nach oben.

„Warte, ich muss mir nur noch schnell die Federn richten!", rief Federchen ihm hinterher, doch er war bereits nach draußen geflogen.

Noch vor einigen Stunden war durch diese Öffnung das bleiche Licht des Mondes zu uns herabgeschienen, doch jetzt hatte ihn die Sonne abgelöst und sandte ihre wärmenden Strahlen zu uns herab. Um den Kolibri nicht zu verlieren, beeilten wir uns alle und flatterten ihm umgehend hinterher. Geduld zählte eben nicht zu seinen Tugenden!

Als ich nach draußen kam, blendete mich das grelle Sonnenlicht, da sich inzwischen meine Augen an die Dunkelheit des Tunnels angepasst hatten. Damit ich jetzt nirgendwo gegenfliegen würde, beschloss ich zuerst einmal, mich auf dem Boden niederzulassen, um meine Augen an das helle Sonnenlicht zu gewöhnen.

„Nicht auf mich, pass doch auf!", pfiff Samtbäuchlein aufgeregt, worauf ich ein wenig zur Seite flatterte und dort meine Krallen in den Boden bohrte. Er versuchte offensichtlich ebenfalls seine Augen an die Helligkeit zu gewöhnen und hätte er sich nicht bemerkbar gemacht, wäre ich bestimmt auf seinem Kopf gelandet!

Die Luft war hier wegen der Feuchtigkeit ziemlich dick und warm. Wäre sie noch ein kleines bisschen feuchter gewesen, hätte man sie bestimmt einfach so trinken können! Vor uns erhob sich ein dichtes Gebüsch, um das Insekten flogen oder krabbelten. In dem feuchten Boden wuselten Würmer und lecker aussehende Käfer umher. Blütenkelche in den verschiedensten Farben hingen herab und verströmten überall ihren schweren, süßen Duft. Merkwürdige kleine Tiere, anscheinend mit kurzen, harten Federn, watschelten flink über den Boden und ihr Ziel schien das nahe Pflanzendickicht zu sein.

„Habt keine Angst, das sind keine Fantasiewichtel, das sind nur Echsen! Und was sie da auf ihrem Rücken tragen, sind Schuppen – nicht dass noch jemand von euch glaubt, es wären Federn!", klärte uns Tornado lachend auf, da er unsere Blicke bemerkt hatte. Ich schaute ertappt zu Boden, während Federchen den Kolibri herausfordernd ansah und schlauwichtelte:

„Natürlich sind das Echsen! Sie gehören zu der Gruppe der Reptilien. Manche sind kleiner als eine Schnecke, andere fast so groß wie Zuckerschnute. Die einen bewegen sich auf Beinen, andere dagegen auf dem Bauch. Viele von ihnen schwimmen oder tauchen sogar. Wieder ganz andere können fliegen oder auch klettern, und ein großer Teil von ihnen frisst Pflanzen. Es gibt aber auch Fleischfresser unter ihnen, die große, scharfe Zähne haben. Seltener ist, dass sie Gift spucken, und einige können ihren Schwanz in der Not abwerfen. Auch ihre Färbung ist sehr unterschiedlich und bestimmte Arten können diese sogar ändern!"

Tornado sah sie an und schien sich zu überlegen, was und ob er ihr etwas darauf antworten sollte. Klugerweise entschied er sich dagegen. Ich fragte mich zum wiederholten Male, wo ich gewesen war, als die Eltern uns all dies gelehrt hatten. Ein Blick auf meine anderen Geschwister zeigte mir zu meiner Beruhigung, dass es ihnen ähnlich zu ergehen schien – mit Ausnahme natürlich von Samtbäuchlein!

Während ich das gerade von meiner Schwester Gesagte noch verdaute, hatten die Zwillinge beschlossen, uns das Ganze bildhaft vorzuführen. Bürste bewegte sich langsam und fauchend mit wackelndem Bürzel auf Kralle zu:

„Ich bin eine fürchterliche Echse und fresse dich jetzt auf!"
Kralle öffnete daraufhin langsam seinen Schnabel und zischte seinen Zwillingsbruder an:

„Wenn du noch näher kommst, bespucke ich dich mit meinem fürchterlichen Gift. Ich bin die giftige Giftechse!"

„Du Gammelfeder kannst mich ja gar nicht sehen, ich habe doch gerade meine Farbe geändert!", antwortete Bürste und hüpfte auf den Rücken seines Bruders, woraufhin mal wieder die übliche kleine Rangelei folgte, die damit endete, dass sich beide lachend auf der Erde wälzten.

Tornado, der zu viel Hunger hatte, um den Albernheiten meiner Brüder weiter zuzusehen, war bereits zu dem blühenden Gebüsch geflogen. Er suchte sich dort eine große Blüte aus und steckte seinen langen Schnabel tief in sie hinein. Auf den ersten Blick wirkte es auf mich so, als würde er dabei in der Luft stehen, bei genauerer Betrachtung erkannte ich natürlich, dass sich seine Flügel nur rasend schnell bewegten. Die Beobachtung des langschnäbeligen Vogels hatte meinen Hunger erweckt und meinen Geschwistern erging es wohl ähnlich. Alle folgten mir zu dem Gebüsch – selbst die Zwillinge verschoben ihr Gerangel auf einen späteren Zeitpunkt!

Als wir bei der Pflanze angelangt waren, fiel mir auf, dass es eigentlich zwei ineinander verwachsene Sträucher waren. Überall von ihnen baumelten dicke, saftig aussehende Beeren herab und nur schon wenige Momente später hörte man überall schmatzende Geräusche. Meinen Brüdern und mir rann der Saft nur so aus den Schnäbeln, Federchen dagegen pickte sehr behutsam an ihrer Frucht, weshalb sie auch mal wieder die Einzige von uns war, die sauber blieb.

Die Beeren hatten unterschiedliche Farben und schmeckten herrlich süß. Ich wählte mir jedes Mal eine andere Farbe aus und erhielt zur Belohnung immer einen neuen Geschmack.

Plötzlich hörten wir eine Stimme brüllen:

„Hau ab, du übergewichtige Seegurke, und nimm das noch mit!" Es folgte ein platschendes Geräusch, so als wäre etwas auf Wasser aufgetroffen. „Oh, war die etwa zu hart für dich, du armes, fettes Seepferdchen? Hier hast du noch eine, die ist noch härter! Und gleich noch eine!", hörten wir die Stimme weiter rufen. Darauf folgte ein schallendes, leicht schadenfrohes Lachen, begleitet von einigen ausgesuchten Beleidigungen.

„Hör sofort auf zu werfen, du verblödete Springmaus, ansonsten besuchen meine Familie und ich euch mal des Nachts! Dann machen wir ein paar nette Gehübungen auf dir und deinem schuppigen Freund. Ich verspreche dir schon jetzt, dass du das bestimmt nicht mehr zum Lachen finden wirst!", antwortete eine andere Stimme.

„Wenn du keine Kiwis magst, dann lass gefälligst Rollo in Ruhe! Er hat dir doch gar nichts getan – er hat noch nie jemandem etwas angetan! Wenn du das nicht in deinen dicken Schädel bekommst, kannst du dir gerne Nachschlag bei mir abholen – und für deine Familie habe ich auch immer noch etwas übrig!", entgegnete wieder die erste Stimme.

„Sag dem schlitzäugigen Scharfzahn, dass er sich gefälligst von uns fernhalten soll. Es sei denn, seine Knochen würden ihn stören und er wollte schon immer wie ein großes, äußerst dünnes, matschiges Blatt aussehen!", tönte die andere Stimme mit einem lauten Schnauben, unmittelbar gefolgt von einem gewaltigen Platschen. Dann herrschte Ruhe!

Jeder von uns lugte jetzt vorsichtig durch das schützende Blätterdickicht und wir konnten davor eine Gestalt sehen, welche ungefähr doppelt so groß war wie Schnuddel! Sie hatte ziemlich große Ohren, einen lang gestreckten Kopf, graues Fell, kurze Arme, riesige Füße und einen kräftigen, dicken, braungelb gemusterten Schwanz.

„Das ist bestimmt ein Känguru! Bickamuck hat mir erzählt, dass sie hier auf dem Plateau leben würden!", piepte Samtbäuchlein. „Er sagte auch, dass sie unheimlich weit springen könnten und dass die Weibchen am Bauch einen Beutel hätten, in dem ihre Nestlinge lebten – so lange, bis sie selber springen könnten!", flüsterte er aufgeregt weiter.

Neugierig suchte ich daraufhin das Känguru mit den Augen ab – und tatsächlich, es hatte einen Beutel am Bauch, in dem sich auch etwas zu befinden schien. Wie es aussah, trug das Känguru gleich mehrere Nestlinge bei sich, und folglich musste es natürlich ein Weibchen sein!

Das Känguru stand am Flussufer und sah so aus, als würde es dem riesigen Schädel hinterherschauen, der sich schwimmend ostwärts entfernte. Dieser hatte wirklich enorme Ausmaße, weshalb ich vermutete, dass die schwimmende Gestalt noch viel größer sein musste als es Zuckerschnute war. Sie drehte sich noch einmal um, öffnete ihre dicke, breite Schnauze und stieß ein gewaltiges Brüllen aus. Dann tauchte sie langsam unter, bis der ganze Kopf fast im Wasser verschwunden war. Nur die kleinen

Ohren, die sich oben auf dem Schädel befanden, ragten noch heraus. Eine kleine Welle vor sich herschiebend entschwand die Gestalt langsam unserem Sichtbereich, der Strömung des Flusses entgegen.

„Das muss ein Flusspferd sein, so eines habe ich unten im Tal noch nie gesehen – das ist ja riesig!", flüsterte Federchen fast schon ehrfürchtig. Ein Blick auf meine Brüder zeigte mir, dass sie das genauso sahen. Gerade als wir überlegten, ob wir das schützende Gebüsch verlassen sollten, wuchsen ganz langsam zwei Augen aus dem Wasser. Ein langer Schädel und ein noch längerer, schuppiger Schwanz folgten ihnen. Federchen und Samtbäuchlein piepten leise auf und berieten sich nervös flüsternd. Schnell waren sie sich einig, dass es sich um einen sehr gefährlichen Räuber handeln musste.

„Das ist sicher ein Krokodil, ein Fleischfresser! Wir müssen das Känguru schnell warnen, damit es sich und seinen Nachwuchs in Sicherheit bringen kann!", zischte Federchen zu uns gewandt. Doch bevor wir losfliegen konnten, öffnete das Krokodil sein gewaltiges, furchterregendes Maul, offenbarte dabei viele riesige, spitze Zähne und fragte das Känguru in leisem, gehetztem Tonfall: „Ist der Fleischkloß weg?"

„Ja, beruhige dich wieder. Sie schwimmt ihren dicken Hintern den Fluss hinauf", antwortete ihm dieses in normaler Lautstärke.

„Wichtel sei Dank, ich dachte wirklich, die macht mich platt! Ich weiß gar nicht, was die von mir will, ich habe doch gar nichts gemacht!", klagte das Reptil.

„Früher oder später werden wir wohl erfahren, warum sie dich gejagt hat. Aber hab keine Angst, ich lasse es niemals zu, dass sie dir irgendetwas antut!", sagte das Känguru tröstend zu ihm und fügte noch an: „Du kannst nun wieder an Land kommen. Fefelosa hat ihren dicken Hintern den Fluss hinaufgewuchtet und so schnell kommt die nicht zurück! Jetzt können wir endlich Nahrung für dich suchen, aber iss zuerst mal das!", sagte das Känguru und griff in seinen Beutel.

„Es verfüttert seinen Nachwuchs an das Krokodil!", flüsterte meine Schwester ungläubig und in einem entsetzten Tonfall. Als das Känguru aber seine Pfote wieder aus dem Beutel herauszog, lag etwas darin, das eher Tütelütüs Kopfbedeckung ähnelte und ich erkannte, dass es tatsächlich eine Kiwi war! Mit geschickten Krallen machte das Känguru die Schale ab und warf die geschälte Frucht kraftvoll in Richtung des Krokodils – welches inzwischen an Land gekommen war.

Als die Frucht fast den Kopf des Reptils erreicht hatte, öffnete es blitzschnell sein Maul, schnappte kurz, schloss wieder seine gewaltigen Kiefer und die Kiwi war verschwunden. Meine Schwester machte ein ungläubiges Gesicht, wie ich mit einem Seitenblick auf sie feststellen konnte.

Der ersten Frucht folgten in schneller Folge weitere – die ebenfalls alle mühelos aufgefangen und verschluckt wurden.

„Immer diese Kiwis, ich würde lieber etwas anderes essen! Endlich mal wieder etwas Richtiges, wenn du weißt, was ich meine", nörgelte das Krokodil. „Ich träume schon lange davon, wieder Massen von Beeren, Bananen oder Seerosen verspeisen zu können!", klagte es, woraufhin neben mir im Flüsterton eine Diskussion zwischen Federchen und Samtbäuchlein entbrannte:

„Ich habe noch nie von einem Fleischfresser gehört, der nur Pflanzen isst!", sagte meine Schwester.

„Das heißt aber nicht, dass es nicht möglich wäre! Der Waldwichtel hat so viele unterschiedliche Tiere gemacht, warum nicht auch ein Obst und Gemüse fressendes Krokodil?", antwortete ihr Tornado, dem es jetzt offensichtlich zu langweilig wurde, denn er stieg höher auf und flog schließlich über das Gebüsch hinweg. Bürste und Kralle sahen sich kurz an, erhoben sich ebenfalls in die Luft und folgten dem Kolibri zu den beiden Gestalten am Ufer.

„Wir passen nur auf, dass ihm nichts passiert!", rief Bürste noch zu uns hinab, bevor er mit seinem Zwilling hinter dem Gebüsch verschwand.

Natürlich war das Unfug, da der Kolibri viel wendiger als meine Brüder war und er sich dadurch bestimmt bestens selber beschützen konnte – ihnen war es wahrscheinlich auch nur zu langweilig geworden!

Uns blieb somit keine andere Wahl, als ihnen hinterherzufliegen. Tornado würde vermutlich keinen Unfug machen und sich nicht unnötig in Gefahr begeben, aber wer wusste schon, ob das für die Zwillinge ebenfalls Gültigkeit hatte. Dazu kam noch, dass unser Versteck jetzt ohnehin keines mehr war, denn das Känguru und das Krokodil drehten sich in diesem Moment ruckartig um und blickten in unsere Richtung.

„Wer wagt es, sich da heimlich an den fürchterlichen Rollo de la muerte heranzuschleichen? Ich werde euch zerreißen, alle! Ich werde euch mit meinem Schwanz zu Brei verarbeiten, jeden von euch! Ich werde euch für immer in die Tiefen des dunklen Flusses herabziehen, ohne Gnade! Ich werde ...", geiferte das Krokodil mit weit geöffnetem Maul!

„BLA, BLA, BLA!", warf der Kolibri diplomatisch ein. „Wir sind nicht nur schneller als du, wir können dazu auch noch fliegen, du gammeliger Scharfzahn! Schau mal, jetzt fliege ich über deinem linken Auge und jetzt über dem rechten. Soll ich vielleicht mal hineinpicken?"

Spätestens jetzt war klar, dass nicht die Zwillinge unser Problem waren.

Während ich schnell zu überlegen versuchte, wie man Tornado wieder beruhigen könnte, zischte etwas Braunes ganz knapp an seinem Schnabel vorbei.

„Lass gefälligst Rollo in Ruhe, du Pupsfeder! Wir mögen zwar nicht fliegen können, aber mit einer Kiwi pflücke ich dich spielend aus der Luft!", drohte das Känguru unserem ungeduldigen Freund. Zu dem Krokodil gewandt sagte es: „Und du, hör sofort auf, so einen Unsinn zu reden! Diese kleinen Vögelchen werden dir schon nichts Schlimmes antun! Sie werden sich auch bestimmt nicht über dich lustig machen!" Es drehte sich mit einer Kiwi in der Pfote zu uns um, blickte jeden der Reihe nach an und fragte eindringlich: „Oder?"

Da flatterte Federchen an dem noch in der Luft stehenden, verblüfften Kolibri vorbei und landete direkt vor den riesigen Füßen des Kängurus.

„Du bist zu weit weg von mir", sagte sie, „ich fliege jetzt auf deinen Kopf, damit wir uns besser unterhalten können!" Bereits Augenblicke später hockte sie zwischen den Ohren des Kängurus und schaute herab in eines seiner Augen. „Das ist viel besser, so brauche ich nicht zu schreien! Entschuldige bitte das Verhalten von Tornado, er wird sich jetzt benehmen! Wenn nicht, bewirf ihn halt mit einer Kiwi – und wirf auch gleich noch eine für mich hinterher!" Sie hatte ihren Schnabel angehoben und fixierte den Kolibri mit ihrem Blick. Der schaute zu uns, wieder zurück zu Federchen und saß dann auf einem Ast – so schnell, dass wir ihn gar nicht dorthin fliegen gesehen hatten. Anscheinend hatte ihn plötzlich der Hunger überfallen, denn er steckte seinen Schnabel ganz tief in eine der dort wachsenden Blüten, worauf meine Schwester nickte. „Na also, geht doch!", sagte sie befriedigt und blickte wieder auf das Känguru: „Mein Name ist übrigens Federchen."

Jetzt flatterten auch wir näher, hielten uns aber außer Reichweite des Krokodils und stellten uns den beiden der Reihe nach vor.

„Nett, euch alle kennenzulernen!", antwortete daraufhin das Känguru. „Mein Freund, das Krokodil, heißt Rollo de la muerte, aber ihr könnt ihn einfach nur Rollo nennen", sagte es dann, woraufhin der Scharfzahn zustimmend grunzte. „Ich denke mal, dass seine Eltern geglaubt haben, dass sich so ein Name gefährlich anhört. Aber er ist absolut nicht gefährlich und er mag auch nur Pflanzen! Ach ja, und ich bin Flippi."

Als ich nun Rollo anschaute, sah ich, dass er mit seinen Augen intensiv den Erdboden untersuchte, ganz so, als wäre ihm etwas fürchterlich peinlich.

„Ihr könnt euch ruhig auf meinen Panzer hocken – ich tue euch auch wirklich nichts! Dann werden eure Krallen nicht staubig und wir können besser miteinander reden", sagte Rollo, während er uns mit erwartungsvollen Augen anschaute. Natürlich ließen die Zwillinge sich das nicht zweimal sagen und flogen umgehend auf den Panzer des Krokodils.

Dort pickten sie ihn zur Begrüßung ein wenig kräftiger auf den Panzer, damit Rollo auch etwas davon spüren konnte, während sie sich ihm vorstellten. Federchen, Piep, Samtbäuchlein und ich machten es ihnen nach. Nachdem meine Schwester ihn begrüßt hatte, flatterte sie wieder auf den Kopf von Flippi zurück und mit einem Mal hatte Tornado anscheinend genug Nektar geschlürft. Er kam von seinem Ast herabgeflogen und setzte sich auf Rollos Kopf, ganz so, als wäre das schon immer sein Platz gewesen.

„Tut mir leid, Scharfzahn, ich wollte dich nicht verletzen oder mich über dich lustig machen, das steckt einfach irgendwie in mir drin! Ich meine, dass ich zuerst handle und dann denke", sagte er reumütig. „Ich bin halt schnell, manchmal möglicherweise ein wenig zu schnell. – Freunde?", fragte er dann mit schräggelegtem Kopf, woraufhin Rollo zustimmend grunzte, und damit war auch schon alles gesagt!

Federchen fühlte sich anscheinend sehr wohl auf Flippis Kopf, was möglicherweise daran lag, dass das Fell ihre Klauen kitzelte und dazu auch noch schön warm war. Oder sie zog diesen Platz einfach nur deshalb vor, weil sie dort alle anderen überragte. Wir Vögel lieben alle Plätze, von denen wir einen guten Überblick haben!

Meine Schwester erzählte jetzt in Kurzfassung, was uns hierher verschlagen hatte und wir ergänzten ihre Erzählung immer wieder durch Zwischenrufe. Gebannt hörten unsere neuen Freunde zu und als Federchen zu der Stelle kam, an der Tütelütü ihre Federn verlor, sah ich in einem Auge des Krokodils Feuchtigkeit schimmern! Während der Erzählung tuschelten die Zwillinge immer wieder miteinander und als meine Schwester mit ihrem Bericht geendet hatte, hüpften die zwei auf den Boden, wo sie sich jeweils an eine Seite des Krokodilmaules hockten.

„Bürste glaubt nicht, dass du einen Baumstamm zerbeißen kannst. Ich habe ihm aber gesagt, dass das mit deinen Zähnen kein Problem ist. Kannst du das diesem schlauwichtelnden Nestling nicht mal schnell zeigen?", fragte Kralle Rollo hoffnungsvoll.

„Natürlich glaube ich das, du Hohlschnabel, ich würde es nur gerne einmal sehen!", erklärte Bürste und wollte sogleich von Rollo erfahren: „Wie tief kannst du im Wasser tauchen? Und wie hart ist dein Panzer eigentlich? Ist der schon mal kaputtgegangen?"

Noch bevor Rollo sein Maul öffnen konnte, um die Fragen meines Bruders zu beantworten, wollte Kralle ungeduldig von ihm erfahren:

„Hast du dich mit deinen Eckzähnen schon einmal irgendwo verfangen und bist dann nicht mehr davon losgekommen?"

Ein weiteres Mal blieb dem Krokodil keine Zeit zum Antworten, denn Bürste bettelte bereits mit gequältem Piepen:

„Zeig uns doch bitte mal deine Zähne! Nur kurz. Bitte, bitte, bitte!"

Der Kopf von Rollo zuckte bei jeder Frage hin und her. Mir wäre es an seiner Stelle mit Sicherheit schon fürchterlich schlecht davon geworden. Federchen setzte gerade an, um die Zwillinge zu ermahnen, da sagte Flippi:

„Du brauchst doch keine Angst zu haben, Rollo, das sind nur kleine, harmlose Vögel. Niemand will dir etwas antun, sie wollen einfach nur mal schauen. Federchen beißt mich ja auch nicht, sieh mal zu mir hoch!"

Das Krokodil richtete seine Augen auf meine Schwester, woraufhin Flippi ihr die Zähne zeigte. Sie schaute von oben in das geöffnete Maul und bewegte ihren Kopf von der einen zur anderen Seite. Schließlich bedankte sie sich bei dem Känguru, welches daraufhin den Mund wieder schloss.

Rollo grunzte, nachdem er gesehen hatte, dass dies ungefährlich gewesen war und öffnete nun ebenfalls langsam sein Maul. Es wirkte so auf mich, als würde sich eine riesige Höhle auftun – in der sich jede Menge Zähne befanden. Kralle hüpfte jedoch unbekümmert auf das geöffnete Maul zu, um sich alles ganz genau ansehen zu können. Rollo zuckte blitzschnell zurück, ganz so, als wolle ihm jemand seine Zunge herausreißen, und verschloss es wieder fest.

„Kommt lieber nicht zu nahe an meine Zähne, die sind viel zu scharf für kleine Vögelchen! Manchmal zuckt mein Kiefer und er schließt sich dabei, ohne dass ich ihn darum gebeten hätte. Ich will nicht daran schuld sein, wenn ihr euch verletzt!", sagte er mit eindringlicher Stimme. „Ich möchte gar nicht, dass ihr euch verletzt!", fügte er noch hinzu.

„Lass mich jetzt mal, du machst Rollo Angst!", sagte Bürste zu seinem Zwillingsbruder, da er jetzt seine Gelegenheit gekommen sah, und hüpfte sogleich näher an das Krokodil heran. Rollo sah zu Flippi, blickte uns an und schaute dann zu Bürste, woraufhin er wieder zaghaft sein Maul öffnete, damit mein Bruder sich alles ansehen konnte.

Kralle hüpfte neben seinen Zwilling und sie schauten sich gemeinsam alles in Ruhe an. Nach vielen „Ahs" und „Ohs" bedankten sich die beiden höflich bei dem Krokodil und dieses schloss wieder erleichtert sein zahnbewehrtes Maul. Flippi griff in seinen Beutel und nahm dort unter den misstrauischen Blicken Tornados eine Kiwi heraus.

„Halt dich fest!", sagte das Känguru zu meiner Schwester und machte einen gewaltigen Sprung, um direkt neben dem Krokodil wieder aufzukommen.

„Das war toll, das müssen wir unbedingt noch mal machen!", rief Federchen begeistert.

„Aber wir sind dann auch in jedem Fall dabei!", meldeten sich die Zwillinge gemeinsam fordernd zu Wort.

Flippi lachte und sagte:

„Gerne, nur zuerst muss ich Rollos Panzer ein wenig säubern. Daran setzen sich nämlich immer gerne Algen und solche Sachen fest! Zuerst nisten sich Samen zwischen den Schuppen ein, diese bilden nach einer Weile erste zögerliche Wurzeln und beginnen dann, mit aller Macht auszutreiben. Wenn ich da nichts mache, sieht er nach einer Zeit wie eine schwimmende Insel aus. Er kann sich dann nicht mehr richtig bewegen und riecht dazu auch noch fürchterlich moderig! Wir haben herausgefunden, wenn ich ihn ab und an mit einer Kiwischale abreibe, kommt es gar nicht so weit. Die sind schön rau und kommen auch gut zwischen die Lücken!"

Flippi begann damit den Panzer unter den aufmerksamen Blicken der Zwillinge mit einer Kiwi abzureiben, während Samtbäuchlein sich zu ihnen gesellt hatte:

„Ich habe von Bickamuck gehört, dass Krokodile sich unter Wasser sehr gut drehen können. Und unter Wasser gibt es doch auch starke Pflanzen, an denen du bestimmt hervorragend deinen Panzer putzen könntest. Warum dann das mit der Kiwischale?", wollte mein Bruder von Rollo erfahren.

„Ach, das macht mir Angst, weil ich ständig die Orientierung verliere, wenn ich mich unter Wasser drehe – und als wäre das noch nicht genug, fangen dazu meine Augen fürchterlich zu brennen an! Früher haben sich die anderen blöden Krokodile darüber ständig lustig gemacht. Sie sagten immer zu mir, ich müsse mich mit meiner Beute unter Wasser drehen, um diese zu ersticken. Die Todesrolle eben! Es macht aber gar keinen Sinn, wenn ich mich mit einer Banane oder einer Kiwi unter Wasser drehe. Immer, wenn ich denen das erzählte, haben sie mich nur noch mehr verspottet! Um mir das nicht ständig anhören zu müssen, bin ich schließlich fortgeschwommen. Überall, wo ich danach hinkam, wurde ich beleidigt, mit Sachen beworfen und vertrieben. Jeder erwartet eben von einem Krokodil, dass es nur hirnlos alles auffressen möchte – und wer will schon so jemanden in seiner Nähe haben?", er blickte Samtbäuchlein niedergeschlagen an und richtete dann seine Augen auf Flippi. „Dem Waldwichtel sei gedankt, denn schließlich habe ich ihn gefunden und herausbekommen, dass es ihm auch ein wenig so wie mir ergangen war. Aber seit wir zusammen durch die Gegend ziehen, lässt man uns in Ruhe – und wenn nicht, regnet es Kiwis! Niemand kann so schnell und so treffsicher werfen wie mein Freund hier!", sagte er. Das Känguru schaute Rollo an, nickte und lächelte ihm sowohl breit als auch aufmunternd zu, was durch seine riesenhafte Zahnlücke schon ziemlich lustig aussah!

Tornado erhob sich in die Luft und befand sich genau über den Augen des Krokodils. Dort zuckte er aufgebracht umher und sagte mit fester Stimme:

„Ich mag zwar klein sein und manchmal meinen Schnabel etwas zu weit öffnen, in jedem Fall bin ich aber groß genug, um mir einzugestehen, wenn ich mich wie eine Lurchzunge verhalten habe. Wenn dir noch jemals jemand wehtun sollte, sag mir Bescheid. Ich werde ihn dann so mit meinem Schnabel picken, dass er denken wird, er wäre Fallobst. Niemand macht sich über meine Freunde lustig!"

Piep flatterte daraufhin auf die Schnauze von Rollo und sagte:

„Das gilt natürlich für uns alle: Wenn euch noch einmal jemand schlecht behandeln sollte, werden wir ihn schon zu einer anderen Sichtweise bewegen – sagt uns einfach nur Bescheid!"

Wir stimmten meinem Bruder mit einem lauten Zwitschern zu.

„Wir danken euch dafür. Flippi und ich werden natürlich auch immer versuchen, euch zu helfen, wenn ihr unsere Hilfe braucht", sagte Rollo, wobei er aufpasste, dass Piep während des Sprechens nicht von seiner Schnauze fiel. Mein Bruder dachte gar nicht daran, seinen Platz auf der Krokodilschnauze zu verlassen. Er genoss sichtlich das Auf und Ab, das entstand, während Rollo sprach, und wartete begierig darauf, dass dieser noch mehr sagen würde.

„Wo wir gerade dabei sind", setzte Flippi an, „euch ist sicher schon mein Beutel aufgefallen ..." In diesem Moment wurde das Känguru von Kralle unterbrochen, der einfach hemmungslos dazwischenrief:

„Da zwick mich doch am Bürzel, den finde ich absolut klasse! Hätte ich so etwas, wüsste ich endlich, wo ich meine ganzen Sachen hintun könnte. Immer hätte ich dann alles zur Kralle, was ich brauchen würde. Vermutlich wäre mein Beutel dann aber zu schwer – zu schwer zum Fliegen jedenfalls! Und wenn ich spitze Sachen wie eine Kastanie mit Schale dort hineintun würde, wäre das doch bestimmt ziemlich unangenehm für mich. Oder?"

Flippi lachte über die Begeisterung meines Bruders und antwortete:

„Dieser Beutel ist ursprünglich für den Nachwuchs gedacht und muss daher eine Menge aushalten können. Also würde ich vermutlich die Kastanie nicht sonderlich spüren, denke ich. Aber wer würde schon eine Kastanie darin herumtragen, dazu noch, wenn sie sich in der stacheligen Schale befindet? Eigentlich wollte ich aber etwas anderes sagen, bevor du mich so drastisch unterbrochen hast."

Kralle schaute jetzt schuldbewusst zu Flippi und als sein Blick dem unserer Schwester begegnete, die ja noch auf dem Kopf des Kängurus hockte, schien es für ihn augenblicklich nichts mehr Interessanteres als den Boden zu geben. Federchen konnte es nämlich nicht leiden, wenn man jemand nicht ausreden ließ, und hatte ihn deshalb ziemlich missfallend angesehen.

„Ich wollte sagen, dass mein Beutel da gar nicht hingehört!", beendete Flippi seinen zuvor angefangenen Satz.

Daraufhin fragte Bürste verwundert:

„Ja, wo sollte denn ein Beutel wohl sonst sein? Auf dem Rücken, den Füßen oder auf dem Kopf? Das fände ich aber sehr unpraktisch und zudem sähe das bestimmt auch ziemlich blöde aus!"

Wir mussten alle bei dieser Vorstellung ein Lachen unterdrücken und ich fragte mich, wie die Zwillinge immer nur auf solche merkwürdigen Ideen kamen.

„Normalerweise haben nur Kängurufrauen Beutel", erklärte Flippi weiter. „Der Waldwichtel hat jedoch beschlossen, dass ich auch einen bekomme – und ich bin männlich!"

Federchen piepte vor Überraschung auf und wir schauten Flippi an. Ich fand, dass er einen gelassenen Eindruck machte, aber was sollte man da auch schon groß machen? Ich versuchte mir vorzustellen, wie ich reagieren würde, wenn ich mich an seiner Stelle befände, doch er unterbrach meine Überlegungen, indem er fortfuhr:

„Ihr könnt euch bestimmt vorstellen, dass meine Artgenossen oft dumme Kommentare dazu abgaben. Deshalb begann ich sehr früh damit, verschiedene Sachen in meinem Beutel mitzuführen, um den Spöttereien mit gezielten Würfen Einhalt zu gebieten! Im Laufe der Zeit fand ich heraus, dass ich mit Kiwis am besten werfen konnte. Außerdem stören die mich nicht in meinem Beutel und es gibt genug von ihnen hier oben. Nach einer Weile hatte ich gelernt, ziemlich gut zu treffen, worauf die Stimmen nach und nach verstummten. Trotzdem hatte ich stets das Gefühl, sie würden hinter meinen Ohren über mich tuscheln, was wahrscheinlich auch stimmte. So ging ich weg und traf auf meinem Weg Rollo. Er hat meinen Beutel direkt zu schätzen gewusst und sich nicht darüber lustig gemacht!" Das Känguru griff, begleitet von den interessierten Blicken der Zwillinge, in seinen Beutel und holte eine Kiwi heraus. Er schälte sie und warf sie zu Rollo, der sein Maul bereits ganz weit geöffnet hatte. Dabei war er sehr vorsichtig vorgegangen, damit Piep nicht davon herunterfallen konnte! Die Frucht landete genau in der großen Öffnung und das Krokodil schloss sie wieder vorsichtig unter den begeisterten Pfiffen von Bürste und Kralle.

„An eurer Stelle würde ich mir über solche Dungbräter keine Gedanken machen. Die findet man doch überall!", sagte Federchen abfällig. „Lurchzungen, die sich über alles und jeden den Schnabel zerreißen müssen, darf man nie wichtig nehmen! Damit versuchen die einfach nur, von ihrer eigenen Bedeutungslosigkeit abzulenken und indem man deren Geschwätz gar nicht weiter beachtet, versinkt es am schnellsten wieder da, wo es hingehört: Im Nichts!"

Auch wenn meine Schwester sich mal wieder in Rage geredet hatte, während sie dazu auf Flippis Kopf herumhüpfte und mich ganz nervös damit machte, war ich doch unheimlich stolz auf sie! Meinen Brüdern erging es offensichtlich genau wie mir, denn sie zwitscherten zustimmend. Wir waren uns alle darüber einig, dass man sich nur über andersartige Wesen lustig machte, wenn man ein Dungnager war! Die verfallen nämlich in aller Regel direkt in eine Art geistigen Winterschlaf, wenn sie sich in einer Gruppe von anderen dahindämmernden Flohfedern befinden. Solche Pupsschnäbel meinen immer, sie würden nie für ihr Handeln verantwortlich gemacht werden. Irgendwann aber schauen sie vielleicht zurück und müssen dann feststellen, dass sie nichts aus ihrem Leben gemacht haben. Dafür begreifen sie dann hoffentlich, dass sie ganz alleine sind – für den Rest ihres erbärmlichen Lebens!

„Entschuldigt, aber wir haben mitbekommen, dass ihr euch vorhin über Seerosen unterhalten habt", unterbrach dieses Mal Piep meine Gedankengänge. „Unsere Freundin, die Ente Tütelütü, hat leider ein großes Federproblem, und um ihr zu helfen, brauchen wir dringend von diesen Pflanzen die Blüten! Wegen eines Mangels an Mineralien fielen ihr nämlich alle Federn aus, bis auf zwei. Und eine davon hat ihr Bickamuck sogar noch ausgezupft!" Als ich in die Gesichter unserer neuen Freunde sah, stellte ich fest, dass sie das zu schockieren schien. Auch Federchen hatte das bemerkt, und so beeilte sie sich fortzufahren: „Bickamuck ist ein Kea und auch unser Freund. Er hat das nur gemacht, da er davon überzeugt war, dass er mithilfe von Seerosenblüten eine Lösung herstellen könnte, die ihr Gefieder wieder zum Wachsen bringen würde. Bei uns unten im Tal gibt es leider keine Seerosenblüten und Bickamuck hat mit der Feder zuerst einige Versuche durchgeführt, bevor er uns auf eine so weite Reise schickte. Seine Versuche waren erfolgreich, weshalb wir jetzt auch hier sind. Könnt ihr uns vielleicht helfen und uns sagen, wo hier Seerosenblüten wachsen?"

„Kann ein Känguru springen oder ein Krokodil schwimmen? Natürlich wissen mein Freund und ich, wo welche zu finden sind", antwortete Flippi. „Wir wollten ohnehin schon längst mal wieder dort vorbeischauen, da Rollo die Blüten leidenschaftlich gerne isst, also werden wir euch natürlich begleiten!"

„Klar machen wir das, das wird bestimmt lustig werden", freute sich Rollo und fügte noch hinzu: „Am Fuße des Vulkans befindet sich ein See, in dem jede Menge dieser Pflanzen wachsen und allzu weit entfernt ist er auch nicht!"

Wir bedankten uns bei den beiden und nahmen ihr Angebot natürlich gerne an, woraufhin die Zwillinge sogleich wieder in ihr geheimnisvolles Flüstern verfielen. Ich konnte nur einmal die Worte „Wind" und „Vulkan" verstehen. Mein Verdacht, dass sie irgendetwas ausheckten, wurde dadurch nicht zerstreut. Ich würde sie gut beobachten müssen, nur so zur Sicherheit!

„... Kommt manchmal Lava heraus und zuweilen wirft der Erdwichtel sogar Steine ...", sagte gerade Samtbäuchlein zu meiner Schwester. Ich konnte nicht genau verstehen, worum es ging, aber es waren bestimmt wieder irgendwelche Schlauwichteleien, die sie miteinander austauschten. Ich beobachtete lieber Rollo, der sich herumgedreht hatte und auf seinen kurzen Beinen zum Fluss schnaufte. Die Art seiner Fortbewegung war lustig anzusehen, da sein Kopf bei jedem Schritt in die eine und sein Schwanz in die andere Richtung pendelte!

Als er am Ufer angekommen war, glitt er wie ein flacher Ast in den Fluss, wonach nur noch seine Augen und einige Schuppen die Wasseroberfläche durchbrachen. Nun sprang Flippi, mit meiner jauchzenden Schwester auf seinem Kopf, in einigen langen Sprüngen zum Uferrand. Dort stellte er sich mit seinen riesigen Füßen auf den Panzer von Rollo, der das gewohnt zu sein schien. Er schwamm dann auch sogleich mit seinen Passagieren auf die andere Seite hinüber und wir folgten ihnen fliegend. Die Zwillinge maulten natürlich unterdessen, dass sie eigentlich auf dem Kopf von Flippi hocken sollten, da Federchen doch schon die ganze Zeit dort gewesen wäre. Aber niemand schenkte dem ernsthaft Beachtung!

Als Rollo auf der anderen Seite angekommen war, grunzte er einmal und Flippi stieß sich von seinem Panzer ab. Er landete sicher auf dem Ufer und Rollo tauchte durch den Druck der Kängurufüße ein wenig unter. Sofort kam er aber wieder an die Wasseroberfläche und watschelte schnaufend an Land. Tornado, meine Brüder und ich ließen uns sogleich nach Rollos Einladung auf dessen Panzer nieder.

„Der See befindet sich ostwärts in Richtung des Vulkans. Wegen der Nähe zum Cabo Nocca ist das Wasser dort ein wenig wärmer und die Seerosen wachsen da ungestört vor sich hin", sagte Flippi.

Rollo bewegte sich viel zügiger über Land, als ich es mir gedacht hatte, darüber hinaus konnten wir uns von seinem Panzer prima in die Luft erheben – etwa um irgendwo eine Kleinigkeit zu picken oder auch nur, um unsere Flügel zu bewegen. Und die Landung auf dem Panzer war natürlich genauso unproblematisch. Um uns bei ihm für diesen Service erkenntlich zu zeigen, zupften wir kleinere Sachen zwischen seinen Schuppen heraus, die sich dort verfangen hatten. Darüber hinaus unterhielten wir uns natürlich während der Reise mit unseren neuen Freunden über alles Mögliche, und manchmal kam es auch vor, dass wir durch die sanften, schlängelnden Bewegungen Rollos einfach wegnickten. Es war also rundherum eine recht angenehme Art zu reisen!

8. Eine windige Gestalt

„Wie heißt der Fluss eigentlich, den wir eben überquert haben?", fragte ich unsere beiden Führer und schaute zurück in die Richtung, aus der wir gerade gekommen waren.

„Das ist der schäumende Fluss, aber wir müssen weiter zum Ratladron, der aus nördlicher Richtung hierher fließt", sagte Flippi, worauf ich meinen Kopf in die entsprechende Richtung drehte. Dort sah ich das schimmernde Band, welches sich am Rande des Plateaus seinen Weg bis hierher bahnte.

„Die beiden Flüsse vereinigen sich dort, bevor sie zusammen über das Kliff hinab zum Regenbogensee stürzen", erklärte Rollo brummend und wies mit seiner Schnauze in südwestliche Richtung. Vom Ratladron wallten dicke Nebelschwaden über die vor uns liegende Ebene und hüllten diese in ein dunstiges, fahlgelbes Licht. Auf Federchens Frage, woher denn dieser Nebel käme, erklärte Flippi:

„Das liegt an dem Vulkan, dem Cabo Nocca. Sein heißer, flüssiger Stein läuft in den Ratladron und heizt diesen ziemlich auf. Deshalb schwebt immer Nebel auf seiner Oberfläche, der sich durch den Wind wie Wasser über die Ebene ergießt!"

„Bickamuck hat mir erzählt, dass der Erdwichtel im Inneren des Berges dafür sorgt, dass der Stein schmilzt – das heißt dann Lava! Wenn er zu viele Felsen geschmolzen hat, sucht sich diese Lava einen Weg nach draußen!", erzählte Samtbäuchlein und machte eine Pause, damit wir uns das vorstellen konnten. „Entweder sie sprudelt dann oben aus dem Berg heraus, frisst sich ein Loch durch dessen Seite oder reißt ihn einfach in unzählige Stücke auseinander. Bei einem solchen Ereignis wollte ich mich keinesfalls in der Nähe des Vulkans befinden – eigentlich wollte ich mich dann so weit entfernt wie nur irgendwie möglich von ihm aufhalten! Zum Glück kühlt die Lava aber mit der Zeit wieder ab, fließt dann langsamer und erstarrt schließlich zu festem Stein!", schloss mein Bruder seine Erklärung.

„Woher weiß euer Bickamuck das alles, der scheint ja ein richtiger Schlauwichtel zu sein? Lebt er mit euch zusammen?", fragte Rollo interessiert.

„Er lebt mit Armana und dem kleinen Koko-Liko auf derselben Insel wie ich", antwortete Tornado. „Sie sind alle so schlau, dass man die halbe Zeit gar nicht weiß, wovon sie gerade reden. Nicht der Sohn, die beiden Großen meine ich! Denkt jetzt aber keinesfalls, dass ihr Sprössling dumm wäre, nur weil man bei ihm immer weiß, wovon er gerade spricht!", klärte ihn Tornado in seiner hektischen Art auf, während er über der Schnauze des Krokodils herumzuckte.

Wir waren nun schon ziemlich nah an den Cabo Nocca herangekommen, der sich vor uns in den Himmel erhob. Oben aus dessen Spitze stieg eine dünne gelbliche Rauchfahne. Der starke Wind, der auf dem Gipfel zu wehen schien, verteilte den Qualm über den gesamten Himmel, bis er schließlich mit diesem verschmolz.

Während ich dem Rauch nachschaute, fiel mein Blick zufällig auf die Zwillinge, sie hatten mal wieder ihre Schnäbel zusammengesteckt. Seit wir uns dem Cabo Nocca näherten, gewann ich zusehends den Eindruck, diese wären miteinander verwachsen. Immer, wenn sie sich unbeobachtet fühlten, steckten sie ihre Köpfe zusammen und tuschelten, bis der Waldwichtel kam. Als sie nun meinen Blick wahrnahmen, schauten sie betont uninteressiert in die jeweils entgegengesetzte Richtung und mehr denn je gewann ich dadurch den Eindruck, dass dies noch Schwierigkeiten bedeuten würde.

„An den Hängen des Cabo Noccas bläst ein starker Wind, wie ihr ja an dem Rauch gut sehen könnt. Er reißt einen glatt von den Pfoten, so kräftig weht er dort oben. Wenn ihr wieder schnell ins Tal zurückkehren wollt, lasst euch einfach von dort herunterblasen. Aber wundert euch dann nicht, wenn ihr nachher keine einzige Feder mehr an euren Körpern habt!", meinte Flippi grinsend.

Erneut registrierte ich aus meinen Augenwinkeln, dass sich die Zwillinge verstohlen anschauten und gleich darauf wieder wegsahen.

„Wo liegt denn dieser Teich und gibt es da auch noch andere Pflanzen? Mit großen Blättern zum Beispiel – ich meine, wo man sich drunterhocken kann, wenn die Sonne zu stark scheint?", fragte Kralle das Känguru beiläufig.

Ob er das noch angefügt hatte, um eventuelle Verdachtsmomente bei uns auszuräumen oder weil er echtes Interesse daran hatte, vermochte ich nicht zu sagen. Das Einzige, was ich sagen konnte, war, dass die beiden eigentlich den Sonnenschein mochten. So oft hatte ich schon mitbekommen, wie sie darin vor sich hin dösten, und nie hatten sie sich dabei über fehlenden Schatten beklagt.

„Direkt am Fuße des Cabo Noccas liegt der Teich mit den Seerosen, aber ob dort noch andere Pflanzen wachsen, weiß ich nicht", antwortete Flippi nun auf Kralles Frage. „Ich habe mal gesehen, dass etwas weiter den Berg hinauf noch ein paar Bananenbäume stehen – vermutlich mögen sie die Wärme an den Wurzeln. Ansonsten kommen wir immer nur wegen der Seerosen und natürlich zum Baden hierher, über die weitere Umgebung können wir leider nicht sehr viel sagen."

„Ich habe vor einiger Zeit mal weiter im Osten versucht, im Ratladron schwimmen zu gehen. Das Wasser ist aber dort sehr heiß, da manchmal die Lava des Vulkans in ihn hineinfließt. Zu dieser Zeit war mir das aber nicht bekannt, sodass ich mir dabei eine Klaue böse verbrannt habe!", sagte Rollo ein wenig leidend, da er sich anscheinend des Schmerzes erinnerte. Als dieser Moment vorbei war, lachte er heiser: „Es ist wesentlich besser, im Seerosenteich schwimmen zu gehen, da ist es angenehm warm und der Nebel, der vom Fluss hinüberwallt, macht einen fast unsichtbar. Auch finde ich es gut, dass mein Panzer nach einem Bad darin so wie ein Busch Frühlingsblumen duftet."

Ein wenig später hatten wir das Ziel erreicht – und genau wie unsere neuen Freunde es beschrieben hatten, lag der Seerosenteich unter wallendem Nebel, im Schutze des Vulkans. Ein natürlicher Wall aus Lavastein umgab das Gewässer, der auf mich ganz so wirkte, als hätte der Cabo Nocca ihn gemacht, damit die Seerosen darin nicht gestört würden. Wir Vögel flatterten, Flippi hüpfte und Rollo schnaufte nach oben auf den Wall.

„Schaut doch nur die vielen Seerosenblätter, die auf dem Wasser schwimmen!", stieß Piep begeistert aus.

„Und die schönen Farben der Blüten, wie entzückend!", schwärmte Federchen.

Bewacht von der steinernen Umrandung hatten sich die Pflanzen fast auf der gesamten Seeoberfläche ausbreiten können. Wir freuten uns alle wie die Nusswichtel, da wir nun endlich an unserem Ziel angelangt waren und jetzt unserer komischen kleinen Ente würden helfen können!

Rollo platschte neben mir freudig grunzend ins Wasser, während Tornado seinen neugierigen Schnabel in eine der Blüten steckte, die auf der Wasseroberfläche trieben. Flippi sprang mit einem riesigen Satz klatschend in das warme Wasser und machte uns dadurch alle nass. Federchen hockte auf einem der treibenden Blätter, wo sie sich mit ihren Flügeln großzügig Wasser über die Federn schaufelte, während Samtbäuchlein, Piep und ich versuchten, kleine Insekten zu fangen, die träge über dem Wasser schwebten.

Irgendwann einmal schien Rollo genügend Seerosen gefressen zu haben und keuchte wieder zurück ans Ufer. Er ließ sich neben Flippi auf das Gras plumpsen, das unterhalb des Steinwalls wuchs. Sofort schloss er die Augen und begann, sowohl leidenschaftlich als auch ziemlich laut zu schnarchen.

„Er schläft immer sofort ein, wenn er sich so vollgestopft hat – jeder verdaut halt auf seine Weise!", sagte Flippi. „Seid ihr auch satt geworden und sind das die Blüten, die ihr für eure Freundin benötigt?", fragte er, als wir uns neben ihn gehockt hatten. Doch dann blickte Flippi sich um und meinte: „Wo sind eigentlich eure Brüder, Bürste und Kralle?"

Wir schauten uns nach den beiden um, während Rollo weiterschlief, doch auch wir konnten die Zwillinge nirgendwo entdecken. Plötzlich hörten wir direkt über uns ein aufgeregtes, lautes Piepen. Als wir in den Himmel schauten, sahen wir ein Seerosenblatt durch die Luft wirbeln, an dem sich die beiden gerade noch Vermissten mit ihren Schnäbeln und Krallen festklammerten. Sie überschlugen sich damit in der Luft, sausten auf uns zu, um sogleich wieder von den wirbelnden Luftmassen nach oben gesaugt zu werden. Daraufhin fielen sie, um sich selber trudelnd, herab und landeten schließlich jauchzend mit einem lauten Platschen im Teich. Sogleich erhoben sie sich mit tropfenden Federn wieder in die Luft und nahmen laut jubilierend auf einer der treibenden Pflanzen Platz.

„Mächtiger Waldwichtel, da zupf mich doch am Bürzel, was war das für ein verwichtelter Flug?!", rief Kralle begeistert. „Da platzt doch glatt die Nuss, das nenne ich Blattsegeln! Hier bläst wirklich ein toller Wind – nein, falsch, hier bläst DER Wind!", jubelte er, immer noch nach Luft ringend.

„Alte Sturmfeder, meine Schwingen verlangen nach mehr, nach viel mehr! Das müssen wir unbedingt wiederholen, dieses Mal aber mit einem viel größeren Blatt – so wie Chismu!", rief Bürste überschäumend aus, woraufhin Kralles Schnabel in Richtung Himmel zuckte – während wir anderen uns fragten, wer oder was dieser Chismu eigentlich wäre, von dem die beiden redeten.

„Wo ist der denn eigentlich abgeblieben?", fragte Kralle jetzt seinen Zwillingsbruder.

„Ich habe nur noch im Weggleiten gesehen, dass er sich ein großes Bananenblatt abgemacht hat und damit den Berg hinunterlief. Eigentlich hätte er direkt hinter uns sein ...", meinte Bürste, bevor er jäh unterbrochen wurde.

„AAAAAHH!", schrie eine Stimme hoch oben in der Luft, die untermalt wurde von äußerst seltsamen Zwitscherlauten, und alle Blicke richteten sich sogleich auf die Quelle dieser Geräusche.

Eine graubraune Gestalt, ungefähr von der Größe Flippis, mit einem langen, schwarz-weiß geringelten Schwanz, hielt sich krampfhaft an einem großen Bananenblatt fest, während sie von heftigen Windböen durchgeschüttelt und in Richtung des Wasserfalls davongefegt wurde.

„Los, hinterher, schnell!", rief Bürste und stieg auf in die Luft, um nur Augenblicke später wieder nach unten gepresst zu werden. Der Wind, der vom Gipfel des Cabo Nocca herabgeschleudert wurde, hatte sich gedreht und beschlossen, meinen Bruder nicht mehr in die Luft aufsteigen zu lassen. So blieb ihm und uns nur übrig, hilflos zuzuschauen, wie die zappelnde Gestalt im Licht der schräg stehenden Sonne einfach zum Kliff geweht wurde!

Federchen fand zuerst ihre Stimme wieder:

„Was war das denn? Und was hat es da mit diesem großen Bananenblatt gemacht?"

„Das war ein Katta, so eine Art Lemure – meinte er jedenfalls, und er sollte es ja eigentlich wissen", antwortete ihr Bürste und erklärte: „Wir haben ihn oben am Vulkan getroffen. Chismu sei sein Name, hat er gesagt, und jeder würde ihn kennen – aber wir kannten ihn nicht!", sagte er schnabelschüttelnd.

Schlagartig war mir nun klar, warum die zwei die ganze Zeit miteinander tuschelten. Sie hatten dieses Abenteuer von langer Kralle genau geplant. Ein schneller Blick zu meiner Schwester zeigte mir, dass auch sie jetzt vom Lichte der Erkenntnis beschienen worden war. Ehe sie ihnen jedoch einen Vortrag halten konnte, kam Kralle ihr eilends zuvor:

„Zu Anfang schaute er nur verstohlen aus seinem merkwürdigen Baumversteck heraus! Merkwürdig deshalb, weil er jede Menge Pflanzenfasern auf dem Boden davor aufgehäuft hatte. Außerdem hingen an den Ästen des Baumes ziemlich viele seltsame Sachen. Einige von ihnen ähnelten sogar ein bisschen dieser müffelnden Kiwischale von Tütelütü!"

„Wir testeten gerade, ob Blattgleiten bei diesen Windverhältnissen überhaupt möglich sein würde, da stellten wir fest, dass er uns aus seinem Baumversteck heraus beobachtete – aber ohne sich dabei offen zu zeigen. Nach einer Weile hatte er wohl den Schnabel voll von dieser Heimlichtuerei und kletterte zu uns auf den Boden herab. Dann verlangte er von uns ziemlich schnippisch eine Erklärung dafür, was wir bei ihm zu suchen hätten, als ob der Cabo Nocca nur sein Vulkan wäre! Darauf warnte er uns noch, dass Spione bei ihm ihre körperliche Unversehrtheit riskieren würden – ganz so, als befände sich unter seinem ganzen Müll etwas besonders Kostbares. Selbst Frau Platsch hätte nur uninteressiert einen oberflächlichen Blick darauf geworfen!", empörte sich Bürste, während Kralle mit der Erzählung fortfuhr:

„Jedenfalls haben wir ihm von unserem Blattgleitprojekt erzählt und sofort war er hellauf davon begeistert. Seine Begeisterung ging sogar so weit, dass er uns mitteilte, er würde selbstverständlich dabei mitmachen! Natürlich haben wir ihm versucht zu erklären, dass das nicht so einfach sei, wie es sich anhöre. Wenn er das wirklich vorhabe, solle er unbedingt zuerst in windstilleren Regionen üben, bevor er so einen schwierigen Flug mache. Schließlich hätten wir schon umfangreiche Erfahrungen beim Blattgleiten gesammelt und zudem wären wir auch Vögel, da würde das Fliegen natürlich schon mit der Nährflüssigkeit im Ei aufgenommen. Das haben wir ihm extra gesagt! Dieser Chismu hat uns aufmerksam zugehört und machte auch einen durchaus vernünftigen Eindruck, mal abgesehen von der merkwürdigen Art, wie er redete!"

Ich überlegte mir noch, was die Zwillinge wohl unter einem vernünftigen Eindruck verstanden, da hörte ich Flippi sagen:

„Das muss dieser Hutmacher sein. Er soll irgendwo dort oben leben, erzählt man sich jedenfalls. Es wird auch gesagt, er wäre sehr verschroben und ziemlich überzeugt von sich – aber persönlich getroffen haben wir ihn bisher noch nicht!"

„Von wegen vernünftig, der Dungbräter hat euch sicherlich gar nicht zugehört!", schaltete sich jetzt Tornado ein, der ja selbst häufig unvernünftig war und auch oft nicht richtig hinhörte! „Als ihr dann geflogen seid, dachte er bestimmt, dass er das auch können würde. Es erklärt ja wohl alles, wenn sich jemand ein Blatt zum Gleiten auswählt, das um einiges größer als man selber ist, zumal wenn er das noch nie gemacht hat!"

„Das haben wir uns auch gedacht, als wir es bemerkten, doch da konnten wir schon nicht mehr zurückfliegen, um ihm zu helfen", sagte Kralle.

Wir überlegten uns gemeinsam, ob es möglich wäre, jetzt noch etwas für diesen Chismu zu tun, doch niemandem wollte dazu ein vernünftiger Gedanke kommen. Der Wind hielt uns noch immer am Boden und hinterherhüpfen konnten wir ihm auch nicht, da sein Vorsprung viel zu groß war. So entschieden wir uns dafür, auf dem Rückweg sowohl unsere Augen als auch die Ohren gut geöffnet zu lassen und jeden, der unseren Weg kreuzte, nach dem Katta zu fragen. Mehr konnten wir leider im Moment nicht für ihn machen!

„Habt ihr eigentlich schon eine Idee, wie wir die Seerosen hinab ins Tal bringen können und wie viele wir überhaupt für Tütelütü benötigen werden?", wechselte Piep das Thema.

„Warum packt ihr nicht so viel wie möglich in ausgehöhlte Kokosnüsse? Flippi und ich schleudern sie dann einfach in den See hinab!", sagte Rollo zu uns, der unbemerkt aufgewacht und unserer Unterhaltung gefolgt war.

„Das ist aber eine ganz schöne Strecke bis zum Regenbogensee, könnt ihr denn überhaupt so weit werfen?", wollte mein kleiner Bruder erstaunt in Erfahrung bringen.

„Sagt bloß, ihr habt noch nie eine Kiwi im See treiben sehen?", fragte Flippi Piep in einem lässigen Tonfall und mit vor Stolz aufgeblähter Brust.

„Klar haben wir das und uns dabei auch schon oft gefragt, wo die eigentlich alle herkommen. Ein kiwitragender Baum ist uns noch nie am Regenbogensee aufgefallen und nie wären wir auf den Gedanken gekommen, dass die Früchte jemand vom Tafelberg herabschleudert!", meldete sich Samtbäuchlein zu Wort.

„Wir machen eben gerne dann und wann mit ihnen kleinere Wurf-übungen", sagte Flippi. „Rollo schleudert sie, genau wie ich, mit seinem Schwanz. Obwohl ich sie auch mal gerne mit dem Fuß trete, aber natürlich nur, wenn sie noch nicht matschig sind! Kokosnüsse dagegen trete ich nie mit dem Fuß, da sie einfach zu hart sind und ich keine Lust dazu verspüre, humpelnd durch die Gegend zu hüpfen!", lachte Flippi mit seinem breiten Zahnlückenlächeln.

„Was ist denn eigentlich eine Kokosnuss? Ist die hart oder weich? Und geht die nicht kaputt, wenn sie so weit unten auf dem Wasser aufschlägt?", wollte Bürste nun von den beiden erfahren.

„Das sind ziemlich große und harte Nüsse, die sind fast so groß wie mein Kopf – aber ohne Ohren. Innen haben sie weißes Fruchtfleisch und sind gefüllt mit einer Flüssigkeit, der Kokosmilch. Das Wasser fängt ihren Aufprall bestimmt genauso ab, wie den der Kiwis. Wenn wir sie aushöhlen, können wir jedenfalls eine Menge Seerosenblüten in sie hineinstopfen. Direkt am Kliff wachsen Palmen – so heißen die Bäume, die diese Früchte tragen!", erklärte ihm Flippi.

„Es ist für uns leicht, vom Kliff aus den See zu treffen! Lasst uns am Besten mehrere von den Kokosnüssen mit Blüten vollstopfen, dann findet ihr später zumindest ein paar davon wieder, wenn wir sie hinabgeworfen haben", schlug Rollo vor.

„Und solltet ihr dann immer noch mehr benötigen, macht ihr ein gut sichtbares Zeichen, das wir auch von hier oben aus sehen können, und schon fliegen euch die Kokosnüsse wie Mücken um die Schnäbel!", witzelte Flippi.

„Wenn wir die Blüten einfach nur in die Nüsse hineinstopfen, werden sie während des Fluges vermutlich herausgeschleudert. Deshalb wäre es bestimmt sinnvoll, wenn wir sie zur Sicherheit mit irgendetwas verschließen würden", überlegte Federchen laut.

„Eine gute Idee! Und zusätzlich könnte auch jeder von uns ein paar Blüten mitnehmen – denn man weiß ja nie, was noch so alles geschehen kann!", regte Samtbäuchlein noch an.

„Wir könnten auch mit einem großen Blatt vom Kliff abspringen und die Blüten direkt mitnehmen, so wie Mama und Papa es mit den Heilkräutern gemacht haben", schlug Kralle hoffnungsvoll vor.

Einen kurzen Moment schauten meine Geschwister und ich uns an. An ihren Gesichtsausdrücken glaubte ich zu erkennen, dass sie, genau wie ich, gerade an unsere Eltern dachten. Dann war dieser Moment vorbei und Federchen sagte ungeduldig:

„Das ist Unfug, wir werden bestimmt nicht vom Kliff springen! Vermutlich würden wir niemals mit heilen Federn unten ankommen. Hast du die Luftverwirbelungen vergessen? Hat dich vielleicht der wilde Ranzenkrebs gezwickt?", wollte sie von meinem Bruder erfahren.

Kralle blickte zu Boden und verzichtete darauf, Federchen die Vorteile eines solchen Unternehmens schmackhaft zu machen, doch ich hörte ihn noch ganz leise nuscheln:

„Aber schaffen könnten wir das bestimmt, vom Vulkan ging es ja auch!", aber niemand von uns schenkte dem Beachtung und so machten wir uns daran, Seerosenblüten einzusammeln.

Flippi half uns dabei, die Blüten für den Transport in Blätter einzuwickeln und als wir genügend Blattpakete zusammenhatten, befestigten wir sie mithilfe von Pflanzenfasern auf Rollos breitem Rücken. Sodann machten wir uns wieder auf den Rückweg, damit unsere neuen Freunde noch ein paar Kokosnüssen Flugunterricht erteilen konnten!

Federchen, Samtbäuchlein, Piep und ich nahmen auf den Blattpaketen Platz und Rollo bewegte sich darauf in seiner schlängelnden Art vorwärts. Tornado hatte es sich lieber auf der Schnauze des Krokodils bequem gemacht und unterhielt sich angeregt mit ihm.

Die Zwillinge hingegen hatten mit meiner Schwester die Plätze getauscht und thronten nun stolz auf dem Haupt des Kängurus. Jeder Hüpfer, den Flippi machte, wurde von ihnen mit begeistertem Piepen honoriert.

Wir waren alle guter Dinge, was in der Hauptsache daran lag, dass wir nun endlich unserer merkwürdigen Zwergente bei ihrem Federproblem würden helfen können. Aber eigentlich war es mindestens genauso wichtig, dass wir nun wieder zu unseren Eltern zurückkehren würden – und natürlich zu den zurückgelassenen Freunden!

9. Aus heiterem Himmel

Die Sonne hatte ihren Zenit schon überschritten, was gut daran zu erkennen war, dass ihre Strahlen bereits schräg auf den Lupa trafen. Der Wind war aufgefrischt und blies kräftig vom Tafelberg herab zum Regenbogensee. Turmhohe weiße Wolken hoben sich vom Blau des Himmels ab und zogen eilig in südwestliche Richtung.

„Bleibt mal bitte stehen. Wir sollten uns zuerst besprechen, bevor wir weitergehen!", rief Gotondro, der angehalten hatte. Hornrich und Windfuß machten es ihm nach, während die Vögel von ihren Rücken auf den Boden flatterten. „Wir müssen uns überlegen, an welcher Stelle wir am besten den Lupa überqueren", erklärte der Steinbock.

„Uns ist es vollkommen egal, von welchem Platz aus wir auf die andere Seite hinüberfliegen. Hier ist es so gut wie an jeder anderen Stelle!", kommentierte dies Bickabolo teilnahmslos.

„Auf dich und die anderen Vögel mag das ja zutreffen, aber ich meinte vielmehr diejenigen unter uns, die nicht fliegen können – also uns Steinböcke!", erklärte Gotondro ruhig, während er den Nacktschnabelhäher befremdlich ansah. Der krähte daraufhin kurz verstehend auf, richtete seinen Blick in den Himmel und folgte gelangweilt den dort treibenden Wolken.

Tatsächlich würde es für die Steinböcke keinesfalls so einfach werden, auf das andere Flussufer hinüberzuwechseln. Inmitten des Lupas befand sich nämlich ein Strudel, der alles an sich riss, was ihm zu nahe kam.

„Wir sollten hinter dem drehenden Wasser die Seiten wechseln, da ich einmal sah, wie ein Baumstamm an dieser Stelle hinausgeschleudert wurde. Das war nicht schön, er hatte so viel Wucht, dass er an den steinigen Wänden des Ufers zerfetzt wurde. Hätte sich da jemand auf dieser Seite des Strudels im Fluss befunden, wäre er wahrscheinlich zwischen Stamm und Felsen geraten!", meinte Windfuß, während er dabei die beiden anderen Steinböcke ansah.

„Zudem bin ich mir sicher, dass dieser hinterhältige Wels da irgendwo auf der Lauer liegen wird, um Informationen zu sammeln – oder weil er noch Schlimmeres plant!", Bickabolo riss dramatisch seine Augen auf und fuhr fort: „Was hier aus dem Strudel herauskommt, kann sich nämlich nicht mehr wehren. Da hat dieses Wurmmaul ein leichtes Spiel – also für ihn genau der richtige Ort, um eine hinterhältige Hinterhältigkeit zu begehen! Und wenn er dort auf der Lauer liegt, bin ich auch davon überzeugt, dass er alles frisst, was dort auftaucht – auch wenn es gar nicht mehr lebt!"

Alle schauten ihn an, um sich nur Momente später wieder mit ernsthaften Inhalten zu beschäftigen.

„Zu dieser Jahreszeit ist es aber auch flussaufwärts, hinter dem Strudel, nicht ungefährlich. Durch das viele Wasser, welches der Lupa jetzt mitführt, ist es am Flussufer hier auf dieser Seite sehr schlammig. Und diesen Schlammstreifen müssen wir zuerst überwinden, damit wir den dahinterliegenden Fluss zum anderen Ufer durchschwimmen können!", sagte Gotondro.

„Wir haben die Durchquerung des Grabens der Läuterung nicht geschafft, da wird das ja wohl auch absolut ein Problem werden!", freute sich Hornrich in seiner noch immer verdrehten Art.

„Es kann nichts schaden, wenn wir uns zunächst einen Überblick aus der Luft verschaffen. Von dort erkennt man besser, ob aus dem Schlamm Äste oder sonstige Dinge herausragen, die uns bei der Überquerung hilfreich sein könnten. Jaeo weiß genau, worauf geachtet werden muss, denn nicht ohne Grund haben er und Hornrich den heutigen Wettkampf gewonnen!", überlegte Hakeka laut.

Nachdem sie kurz in Erwägung gezogen hatten, den Lupa etwas weiter flussaufwärts zu überqueren, kamen die Steinböcke zu dem Schluss, dass dies noch schwieriger werden würde. Die Uferwände wiesen dort steil nach oben, und da sie ja nicht fliegen konnten, bliebe ihnen nur ein Sprung aus großer Höhe übrig. Sofern sie aber durch das grünliche Wasser des Flusses nicht hindurchsehen konnten, würde die Gefahr, auf einem Stein aufzutreffen, viel zu groß für sie sein. Dann wäre es in jedem Fall vernünftiger, kurz vor dem Regenbogensee die Seite zu wechseln. Doch um dahin zu gelangen, würden sie eine halbe Tagesreise benötigen – und dazu hatte niemand rechte Lust von ihnen.

„Der Wels kann sich jedenfalls nicht an dem Strudel vorbeimogeln und fliegen oder laufen kann er zum Glück ja nicht! Wenn nach unserem Erkundungsflug nichts dagegenspricht, sollten wir es mit dem Schlammstreifen versuchen. Wie schwer kann das schon sein, ein wenig Wasser und ein bisschen Schlamm zu überqueren?", fragte Bickabolo und vergaß dabei mal wieder, dass er im Gegensatz zu den Steinböcken hinüberfliegen konnte.

Schließlich einigte man sich auf Hakekas Vorschlag und die Rabenvögel stiegen sogleich in die Luft auf. Die anderen blieben am Ufer zurück. Die Raben konnten schneller als die Meisen fliegen, außerdem war ja der Flügel von Onkel Butterschnabel noch nicht vollständig ausgeheilt! Nach kurzer Zeit sahen sie inmitten des Flusses einen Ast aus dem Wasser ragen, ganz so, als würde er darin wachsen. Doch je näher sie darauf zuflogen, desto mehr Äste mit Blättern waren zu erkennen. Dann sahen sie, dass es sich um einen Baum handelte, der in der Strudelmitte wuchs.

Sie hatten den Strudel bisher nur aus größerer Entfernung gesehen und dabei war ihnen nie ein Baum aufgefallen. Vermutlich hatte irgendein Vogel auf der Durchreise dessen Samen verloren, der daraufhin beschloss, an dieser Stelle zu keimen und seine Wurzeln in den Flussboden zu bohren.

Neugierig flogen sie nun über die Strudelmitte und sahen, dass sich dort kein Wasser befand. Dunkelgrünes Gras bedeckte den Boden um den Baumstamm herum. Der Durchmesser dieses wasserfreien Bereiches hatte ungefähr drei Mal die Länge von Zuckerschnute. Um von dort aus über die Oberfläche des Flusses sehen zu können, hätten schon vier Steinböcke übereinanderstehen müssen!

„Schaut euch mal die schrägen Wasserwände an! Das sieht fast so aus, als hätte man einen Ameisenbau auf den Kopf gestellt und einen Baumstamm mitten in ihn hineingedrückt!", rief Hakeka fasziniert aus.

„Ja, sehr nett, aber dafür sind wir nicht hergeflogen – ihr erinnert euch? Wir haben eine wichtige Mission zu erfüllen!", sagte Bickabolo und drehte wieder um.

Die anderen beiden folgten ihm bis zu dem schlammigen Uferstreifen, von dem Gotondro zuvor gesprochen hatte. Das Unwetter der vergangenen Tage hatte anscheinend im Gebirge einige Bäume entwurzelt, die den Felsen hinabgerollt waren und nun aus dem Uferschlamm herausragten. Die drei Rabenvögel landeten auf einem der Stämme, um sich ein genaueres Bild der Lage machen zu können.

„Im Schlamm werden die Steinböcke sicherlich versinken und Steine, über die sie springen könnten, sehe ich hier nirgendwo", fasste Hakeka ihre Beobachtungen zusammen.

„Sie könnten vielleicht einen der Baumstämme so verschieben, dass er sie sicher über den Morast geleitet. Vom Ende des Stammes aus sollte es ihnen dann möglich sein, mit einem kräftigen Sprung in das klare Flusswasser zu gelangen, um zur anderen Uferseite hinüberzuschwimmen", überlegte Jaeo laut.

„Wenn unsere drei Steinböcke die Baumstämme bewegen können, ist das vermutlich ihre beste Möglichkeit, den schlammigen Uferstreifen sicher zu überqueren. So schwer sehen die ja nicht aus. Ich fliege zurück, um ihnen von der erfolgreichen Erfüllung unserer Mission zu berichten, und geleite sie her!", erklärte Bickabolo eifrig, bevor er sich ein Schnabelklappern später in die Luft erhob.

Es dauerte nicht lange, da kam er auch schon mit den anderen zurück. Die drei Steinböcke trabten durch den niedrigen Bewuchs oberhalb des Ufers und die Vögel hatten es sich auf deren Hörnern bequem gemacht, wo sie ein wenig vor sich hin schaukelten. Bickabolo erläuterte derweil gewichtig von dem Bündel auf Gotondros Rücken allen seinen Plan. Als sich die Steinböcke dann selbst ein Bild von der Lage gemacht hatten, meinte Gotondro zu Windfuß und Hornrich:

„Dann lasst uns mal versuchen, den Baumstamm über den Schlick zu schieben. Ich halte am oberen Ende dagegen, während ihr beide das untere Ende in die andere Richtung drückt!"

Er ging zu dem erwähnten Baumstamm, stemmte seine Hufe in die matschige Erde und presste sein Geweih gegen dessen oberes Ende. Hornrich und Windfuß begaben sich daraufhin vorsichtig in den Morast, soweit sie noch sicheren Halt auf dem Grund fanden. Nun drückten sie vereint mit ihren Hörnern gegen den Stamm, der sich daraufhin, wie gehofft, langsam zu verschieben begann.

„Wie ich es mir schon gedacht hatte! Den Baumstamm auf dem Matsch zu verschieben, ist Nestlingsarbeit. Da rutscht er wirklich fast wie von selbst!", kommentierte Bickabolo, wobei er das Schnaufen der Steinböcke geflissentlich überhörte.

Gotondro seinerseits schenkte den Ausführungen des Nacktschnabelhähers keinerlei Beachtung, und als er dann mit der Lage des Stamms zufrieden war, bat er die beiden anderen, ihre Bemühungen einzustellen. Sofort, nachdem das geschehen war, flatterte Bickabolo auf den Baumstamm und setzte vorsichtig eine Klaue vor die andere, bis er an dessen Ende anlangte. Nun tat er so, als würde er ins Wasser springen, flog aber dicht über der Wasseroberfläche auf das andere Ufer und kehrte dann direkt wieder um.

„Der Baumstamm hält und das Erreichen der anderen Seite ist somit kein Problem mehr. Ich habe mir auch beim Entlanggehen immer vorgestellt, dass ich ein Steinbock wäre. Wegen der Balance und so!", erläuterte der Nacktschnabelhäher stolz seine gerade angewandte Taktik.

„Sehr schön", sagte Gotondro beiläufig in dem Tonfall, den er auch bei jungen Steinböcken seines Rudels anschlug, wenn sie einfach gedankenlos losplapperten. „Windfuß, springst du mal bitte auf den Stamm?", bat er diesen. „Möglicherweise ist das ja besser, weil wir ein wenig schwerer als andere sind und auch nicht fliegen können!"

Dem Nacktschnabelhäher fiel das aber nicht auf, oder er wollte es einfach nur nicht bemerken. Stattdessen schaute er lieber wieder gelangweilt in der Gegend umher. So sprang Windfuß auf den Stamm, hüpfte ein wenig auf ihm herum und rief zu Gotondro hinüber:

„Der Stamm liegt fest! Es sollte für uns jetzt wirklich kein Problem mehr darstellen, gefahrlos zum Fluss zu gelangen und dann auf die andere Seite zu schwimmen!"

„Genau das habe ich doch gerade gesagt!", kommentierte Bickabolo dies verständnislos, da seine Aufmerksamkeit urplötzlich wieder bei den Freunden war.

Windfuß drehte sich auf dem Stamm herum, um wieder zum Ufer zurückzukehren. Doch als er ungefähr die Mitte erreicht hatte, rutschte er plötzlich mit einem Huf ab und stürzte hinunter in den Schlamm. Hornrich eilte sofort zu ihm und half seinem Freund dabei, sich wieder aufzurichten. Beide versanken bis zum Bauch im Schlamm, doch trotzdem schafften sie es irgendwie wieder ans Ufer zurück.

„Jetzt sind wir aber total sauber. Wir müssen, wenn wir nachher keinen weiteren Versuch unternehmen, in jedem Fall unsere Hufe richtig dreckig machen!", erklärte Hornrich.

„Da bin ich deiner Meinung! Wir können uns die Hufe gut in dem Gras dort drüben am Uferschlamm säubern. Ich habe auch keine Lust, noch einmal auszurutschen, um dann letzten Endes noch vollständig im tiefen Morast zu versinken!", pflichtete Windfuß ihm bei.

Wenig später rollten sich die beiden Schlammverdreckten im Gras und scharrten dazu mit ihren Hufen. Das taten sie ziemlich gründlich, bis sie so sauber waren, wie es ihnen ohne reines Wasser nur möglich war.

„Das muss genügen. Wenn wir gleich im Flusswasser sind, wird der Rest von selber verschwinden", sagte Windfuß.

Gotondro, der vorhin keine verschmutzten Hufe bekommen hatte, machte den Anfang. Er sprang auf den Stamm, setzte einen Huf vor den anderen und Bickabolo, der sich zwischenzeitlich schon in den Himmel aufgeschwungen hatte, wachte von dort über ihn. Als der Steinbock das Stammende erreicht hatte, machte er einen Riesensatz und klatschte in den Lupa, worauf ein Schwall Wasser in die Höhe spritzte. Bickabolo krähte erschrocken auf, da er unerwartet nass geworden war, und flog unter ärgerlichem Gemecker weiter in die Höhe. Gotondro schwamm indes mit schnellen Beinbewegungen gegen die Strömung an und erreichte schnaufend das gegenüberliegende Ufer, wo er auf die Böschung hinaufsprang. Dort schüttelte er sich das Wasser aus seinem Fell und auch von dem Bündel auf seinem Rücken, das natürlich ebenfalls tropfnass geworden war.

Bickabolo und die Meisen, die zwischenzeitlich ebenfalls die Seite gewechselt hatten, landeten direkt neben ihm. Der Nacktschnabelhäher schaute Gotondro missfällig und mit noch feuchten Federn an, doch der Steinbock schien das nicht zu bemerken. Er blickte zurück zur gegenüberliegenden Seite, wo Windfuß bereits auf den Stamm gesprungen war. Nun befand sich Hakeka in der Luft und überwachte von dort seine Bewegungen. Gotondro rief zu ihnen hinüber:

„Den Fluss kann man gut durchschwimmen. Die Strömung ist zwar ein wenig stärker, aber wenn du zügig weiterschwimmst, sollte das sicherlich auch kein Problem für dich werden!"

Plötzlich piepte Arle erschrocken auf, weil sie gesehen hatte, dass Windfuß erneut ein wenig weggerutscht war. Aber schon einen kurzen Augenblick später hatte er sich zur Beruhigung aller wieder gefangen und setzte seinen Balanceakt weiter fort. Dieses Mal jedoch viel vorsichtiger, da sich anscheinend unter seinen Hufen doch noch Schlammreste befanden.

Am Ende des Stammes angelangt, holte er tief Luft und machte einen großen Satz, woraufhin auch er mit einem Klatschen im Wasser landete! In wenigen Augenblicken erreichte er das andere Ufer und tauchte dort kurz ganz unter, um sich von dem restlichen Schlamm zu befreien. Dann sprang auch er die Böschung hinauf, schüttelte sich das Wasser ab und gesellte sich zu den Wartenden, während sich Hakeka auf seinem Bündel niederließ.

Im selben Moment stieg auf der anderen Seite bereits Jaeo in die Luft, um seinen Partner bei der Überquerung des Flusses zu beobachten. Hornrich, der ja gerade gesehen hatte, wie Windfuß weggerutscht war, putzte sich zur Sicherheit nochmals gründlich seine Hufe am Gras ab. Nachdem er zufrieden mit der Säuberung war, sprang er in einer schnellen Bewegung auf den Stamm.

„Ich habe mir nur noch mal die Hufe im Gras dreckig gemacht, damit ich schlechteren Halt habe, gut wegrutschen kann und mir dabei so richtig wehtue!", rief er in seiner verdrehten Sprechweise zu der anderen Flussseite hinüber. Daraufhin balancierte er sicher bis zum Stammende, duckte sich für seinen Sprung in den Fluss und plötzlich erschallte irgendwo oben aus der Luft ein lautes „AAAAAHH!". Aus heiterem Himmel fiel ein großes, schreiendes Bananenblatt herab, das dazu auch noch merkwürdig zwitscherte. Und unmittelbar darauf brach das Chaos aus!

Das Blatt verfehlte nur ganz knapp Jaeo, der vor Überraschung laut aufkrächzte und im letzten Moment noch ausweichen konnte. Hornrich dagegen hatte nicht so viel Glück: Als er das lärmende Blatt auf sich zukommen sah, stieß er erschrocken ein lautes Röhren aus, was ihm aber nichts nutzte. Denn nur einen Wimpernschlag später klatschte das schreiende Blatt mit voller Wucht gegen ihn und riss ihn ins Wasser!

Wegen des Bananenblattes, das sich nun über sein Gesicht gelegt hatte, konnte er nicht sehen, dass er mit der Strömung auf den wirbelnden und gluckernden Strudel zutrieb – seine Freunde auf der anderen Seite jedoch schon!

Vor Schreck gelähmt sahen sie dabei zu, wie Hornrich von dem Wirbel eingefangen wurde. Er begann sich in dem Wasser immer schneller und schneller zu drehen, dabei sahen die Freunde manchmal das Blatt, dann einen gestreiften Schwanz oder auch mal Hörner aus dem Wirbel schauen. Alles zusammen wurde gierig und unerbittlich immer weiter nach unten gezogen – fast schon so, als hätte der Strudel einen unsäglichen Hunger. Das seltsame Zwitschern war derweil zu einem ausgewachsenen Kreischen angeschwollen und vermischte sich mit dem Gebrüll des Steinbockes. Dann verstummten abrupt alle Geräusche – bis auf das immerwährende Gluckern des Wassers!

Wenige Momente später stürzte etwas Schwarzes vom Himmel herab und verschwand in der Strudelmitte. Es war Jaeo, wie die Beobachter vom Ufer aus sehen konnten. Auch er entschwand dann ihrer Sicht, wie zuvor schon Hornrich und das schreiende Blatt. Vollkommen ungerührt drehte sich das Wasser weiter, während die Blätter des Baumes, der inmitten des Strudels wuchs, den am Ufer Stehenden mahnend zuzuwinken schienen!

Langsam lösten sich die Freunde aus ihrer Starre und Bickabolo begann drohend zu schreien:

„Dieser schändliche Angriff wird nicht ungesühnt bleiben! Folgt mir – aber achtet sorgsam darauf, dass euch niemand folgt! Wir werden den Schuldigen jetzt ohne Gnade seiner gerechten Strafe zuführen!"

Hektisch krähend flatterte er in die Höhe, um unmittelbar darauf wieder auf dem Boden zu landen. Jaeo war nämlich gerade aus dem

Strudel emporgestiegen und flog auf sie zu. Einige Schnabelbewegungen später landete er neben den angespannt wartenden Freunden. Doch noch bevor der Rabe etwas sagen konnte, zischte Bickabolo:

„Jeder von euch beobachtet eine andere Richtung – und redet leise! Ich wittere deutlich verräterischen Verrat!"

Alle Blicke richteten sich für einen kurzen Moment auf ihn, um dann wieder zu Jaeo zurückzukehren.

„Was war denn da los? Wo ist Hornrich? Was war das für ein seltsames Zwitschern und Kreischen? Wo kam denn so plötzlich dieses riesige Blatt her?", wollte Hakeka angespannt von dem Raben erfahren.

„Hornrich und noch eine Gestalt liegen dort unten bewusstlos auf dem Gras. Ein abgebrochener Ast liegt neben ihnen und unser Freund hat sich anscheinend damit am Kopf verletzt!", schilderte Jaeo seine soeben gemachten Beobachtungen und fuhr dann fort: „Waldwichtel sei Dank, hat er sich nicht noch an anderen Stellen verletzt – wie es aussieht. Ich kann auch nicht genau sagen, was geschehen ist, dafür müssten die beiden zuerst mal aufwachen. Meine Vermutung ist jedoch, dass die andere Gestalt, die ebenfalls ohne Bewusstsein dort auf dem Boden herumliegt, die Ursache dafür war! Dieser Schreihals hat sich wohl in dem Blatt befunden, das Hornrich vom Stamm gefegt hat. Als der Wirbel die beiden einfing und sich mit ihnen gedreht hat, muss der Baum mit einem Ast nach ihnen gegriffen haben. Dann traf Hornrich mit seinem Kopf diesen Ast und brach ihn ab. Der Baum gab jedoch nicht auf und griff mit seinen anderen Ästen nach den beiden. Vielleicht hat er das gemacht, weil es ihm leidgetan hat, dass er Hornrich am Kopf getroffen hatte. Oder der Baum ist wirklich nur ein Baum und alles geschah rein zufällig, trotzdem hat er dadurch die beiden gerettet!", erklärte Jaeo den Freunden seine Theorie.

„Was war das denn für ein Schreihals – ich meine, kannst du ihn uns beschreiben?", bat Onkel Butterschnabel den Raben.

„Er hat ungefähr die Größe von drei Raben, Fell statt Federn, vier Beine, einen langen, schwarz-grau geringelten Schwanz und dazu eine schwarz-graue Augenmaske", antwortete dieser mit schräggelegtem

Kopf, da er sich an die Einzelheiten zu erinnern versuchte. „Ach ja, er hat auch Ohren – zwei, um genau zu sein – und eine schwarze Nase! Ich bin dann weggeflogen, um ihn nicht zu ängstigen, falls dieser lärmende Fellbeutel aufwacht."

Alle schauten sich nachdenklich an, doch nur Hakeka schien die Beschreibung dieser Gestalt etwas zu sagen:

„Deinen Ausführungen nach könnte es ein Katta sein – aber so einen habe ich hier noch nie gesehen. Armana hat mir mal vor einer Weile erzählt, dass einige Kattas oben auf dem Tafelberg leben. Ich glaube, sie hat auch gesagt, dass das Lemuren seien, solche, die nur Obst fressen. Aber das erklärt immer noch nicht alles!", sagte Hakeka nachdenklich. Während sie sprach, kraulte sie Onkel Butterschnabel mit ihrem Pickwerkzeug den Nacken, dem das zu gefallen schien, da er regungslos vor ihr hockte und sie gewähren ließ.

„Die Situation ist für mich ganz klar!", warf jetzt Bickabolo ein. „Dieser schuftige Schuft wollte heimlich Bananen pflücken, und da es stürmisch war, musste er sich an einem Blatt festhalten. An einem Bananenblatt! Doch der Sturm riss es vom Baum ab und wehte beide zusammen hinfort!", ließ Bickabolo die anderen an seinen Geistesblitzen teilhaben. Daraufhin schauten sie ihn wieder einmal mehr befremdlich an und manch einer von ihnen fragte sich vielleicht im Geheimen, ob der Nacktschnabelhäher zuweilen an dem spitzkegeligen Kahlkopf naschte oder an anderen berauschenden Pilzen. Aber wie dem auch sein mochte, setzte er seine Bewertung der Lage fort: „Gut ist aber, dass weder Hornrich noch diesem Bananenkatta unmittelbar Gefahr droht. Für die Reaktionen des Steinbockes halte ich jedoch keine meiner Krallen in eine Krebsschere. Ich meine, wenn unser Freund plötzlich aufwacht und sich wieder an die Umstände erinnert, die ihn in diese missliche Lage gebracht haben! Aber der Schreihals hat in jedem Fall Glück – dort steht ja ein Baum, auf den er in der Not klettern könnte!", beendete Bickabolo seine Überlegungen.

„Ich finde auch, dass wir zusehen müssen, wie wir sie da rausbekommen. Für immer können die beiden ja schlecht dort bleiben!", sagte nun Gego.

„Das wird bestimmt nicht leicht werden, weil sie ja nicht einfach los-
schwimmen können. Wenn sie in die Strömung des Wassers gelangen,
werden sie ertrinken oder gegen die Felswände geschleudert – vielleicht
sogar beides zusammen!", meinte Hakeka.

„Möglicherweise gelingt es uns irgendwie, eine lange Pflanzenfaser zu
ihnen hinüber zu bringen. An dieser könnten wir sie dann eventuell her-
ausziehen. Gotondro und Windfuß sind bestimmt kräftig genug dafür",
schlug Gego vor.

„Das ist keine schlechte Idee, nur wird diese Pflanzenfaser vermutlich
vom wirbelnden Wasser abgetrieben werden. Oder sie saugt sich damit
voll, dann wird sie ziemlich schwer werden und nicht mehr zu bändigen
sein", sagte Jaeo. „Und stellt euch nur mal vor, was geschähe, wenn die
dann unkontrolliert in der Mitte des Strudels um sich schlagen würde –
dort, wo die zwei sich befinden, meine ich!", ließ der Rabe sie an seinen
Befürchtungen teilhaben.

„Es wäre wohl auch keine gute Lösung, wenn wir versuchen würden,
einen Weg dahin zu graben. Zum einen haben wir niemanden, der so gut
graben könnte, und zum anderen würde bestimmt Wasser eindringen
und den Weg überfluten. Ich habe zwar mal irgendwo gehört, dass Wom-
bats fantastisch graben könnten, aber wo wir so einen jetzt hernehmen
sollen, kann ich euch leider auch nicht sagen", meinte Bickabolo und
fügte wegen der ihm begegnenden fragenden Blicke noch hinzu: „Weil
ich es ganz einfach nicht weiß!"

Ob dieser Beitrag für jemanden hilfreich war, konnte man aus mehreren Augenpaaren, die sich ratlos anschauten, nicht unbedingt ableiten.
Aber da keiner näher darauf einging, war dies äußerst zweifelhaft!

„Ich finde die Idee von Gego gut, nur müssten wir die Pflanzenfaser so
befestigen, dass sie nicht nass werden kann – am besten hier an diesem
Baum und an dem Baum in der Strudelmitte. Vielleicht hat dieser Katta
ja eine Idee, wie man das machen könnte, damit sie auch Hornrichs Gewicht aushält. Schließlich hat er ja Finger, und die könnten dafür sehr
nützlich sein", sagte die Kohlmeise, während sie leidenschaftlich auf einer Butterblume herumkaute.

„Zunächst sollten wir noch einmal hinüberfliegen, um festzustellen, ob einer von den beiden bereits aufgewacht ist. Wenn wir Glück haben, ist der Katta bei Bewusstsein, dann kann er vielleicht etwas zu seiner und Hornrichs Rettung beitragen!", hoffte Jaeo.

So beschlossen sie, dass die Vögel gemeinsam zur Strudelmitte fliegen sollten, um nachzusehen, ob schon einer der beiden sein Bewusstsein wiedererlangt hatte. Außerdem wollten sie herausfinden, ob sich an dem Baum, der im Strudel wuchs, eine Pflanzenfaser sicher befestigen ließe. Weil Onkel Butterschnabel auch mit wollte, trotz seines verletzten Flügels, meinte Arle:

„Onkelchen, es ist bestimmt besser, wenn du dich noch ein wenig schonst."

„Für so eine kurze Strecke bin ich gesund genug – aber nett, dass du dich um mich sorgst", gab die Kohlmeise zur Antwort.

„Meine Sorge gilt vielmehr anderen Dingen. Es könnte ja durchaus sein, dass dir der Baum im Strudel auch einen Flügel brechen möchte. Oder dass ein hübsches Vögelchen in dessen Krone liebreizend flötet und du dadurch wieder abgelenkt wirst. Nachher fällst du am Ende noch ins Wasser!", rückte Arle die eben geäußerte Annahme der Kohlmeise gerade, was trotz der Anspannung allgemeines Gelächter zur Folge hatte.

„Ich werde schon auf mich aufpassen und außerdem habe ich ja dich noch zur Unterstützung dabei – besonders, wenn es mir so gut gehen sollte, dass meine Befindlichkeit nach einem Dämpfer verlangt!", nuschelte die Kohlmeise sehr leise, sodass es äußerst fraglich war, ob Arle dies überhaupt gehört hatte!

Dann erhoben sich alle Vögel in die Luft, auch die Kohlmeise, und flogen unter den Blicken der beiden Steinböcke zum Strudel, um schließlich darin zu verschwinden.

10. Strudel der Gefühle

Sie landeten auf den unteren Ästen des Baumes, der in der trockenen Strudelmitte munter vor sich hin wuchs. Das Wasser des Strudels drehte sich wie eine grünliche Wand um sie herum. Um einen Blick über die Wasseroberfläche werfen zu können, hätten sie sich ein Stück weiter oben im Baum niederlassen müssen. Aus den Ästen, auf denen sie hockten, trieben dünnere Zweige nach oben aus. Dunkelgrüne Blätter sprossen aus ihnen hervor. Dazwischen hingen eingetrocknete Früchte, die etwas länger als Onkel Butterschnabel waren.

„Die kenne ich! Lussuel hat sie mir vor ein paar Tagen in der Nähe von Makeas Heimbaum gezeigt. Man kann sie essen, hat er gesagt, und gerade ist mir eingefallen, dass er erzählte, den Baum würden sie Johannisbrotbaum nennen!", wusste Arle darüber zu berichten.

„Die Früchte sehen merkwürdig aus. Total vertrocknet, obwohl es doch hier so viel Wasser gibt", stellte der Nacktschnabelhäher fest. „Für mich ist das bestimmt nichts, aber vielleicht isst dieses Bananending so etwas, es hat ja auch die gleiche Farbe im Gesicht!", sagte Bickabolo, während er mit seinem Schnabel auf den noch immer regungslosen Katta deutete, der neben Hornrich und dem abgebrochenen Ast auf dem Boden lag.

„Lasst uns lieber nach unserem Freund und dem Katta sehen, statt hier überflüssige Betrachtungen anzustellen!", beendete Hakeka die komplexen Gedankengänge ihres Gefährten abrupt und glitt vom Ast, um neben Hornrich im Gras zu landen.

„Habt ihr nicht zugehört? Keine Zeit, um dumm herumzuschwätzen!", erklärte Bickabolo knapp. Bevor noch einer darauf antworten konnte, war er bereits Hakeka gefolgt und hockte sich neben sie. Ein wenig zeitversetzt folgten ihm die anderen Vögel nach unten.

Daraufhin hüpften Hakeka und Jaeo auf den Steinbock, gingen vorsichtig über ihn und schauten sich dabei alles ganz genau an. Zum Glück konnten sie aber keine Verletzung feststellen – bis auf eine kräftige Beule an dem Kopf ihres Freundes.

„Der Arme! Er ist wohl wirklich mit seinem Schädel gegen den Ast geprallt und hat ihn damit abgebrochen. Das wird aber wieder!", sagte Hakeka zuversichtlich. Sie kannte sich mit solchen Dingen aus, da diese Arten von Verletzungen am Rabenhorn ständig vorkamen, im Besonderen während der Zeit der Partnersuche. Solche und noch viel schlimmere, die aber fast alle aus reinem Übermut geschahen und nicht, weil irgendeiner ernsthaft verletzt werden sollte. Es ist eben eine raue Gegend dort oben!

Jaeo pickte den Steinbock versuchsweise leicht in sein Brustfell, doch auch das blieb ohne erkennbare Reaktion. So begnügte er sich damit, einfach nur auf seinem Freund hocken zu bleiben. Die Meisen folgten seinem Beispiel und ließen sich auf Hornrichs Geweih nieder. Die beiden Nacktschnabelhäher hüpften dagegen zu dem Katta hinüber und schauten sich diesen an.

„Ich hätte mir einen Bananenkatta irgendwie gelb vorgestellt, aber dieser hier hat ja gar nichts von einer Banane an sich – außer vielleicht, dass er genauso wenig fliegen kann!", sagte Bickabolo verwundert. Zwar hatte niemand behauptet, das wäre ein Bananenkatta, zumal es so etwas auch gar nicht gab, aber jeder der Freunde kannte Bickabolo. So wussten sie ganz genau, dass er zuweilen Dinge sagte, die für andere keinen Sinn ergaben – was auch ein Grund dafür war, dass seine Bemerkungen oftmals einfach ignoriert wurden!

Auf einmal wurde etwas sehr Großes aus dem sich drehenden Wasser herausgeschleudert und blieb tropfend an einem der Äste des Baumes hängen. Bickabolo reagierte mit einem heftigen Zucken darauf, entspannte sich aber sogleich wieder und lachte kurz gezwungen auf.

Der Baum hatte anscheinend, von ihnen unbemerkt, mit seinen Ästen nach dem Bananenblatt gegriffen, wie er es zuvor schon bei Hornrich und dem Lemuren gemacht hatte.

„Für einen Moment hatte ich schon befürchtet, das wäre dieser wurmgesichtige Wels, aber es war nur dieses dumme Blatt!", versuchte Bickabolo seine übertriebene Reaktion herunterzuspielen. Der Nacktschnabelhäher hatte noch nicht ganz zu Ende gesprochen, da zuckte er auch schon wieder heftig zusammen und krähte dazu laut auf.

Urplötzlich war der Katta laut zwitschernd und kreischend aufgesprungen. Er war von den Wassertropfen aufgewacht, die von dem klatschnassen Bananenblatt herabliefen, das direkt über ihm baumelte. Er schaute sich gehetzt um, kletterte dann flink den Baum hinauf und blieb ganz oben hocken – immer noch seine lauten Geräusche ausstoßend!

„Halt den Schnabel, du dummes Bananending!", pfiff Bickabolo den Katta ärgerlich an, da er sich wieder einmal wie ein Nestling erschrocken hatte und ihn zudem das ständige Gekreische des Lemuren nervte – wie übrigens auch alle anderen!

„Was fällt dir ein! Wie redest du mit mir, du hysterische Krähe? Bist du schon von einem Berg herabgestürzt? Wurdest du schon mal ins Wasser geweht und drohtest dabei zu ertrinken? Tropfte dir schon mal etwas plötzlich auf deinen Körper und schautest du in lauter fremde Gesichter, als du dadurch erwachtest? Hast du überhaupt eine Ahnung, wer ich eigentlich bin?", schrie der Katta in kreischendem und gleichzeitig arrogantem Tonfall zurück.

„Hast du Bananen auf den Augen? Ich bin ein Nacktschnabelhäher und keine Krähe, du verwöhnter, absolut nutzloser und nervender Nestling! Wir wollten dir nur helfen, du Dungbräter, aber dann sieh doch zu, wie du alleine hier wieder herauskommst, und vergiss dabei nur das Kreischen nicht!", stieß Bickabolo ärgerlich aus und erhob sich zornig in die Luft.

Mit kräftigen Flügelbewegungen begab er sich zum Ufer zurück und landete, vor Wut überschäumend, neben Gotondro, der ihn erwartungsvoll anblickte.

„Dieses eingebildete, dumme Ding!", schimpfte er sogleich los. „Nennt mich eine Krähe, kreischt nur herum und ist dazu noch absolut herablassend. Ob ich nicht wüsste, wer es wäre, hat es mich gefragt! Nein, weiß ich nicht – und es interessiert mich auch nicht! Wir sollten es auf dem Baum lassen, dann kann es die vertrockneten Früchte oder von mir aus auch Gras fressen. Vielleicht kommt ja irgendwann jemand vorbei, der es kennt, aber der wird es sicherlich auch nicht retten wollen!", brodelte Bickabolo.

Die beiden Steinböcke ließen den Nacktschnabelhäher gewähren, da sie nur zu gut wussten, dass er sich schon wieder von ganz alleine beruhigen würde, nachdem er seinem Ärger Luft gemacht hatte!

Währenddessen versuchte Gego im Strudel sein Glück bei dem Katta, der immer noch aufgeregt zwitscherte, aber inzwischen zumindest sein Kreischen eingestellt hatte. Die Blaumeise hockte sich auf einen Ast in dessen Nähe und sagte in ruhigem Tonfall zu ihm:

„Es tut uns leid, aber wir wissen wirklich nicht, wer du bist. Mein Name ist Gego. Wie ist dein Name? Wo kommst du her? Lebst du hier in der Nähe? Was hattest du eigentlich mit dem Bananenblatt vor? Könntest du bitte mal mit dem Zwitschern aufhören? Das wäre wirklich sehr nett von dir."

„Noch so ein fliegender Schlauwichtel! Wo soll ich schon herkommen?", gab der Katta barsch zur Antwort. „Aus der Luft natürlich! – Und wer ich bin? Selbstverständlich bin ich Chismu, der berühmte und überall bekannte Hutmacher!", er schaute Gego arrogant an, hörte aber mit dem nervigen Gezwitscher auf, bevor er in schnippischem Ton fortfuhr: „Entschuldige, wenn meine Antwort zu schwer für dich war, aber du wolltest ja alles wissen. Das bringt mich zu der Frage, was ihr eigentlich mit meinem Hut gemacht habt. Ich meine, falls ihr Grubenlurche überhaupt wisst, was ein Hut ist! Während ihr überlegt, dürft ihr mir etwas zu essen besorgen. Erdbeeren wären jetzt genau das Richtige!"

Das war dann auch zu viel für den ansonsten ruhigen Gego. Umgehend erhob er sich in die Luft und flog Bickabolo hinterher, während die vier im Strudel verbliebenen Vögel ihm geschockt nachschauten.

Als Gego neben dem Nacktschnabelhäher landete, hatte dieser sich wieder abgeregt – doch jetzt tobte die Blaumeise:

„So etwas Unhöfliches ist mir ja noch nie untergekommen! Erdbeeren will er haben! Wir seien Grubenlurche, hat er gesagt! Was wir mit seinem Hut gemacht hätten, wollte er wissen! Wir sollten eiligst Hornrich befreien und diesen Angeber dort mit seinen Unverschämtheiten alleine lassen! Wenn er wirklich so bekannt ist, wie er sagt, wird ihn bestimmt jemand anderes retten. Und wenn nicht, kann er ja in Ruhe über seine Unverschämtheiten nachdenken!"

Durch Gegos Erzählung war nun auch wieder der Zorn von Bickabolo aufgewallt. Gegenseitig überboten die beiden sich mit Ideen, was man mit dem Katta alles machen könnte, da er sich so unmöglich verhalten hatte. Sowohl Gotondro als auch Windfuß hörten den beiden gelassen zu und kauten währenddessen auf ein paar Kräutern herum.

In der Strudelmitte herrschte derweil ebenfalls noch eine angespannte Stimmung:

„Zuerst Bickabolo und jetzt auch noch Gego – gerade er, der immer versucht, alle zu verstehen, auch wenn es da gar nichts zu verstehen gibt!", erboste sich Onkel Butterschnabel, während er auf seiner Butterblume so wütend herumkaute, als wäre sie der Katta selbst!

Arle war ebenfalls einen Moment verärgert gewesen, doch nun hatte sie sich wieder vollständig unter Kontrolle. Sie erhob sich, ohne ein Wort zu verlieren, in die Luft und ließ sich direkt gegenüber von Chismu nieder.

„Was glaubst du eigentlich, wer wir sind? Wie kommst du dazu, so mit uns zu sprechen? Sechs Nestlinge habe ich großgezogen, da werde ich mich doch nicht von dir so unhöflich behandeln lassen! Bei uns ist niemand etwas Besonderes, egal ob er Hüte machen kann oder nicht. Wir helfen uns gegenseitig und sind füreinander da, wie es wahre Freunde eben machen! Auf Dungnager oder schlecht gelaunte Parasiten verzichten wir gerne!", sagte Arle äußerst unterkühlt, fast schon frostig, während sie den Katta mit einem glühenden Blick gefangen hielt. „Wenn du keine Freunde brauchen solltest, ist das in Ordnung, aber lass bitte meine in Frieden! Bleib einfach hier sitzen und sei still. Wir retten nur unseren Freund, dann lassen wir dich wieder alleine – was dir ja mehr als genug zu sein scheint!"

Der Katta war unter dem lodernden Blick der Blaumeise immer kleiner und kleiner geworden. Nun richtete er seine Augen beschämt auf den Boden und dachte im Stillen an die Zeit zurück, als er seinen Clan verlassen musste. Das war bei männlichen Kattas in einem gewissen Alter vollkommen normal und diente dazu, dass sie sowohl ein eigenes Rudel als auch ihren Weg finden konnten.

Auf seiner Suche nach Anschluss war er auf die Hänge des Vulkans gelangt. Zunächst überlegte er dort in der Abgeschiedenheit, in welche Himmelsrichtung er ziehen sollte. Um unterdessen die Leere seiner Tage zu füllen, beschäftigte er sich mit Flechtarbeiten.

Die Zeit verging, während er in der Einsamkeit immer sonderbarer wurde und sich die Äste seines neu gewählten Heimbaumes mit Dingen füllten, die er gefertigt hatte. Irgendwann kamen die ersten Plateaubewohner vorbei und waren auf Anhieb begeistert von seiner Arbeit. Sie boten ihm im Tausch dafür Nahrungsmittel und besondere Pflanzen an oder sie brachten ihm Wasser.

Anfangs hatte er das gut gefunden, doch einige Zeit später nervten ihn die ständigen Betteleien um individuell gefertigte Stücke. Um schließlich seine Ruhe wiederzuerlangen, wurde er immer unfreundlicher – doch das störte die Plateaubewohner nicht. Sie nahmen begierig alles an, was er gefertigt hatte – die Hauptsache dabei war, dass es von ihm war.

Wieder einige Zeit später nahm er nur noch Auftragsarbeiten an, und zwar von Bewohnern, die ihm nicht auf die Nerven gingen – was nicht sehr viele schafften. Dadurch nahm sein Ruf im gleichen Maße zu wie sein unfreundliches Verhalten. Erst als er auf die Zwillinge getroffen war, nahm sein Dasein einen ganz anderen Verlauf.

Er beobachtete sie bei ihren Vorbereitungen für das Blattgleiten und sah, wie viel Spaß sie dabei hatten. Als er sich ein wenig mit ihnen unterhielt und ihre quirlige Art kennenlernte, empfand er diese als sehr erfrischend. Zumal sie um keine seiner Arbeiten bettelten. Umso bedauerlicher fand er es, als sie auf einem Blatt den Hang herabglitten.

Schnell hatte er sich ein Bananenblatt abgemacht und war ihnen hinterhergesprungen, ihre zuvor erteilten Ratschläge ignorierend. Dann erfasste ihn ein starker Windstoß und er wurde über das Kliff bis zum Lupa geweht, wo er schließlich mit Hornrich zusammengestoßen war. Als er wieder erwachte, befand er sich unter lauter Unbekannten, die von seiner Geschichte nichts wussten und auch für sein überspanntes

Verhalten nichts übrighatten. Dazu kam noch, dass er Bickabolo und Gego als männlich erkannte, weshalb er ihnen gegenüber Stärke zu beweisen versuchte!

Arle gegenüber verhielt er sich jedoch ganz anders. Die Rudelführer der Kattas waren grundsätzlich weiblich und wurden allseits respektiert. Dass die Blaumeise so winzig war, spielte überhaupt keine Rolle, denn was ihr an körperlicher Größe fehlte, machte sie durch ihr unerschütterliches Auftreten mehr als vergessen!

„Es tut mir aufrichtig leid, Ehrwürdige! Mein Benehmen war absolut unangebracht und es darf keine Entschuldigung dafür geben. Bestrafe mich, wie du es für angemessen hältst, ich werde es akzeptieren!", sagte er nun unterwürfig. Jegliche Arroganz war mit einem Schlag von ihm gewichen und als er geendet hatte, wartete er mit gesenktem Haupt auf Arles Urteil.

Die Blaumeise dachte einen kleinen Moment nach, während sie ihn von oben bis unten musterte, und flatterte ihrem Gegenüber auf den Kopf. Dort hockte sie sich genau zwischen seine Ohren und blickte zu ihm herab. Zaghaft hoben sich die Augen des Kattas, während der restliche Körper regungslos verharrte.

„Gut! Sagen wir einfach, wir hatten einen schlechten Start!", meinte sie freundlich zu ihm und der feurige Ausdruck in ihren Augen verschwand im selben Moment. „Bei uns gibt es keinen Anführer, nur Freunde! Also, der Steinbock, den du mit ins Wasser gerissen hast, heißt Hornrich, und der Rabe, der neben ihm hockt, hört auf den Namen Jaeo. Der Nacktschnabelhäher nennt sich Hakeka und bei der Kohlmeise handelt es sich um meinen Onkel Butterschnabel. Die beiden, die weggeflogen sind, waren Bickabolo, Hakekas Gefährte, und Gego, mein Gefährte. Willkommen bei uns, Chismu! So, komm jetzt mit nach unten und begrüße die anderen!"

Arle schwebte hinab auf das Gras und der Katta beeilte sich, ihr zu folgen. Sobald Chismu unten angekommen war, flatterte Onkel Butterschnabel, der Arles Zurechtweisung mit angehört hatte, auf ihn zu, hockte sich auf seine Schulter und stellte sich vor.

„Sie ist herzensgut, unsere Arle, und sie würde ihre letzte Feder für die Ihren hergeben. Aber zu deiner Sicherheit ein wohlgemeinter Rat: Leg dich nie mit ihr an, du ziehst immer den Kürzeren!", lachte die Kohlmeise und Chismu stimmte sogleich fröhlich zwitschernd mit ein. Sowohl Hakeka als auch Jaeo hüpften nun näher und begrüßten den Katta ebenfalls, woraufhin dieser alle der Reihe nach sorgsam anschaute.

„Ich danke euch für eure Geduld mit mir! Da ich das Geschehene nicht ungeschehen machen kann, werde ich ab jetzt alles unternehmen, um mir eure Freundschaft wirklich zu verdienen. Sagt mir bitte nur, wie ich helfen kann."

„Du siehst ja, dass Hornrich immer noch bewusstlos ist. Sobald er wieder erwacht, sollten wir ihn, genau wie dich, ans Ufer bringen", sagte Jaeo zu ihm und gemeinsam erklärten sie dem Katta, wie sie sich das ungefähr vorstellten. Als sie mit ihrer Erklärung geendet hatten, bat Chismu die Kohlmeise, von ihm herunterzuflattern.

Sodann huschte er zu dem schlafenden Hornrich hinüber, schaute ihn an und strich mit der Hand vorsichtig über seinen Kopf:

„Tut mir leid, dass ich dich ins Wasser geworfen habe! Bitte wach schnell wieder gesund auf!" Die Vögel knickten kurz mit ihren Beinen ein, um Chismu zu zeigen, dass sie ihn für diese Handlung respektierten.

„Ich klettere noch einmal auf den Baum hinauf, um mir genau anzusehen, wie wir eine Pflanzenfaser sicher daran befestigen können", sagte er schnell – vielleicht auch, weil ihm die Respektbezeugung der Vögel ein wenig peinlich war. Einen Augenblick später hockte er auch schon ganz oben auf dem Baum und beschattete mit einer Hand die Augen. Aufmerksam blickte er in jede Richtung, kletterte dann wieder ein Stück abwärts und sah sich dort die Äste genau an, auf welchen die Vögel noch vor Kurzem gehockt hatten. Um die Festigkeit der Äste zu prüfen, umschloss er sie mit seinen Händen und wackelte kraftvoll daran. Dann kehrte er zum Boden zurück, von wo aus die Freunde ihn die ganze Zeit über interessiert und gespannt beobachtet hatten. „Es sollte uns möglich sein, an diesem Baum Pflanzenfasern zu befestigen. Sie sollten nur lang und stark genug sein!", teilte er ihnen seine Einschätzung mit. Erleichtert piepten die Vögel auf und Jaeo wollte von Chismu noch erfahren:

„Wie werden die Pflanzenfasern denn befestigt und was ist, wenn wir nur welche finden, die zu kurz sind?"

„Auf der gegenüberliegenden Seite müsstet ihr euch um die Befestigung kümmern, so lange, bis ich hinüberwechseln kann. Hier werde ich das machen, wenn ihr mir ein Ende der Liane vorbeibringt. Wenn sie zu kurz sein sollte, kann ich auch zwei miteinander verbinden, nur dauert das ein wenig länger. Zu schwer sollten die Ranken auch nicht sein, denn ihr müsst sie ja über den Fluss zu mir fliegen. Aber ihr wisst ja, außer flechten, angeben und Hüte machen kann ich leider nicht so viel!", sagte der Katta und verzog seinen Mund zu einem breiten Lächeln.

„Du und angeben? Das soll man ja gar nicht glauben! Aber im Ernst: Eine einzelne Pflanzenfaser kann doch Hornrich bestimmt nicht tragen, dazu ist er viel zu schwer – glaube ich jedenfalls", teilte Hakeka ihre Bedenken mit.

„Der Meinung bin ich auch, deshalb beabsichtige ich, mehrere Pflanzenfasern miteinander zu verknüpfen. Dadurch werden sie deutlich belastbarer. Aber um dies zu können, müsste ich mich zwischen den Seiten hin und her bewegen können", sagte Chismu.

„Dann werden wir mal fliegen und mit den anderen nach geeigneten Pflanzenfasern suchen. Mach du es dir hier solange mit Onkel Butterschnabel bequem, und wenn wir geeignete Lianen gefunden haben, kommen wir wieder her. Du zeigst uns dann, was so ein berühmter, wenngleich auch etwas arroganter Hutmacher damit alles anzufangen weiß!", sagte sie mit einem amüsierten Krächzen. Sodann erhoben sich Hakeka, Jaeo und Arle in die Luft und flogen hinüber auf die gegenüberliegende Flussseite, wo die anderen auf sie warteten. Onkel Butterschnabel tauschte derweil mit Chismu Geschichten aus, um die Wartezeit bis zu ihrer Rückkehr zu verkürzen – und natürlich auch, damit sie sich besser kennenlernen konnten.

„Was habt ihr mit diesem unverschämten Fellbeutel gemacht? Wie geht es Hornrich und wo ist Onkel Butterschnabel? Ist euch jemand gefolgt?", wollte Bickabolo sogleich von den dreien erfahren, als sie bei ihnen gelandet waren.

„Halt deinen Schnabel und hör mit diesem Verfolgungsunsinn auf! Der Katta hat einen Namen, also benutze ihn gefälligst! Chismu hilft uns und wir gehen jetzt alle auf die Suche nach langen, stabilen Pflanzenfasern. Du auch!", pfiff Hakeka ihn an.

Gego hatte auch noch etwas dazu sagen wollen, zog es aber vor, zu schweigen, nach einem Blick auf seine Arle.

„Wir haben Chismu nur auf der falschen Kralle erwischt, außerdem hat er sich bei Hornrich aus tiefstem Herzen entschuldigt, obwohl er noch immer schläft. Eigentlich war ja alles nur ein dummer Unfall, an dem niemand die Schuld trägt!", sagte sie, aber Gego und Bickabolo sahen das offenbar ein wenig anders. Doch schnell bewegten sie die Blicke ihrer Gefährtinnen dazu, ihre Meinung noch mal zu überdenken.

„Wenn wir noch länger warten, ist dieser Johannisbrotbaum schon von ganz alleine zum anderen Ufer geschwommen. Kommt jetzt endlich, wir haben eine Mission zu erfüllen!", beeilte sich der Nacktschnabelhäher unter dem bohrenden Blick seiner Gefährtin zu sagen. Geschäftig flatterte er auf das Bündel, das Gotondro auf dem Rücken trug, und löste dessen Befestigungen, woraufhin es zu Boden glitt. „Dann brauchst du nicht so schwer zu tragen, während wir die Lianen suchen. Und außerdem haben wir ja jetzt Chismu, der kann nachher bestimmt wieder alles prima festbinden!", sagte er mit einem leicht stichelnden Unterton, den Hakeka großzügig überhörte. Sie flog auf das Bündel, das Windfuß trug, machte es ihrem Gefährten nach, und als auch diese Last herabgerutscht war, brachen sie auf.

Sie waren noch nicht lange auf der Suche, da entdeckten sie ein bewaldetes Gebiet, wo sich zahlreiche Pflanzenfasern die Bäume hinaufwanden. Jaeo flog zu einem der freistehenden Bäume, durchtrennte direkt über dem Waldboden eine Liane und umschloss sie fest mit einer Klaue. Zunächst schauten ihm die Freunde verwundert dabei zu, wie er immer wieder mit der Pflanzenfaser um den Baum herumflog und sich dabei gleichzeitig in die Höhe schraubte. Dann hatten sie verstanden und die

Nacktschnabelhäher wählten sich jetzt ebenfalls je einen freistehenden Baum aus und wiederholten das, was sie zuvor bei Jaeo gesehen hatten.

Vom Boden aus sahen die anderen fasziniert zu, wie die drei Rabenvögel immer wieder in ihrem merkwürdig aussehenden Tanz um die Bäume flogen, ohne sich dabei in die Quere zu kommen. Jaeo ließ dann seine Pflanzenfaser los und sie fiel hinab auf den Boden. Der Rabe landete unmittelbar darauf neben ihr und schwankte noch eine kleine Weile hin und her, bis sich sein Schwindel gelegt hatte.

Unterdessen fielen auch die anderen beiden Lianen nach unten, denen umgehend Hakeka und Bickabolo folgten, die sich nun ebenfalls schwankend auf den Boden hockten.

„Ganz schön schlau, den Baum die Last so lange tragen zu lassen, bis alles nach unten fällt. Nur der Schwindel danach stört einen Moment, aber um den Baum herumzufliegen ist in jedem Fall einfacher, als an der Pflanzenfaser wie eine alte Hampelfeder zu zerren!", freute sich Bickabolo.

„Die sehen auch so aus, als wären sie für unseren Zweck lang genug. Bleibt nur noch die Frage, wie wir sie zum Ufer bringen sollen. Wir können sie nicht hinter uns herziehen, weil sie sich dann überall verfangen würden und dadurch am Ende noch reißen", überlegte Arle laut.

„Wenn ihr das Gewicht tragen könnt, wäre es vielleicht möglich, euch die Pflanzenfasern um eure Hörner zu wickeln. Dann würden sie sich nicht irgendwo verfangen können", meinte Gego daraufhin zu den Steinböcken.

„Das Gewicht werden wir leicht tragen können, aber ihr solltet sie im Wechsel um das eine und um das andere Horn legen. Dann bleibt die Liane auf dem Kopf und wickelt sich nicht um die Beine, wenn wir uns bewegen", erwiderte Windfuß.

So machten sich die Rabenvögel zuerst bei ihm ans Werk und als sie sahen, dass die Pflanzenfaser auf seinem Kopf hielt, wiederholten sie dasselbe bei Gotondro. Nachdem die Gefiederten damit fertig waren, sahen sich die beiden Steinböcke an und mussten laut losprusten!

„Wo hast du diese wunderbare Kopfbedeckung her? Ist sie vielleicht von Chismu, dem berühmten Hutmacher?", wollte Bickabolo jetzt lachend in Erfahrung bringen. Und tatsächlich sahen die Lianen auf den Köpfen der Steinböcke wie ein riesiger, grüner Hut aus, der ihre Hörner fast ganz bedeckte.

„Die Ranke liegt sehr gut auf meinem Kopf, eine zweite wird aber leider keinen Platz mehr darauf haben, sodass wir wohl noch mal wiederkehren müssen", sagte Gotondro.

„Wenn dieses Bananending ...", begann Bickabolo, brach aber sogleich wieder ab, als er kurz in die Augen seiner Gefährtin blickte. „Ich wollte natürlich sagen", setzte er erneut an, „wenn Chismu noch weitere Lianen benötigt, werden einfach noch welche geholt. Wir wissen ja jetzt, wo wir Nachschub herbekommen und wie wir diesen zum Ufer schaffen können!"

Zufrieden entließ Hakeka ihn aus ihrem mahnenden Blick und so konnten sich alle auf den Rückweg zum Ufer aufmachen. Die Vögel hockten sich oben auf die Lianen, um diese noch zusätzlich mit ihren Krallen auf den Köpfen der Steinböcke zu sichern. Die Ranken bewegten sich zwar durch die Bewegungen der Steinböcke mit den Vögeln hin und her, doch blieb alles da, wo es bleiben sollte. Am Ufer angekommen, wickelten die Rabenvögel die Lianen wieder von den Hörnern der Steinböcke ab und legten sie dort in Schlangenlinien auf den Boden. Das war deshalb erforderlich, damit sie sich nicht verhedderten, wenn die Vögel anschließend damit in den Himmel aufstiegen.

„Wenn wir mit der Liane hinüberfliegen, fällt das eine Ende wahrscheinlich ins Wasser und wird vom Strudel begierig eingesaugt werden!", erklärte Bickabolo. „Wir sollten sie deshalb hier an dem Baum befestigen. Dann nehmen Hakeka, Jaeo und ich das freie Ende in unsere Krallen und steigen über Land steil auf in die Luft – soweit es die Ranke zulässt. Dann lassen wir uns schnell in die Strudelmitte fallen, das Gewächs bleibt dabei trocken und Chismu kann es zügig an dem Baum befestigen", plante Bickabolo ihr weiteres Vorgehen.

„Das könnte hinhauen. Kommt, wir wickeln die Liane ein paar Mal um diesen unteren Ast hier und eventuell könnt ihr sogar noch zusätzlich den Felsen da drüben auf das herabhängende Ende rollen", sagte

Jaeo zu den Steinböcken, die daraufhin zustimmend grunzten und sich ans Werk machten.

So flogen Jaeo und Hakeka mehrmals mit der Pflanzenfaser um den Ast herum und ließen ein Ende auf den Boden herab. Sogleich rollten die Steinböcke den Felsen darauf und im Anschluss prüfte Bickabolo die Festigkeit der Verbindung. Er griff die Liane mit beiden Klauen, zerrte daran und versuchte, damit wegzufliegen. Als sich nichts bewegte, nickte er seiner Gefährtin zu.

„Ihr fliegt jetzt besser zum Strudel und gebt Chismu Bescheid, dass wir kommen", sagte Hakeka zu den Blaumeisen, die sich dann auch direkt in die Luft erhoben. Die drei Rabenvögel nahmen nun das andere Ende der Liane in ihre Klauen und stiegen steil in den Himmel auf, so hoch, bis diese sich schon fast spannte.

„Jetzt!", rief Bickabolo und sie stürzten hinab, um unmittelbar darauf auf dem Baum in der Strudelmitte zu landen. Chismu wartete dort bereits auf sie, nahm das Pflanzenende in Empfang und wickelte es schnell mehrmals um einen dicken Ast. Dann schlang der Katta das Ende zur Sicherheit noch einige Male um ihn herum, während die Rabenvögel sein Tun interessiert beobachteten.

„Das nennt sich verknoten und ist gar nicht so schwer, aber so etwas wie Hände erleichtern es natürlich deutlich!", erläuterte der Katta. An Gego und Bickabolo gewandt sagte er dann: „Ich entschuldige mich für mein mehr als unangebrachtes Verhalten euch gegenüber. Da ich es nicht mehr ungeschehen machen kann, bleibt mir nicht viel mehr übrig, als zu versprechen, dass das nicht mehr vorkommen wird!"

„Schon vergessen!", sagte Gego großmütig.

„Ich war mir natürlich von Anfang an darüber im Klaren, dass es sich hierbei nur um ein riesiges Missverständnis handeln konnte. Ich hab das auch schon vergessen", meinte Bickabolo und überhörte das belustigte Piepen der anderen. „Im Übrigen könnten wir auch eine Pflanzenfaser mit unseren Schnäbeln festzurren, aber Hände können das in jedem Fall besser! Meinst du denn, die Liane trägt dich bis zur anderen Seite, oder sollten wir noch eine zweite holen?", fragte er Chismu.

Dieser hatte sich seinen Schwanz über die Schulter geworfen und kratzte sich mit dessen Ende nachdenklich am Hinterkopf. Dann nahm er das herunterhängende Teil der Liane, riss es mehrmals auseinander und schaute es prüfend an:

„Es könnte gehen, aber besser ist es, wenn wir doch noch eine zweite Liane spannen. Um Hornrich unbeschadet auf die andere Seite zu bringen, würde ich zur Sicherheit sogar noch eine weitere ziehen!"

„Also gut, genug Gedanken gemacht! Lasst uns die restlichen Gewächse herbringen, irgendwann müssen wir ja mal fertig werden!", sagte Bickabolo ungeduldig wie immer. Bevor die Vögel sich jedoch in die Luft erhoben, hüpfte Arle noch schnell zu dem Katta hinüber:

„Siehst du? Das ist der Grund für wahre Freundschaft. Man ist eben da, wenn ein Freund Hilfe braucht! Zusammen essen und Spaß haben kann man mit jedem Hohlschnabel, aber wenn es darauf ankommt, zählen eben nur wahre Freunde – zu denen du jetzt im Übrigen auch gehörst. Danke, Freund!"

Daraufhin berührte sie mit ihrer Kralle Chismus Hand und erhob sich mit den anderen in die Luft, um die restlichen Lianen zu holen. Onkel Butterschnabel blieb wieder bei Chismu, der gut mit dem Lemuren auskam, seit Arle ihm seine Merkwürdigkeiten ausgetrieben hatte.

Sie hatten sich schon ein Stück von dem Strudel entfernt und jeder der Freunde hing seinen Gedanken nach. Arle dachte mal wieder an ihre Kleinen und sie fragte sich im Stillen, was sie jetzt wohl machen würden. Doch plötzlich erschrak sie, als Sprachfetzen von der Unterhaltung zwischen ihrem Onkel und dem Katta bis zu ihr hinüberwehten:

„... Spaß beim Blattgleiten mit den beiden Verrückten Bürste und ..."

Die Haut auf Arles Klauen begann sich sofort zu kräuseln und ihr kleines Herz schlug ein wenig schneller, während sie versuchte Gego einzuholen, der weiter entfernt vor ihr herflog.

11. Regen, Sonne, Regenbogen

Es war schon etwas Zeit vergangen, seitdem ihre Freunde in der engen Röhre verschwunden waren, die unter dem See verlief. Schnuddel ließ, wie alle anderen, den Kopf noch immer tief hängen und machte nun seinen Gefühlen mit einer kleinen Ansprache Luft:

„Liebe Freunde, ein Schatten wirft nun Dunkelheit auf unsere Seelen! Mich deucht, die Sonne wird unzählige Male auf ihr Lager niedersinken müssen, bevor wir die wagemutigen Freunde wieder frohgemut in unserer Mitte begrüßen dürfen. Bis zu diesem freudvollen Tage werden die Recken alleine jedweder Gefahr heldenhaft trotzen müssen. Eine trostlose Zeit für uns Zurückgelassenen ist nunmehr angebrochen, eine Zeit der Leere, wie auch eine Zeit der Hoffnungslosigkeit! Lasset uns diese trauervollen Tage mit sinnvollen sowie bedeutenden Taten anfüllen, auf dass uns die fade Einsamkeit nicht unendlich erscheinen mag!"

Pinselohr übersetzte dem Pfeifhasen, was Schnuddel während dieser hochemotionalen Rede gesagt hatte, da Pepe'leoh mal wieder einen ziemlich ratlosen und verzweifelten Eindruck auf ihn machte:

„Schnuddel möchte, dass wir uns alle sinnvoll beschäftigen, damit die Zeit bis zur Rückkehr unserer Freunde schneller vergeht!"

Sogleich richteten sich die Ohren des Pfeifhasen auf und er hoppelte zu Schnuddel hinüber, wo er sich vor dessen Klauen hockte. Pepe'leoh schaute zu ihm auf, pfiff einmal laut klagend – und als der Grünspecht seinen Blick auf ihn herabsenkte, sagte er aufmunternd:

„Kopf hoch, Großer, sie haben zwar unser Lachen mitgenommen, sie brauchen es dringender als wir, doch schon bald wird es wieder mit ihnen zurückkehren. Wir werden dann gemeinsam ihren Abenteuern lauschen und eine viel größere Freude dafür zurückbekommen!"

Sodann hoppelte er zurück zu Pinselohr und ließ einen nicht mehr mit ganz so trüben Gedanken beschäftigten Schnuddel zurück. Bickamuck knüpfte nun an das an, was der Grünspecht vorhin gesagt hatte, da ihn dessen Rede offensichtlich inspiriert hatte:

„Warten alleine lässt die Zeit oftmals sinnlos verrinnen, wodurch sie sich sehr schnell zu einer traurigen Ewigkeit ausdehnen kann!", er machte eine kleine Pause, um das Gesagte wirken zu lassen, dann fuhr er fort: „Damit uns dies nicht widerfährt, werden Armana und ich noch einige Tests an der Feder der Ente durchführen. Dadurch wird hoffentlich sichergestellt, dass wir sofort mit der Behandlung beginnen können, wenn uns die Seerosenblüten gebracht werden!"

„Wir werden sehr beschäftigt sein und hätten in dieser Zeit gerne Ruhe. Ihr könntet ja in der Zwischenzeit einen Ausflug zu dem Sepia machen und ihn um ein wenig von seiner Tinte bitten, die wir ebenfalls für unsere Versuche benötigen", bat Armana die anderen und übergab Leinia zu diesem Zweck ein kleines Behältnis. Ihr Gefährte hängte noch eindringlich an:

„Es hat etwas mit den üblen Winden zu tun, die diese Ente zuweilen verströmt!"

Tütelütü bekam davon nichts mit, denn bereits während Schnuddels Ansprache war sie in die Betrachtung ihrer Umgebung versunken. Gerade stierte sie konzentriert eine Lavendelblüte an, auf der sich eine Biene niedergelassen hatte.

Nachdem sich die beiden Keas zum Labor aufgemacht hatten, begaben sich die anderen, auch Tütelütü, zum Floß am Strand. Dort angekommen sagte Leinia:

„Es macht absolut keinen Sinn, wenn wir alle daraufklettern, zumal es wahrscheinlich viel zu klein dazu ist. Das Beste wird sein, wenn ich schnell alleine zu Tinti schwimme und ihn um ein wenig von seiner Tinte bitte. Armana und Bickamuck benötigen Ruhe für ihre Forschungen, weshalb es besser sein wird, wenn ihr euch zwischenzeitlich möglichst fern von ihrem Labor aufhaltet!"

Sie bedeckte Spitzers Gesicht mit einer Vielzahl feuchter Küsse, sprang mit dem kleinen Behältnis für die Tinte ins Wasser und war Momente später schon ihrer Sicht entschwunden!

„Dann sollten wir auch nicht nutzlos herumstehen! Was haltet ihr davon, wenn wir etwas an dem Floß herumbasteln und es vergrößern, sodass wir zukünftig alle bequem einen Platz darauf finden können?", fragte Spitzer nun.

Seit sie die jungen Blaumeisen kannten, war bei allen eine Veränderung eingetreten, die keiner jetzt mehr umkehren wollte. Die unterschiedlichsten Geschöpfe waren nun miteinander befreundet – und wenn diese Freundschaften auf Dauer fortbestehen sollten, war es unerlässlich, dass alle in der Lage waren, sich gegenseitig zu besuchen, um sich untereinander zu helfen, Dinge auszutauschen oder einfach auch nur, um Spaß zusammen zu haben!

Da aber nicht jeder schwimmen oder fliegen konnte, wäre ein gut funktionierendes Floß mit Sicherheit nutzbringend für alle. Koko-Liko, Schnuddel, Pepe´leoh und Pinselohr waren sofort mit dem Vorschlag einverstanden. Schon alleine deshalb, weil sie dann beschäftigt waren und nicht ständig an ihre kleinen Freunde denken mussten. Die Ente stand am Uferrand und schaute ins Wasser, während sie ihren vielschichtigen Gedankengängen nachhing. Bürste oder Kralle, wären sie jetzt anwesend, würden zwar wieder kichern und behaupten, dass sie mit offenen Augen schliefe, in Wirklichkeit äußerte sie sich aber nur deshalb nicht dazu, weil sie gar nichts von Spitzers Vorschlag mitbekommen hatte – obwohl dieser direkt hinter ihr hockte!

„Ein Plan erscheint manch einem nicht sehr ehrenvoll zu sein, dennoch wurden viele Heldentaten im Voraus gründlich überdacht! Sollten wir nicht auch, bevor wir uns ans Werk machen, einen solchen erstellen?", fragte Schnuddel die Freunde.

Sein Vorschlag traf sofort auf große Zustimmung. So begannen sie mit einem mündlichen Entwurf für die Erweiterung und Verbesserung des Floßes. Jeder von ihnen brachte dabei seine Erfahrungen und Beobachtungen mit ein.

„Nicht alle auf einmal, so wird das nichts!", schaltete sich der Biber ein.

„Überlegt ihr mal weiter, ich habe eine Idee!", rief Koko-Liko daraufhin. „Am südlichen Ende der Insel liegen viele flache Dunkelsteine im Wasser. Mutter hat vor einiger Zeit herausgefunden, dass man darauf mit Weißsteinen malen und dies auch wieder abwischen kann. Hilfst du mir vielleicht beim Tragen?", fragte Koko-Liko an Spitzer gewandt.

„Klar, das ist bestimmt sehr hilfreich, wenn man etwas bauen möchte! Wir malen unsere Ideen einfach auf und überlegen dann gemeinsam, ob sich das machen lässt. Dann wischen wir die Sachen weg, die keinen Sinn machen, und ergänzen sie durch sinnvolle – ohne jedes Mal von vorne anfangen zu müssen. Das ist viel besser, als in Sand zu malen!", sagte der Biber erfreut.

„Ja, Sand ist wirklich nicht gut dafür geeignet! Wind, Regen oder eine unvorsichtig gesetzte Pfote machen schnell alles zunichte. Dazu kommt noch, dass Sand nicht getragen werden kann, ohne dass dabei eine darauf befindliche Zeichnung zerstört würde!", teilte Pinselohr mit zuckendem Schweif seine Ansicht mit.

Während sich Spitzer und Koko-Liko zum Südende der Insel aufmachten, überlegten sich die anderen, was es ihrer Meinung nach an dem Floß zu verbessern gäbe. Nachdem dann der Biber und der junge Kea ihr Ziel erreicht hatten, sahen sie einen dunklen Felsen, von dem viele Stücke abgebrochen waren. Sie lagen in flachen Platten auf dem Ufer oder im seichten Wasser.

„Wenn du die beiden, die dort liegen, mitnehmen könntest, sollte das wohl genügen!", meinte Koko-Liko und deutete mit seinem Schnabel auf zwei Platten, die Spitzer sogleich aufnahm.

„Solche habe ich auch schon mal gesehen, aber mich interessieren Pflanzen meistens mehr – weshalb ich bestimmt nicht genau genug hinsah! Und wie kann man jetzt darauf etwas malen?", fragte er den Kea, der ihm antwortete:

„Dazu brauchen wir noch die Weißsteine, ohne geht es nicht! Da fällt mir ein, dass es sicherlich gut wäre, wenn wir auch ein saugfähiges Blatt hätten. Zum Wegwischen der Zeichnungen, meine ich!"

„Dafür kenne ich genau das Richtige! Auf dem Seegrund wachsen Pflanzen, die gut Wasser speichern können. Ich bringe die Dunkelsteine zum Floß und mache danach einen kurzen Tauchgang. Flieg doch schon mal los und hole die Weißsteine, wir treffen uns dann dort", bestimmte der Biber, nahm die beiden flachen Steine auf und lief damit zu den anderen, während Koko-Liko sich in die Luft erhob.

Schon wenig später landete dieser neben dem Labor der Eltern, die jedoch zu beschäftigt waren, um ihn zu bemerken. Damit er sie nicht störte, hüpfte er zum Aufbewahrungsort der Weißsteine, wählte sich einige davon aus und erhob sich mit ihnen wieder in die Luft. Als der Kea am Strand eintraf, tauchte gerade auch Spitzer wieder aus dem Wasser auf. Er hielt eine Pflanze mit vielen Löchern in seinem Mund und nahm sie dann in seine Pfoten. Als er sie drückte, lief ein Schwall Wasser aus ihr heraus. Nun legte er sie neben die Dunkelsteine und Koko-Liko tat seine Mitbringsel ebenfalls dazu, behielt aber einen der Weißsteine in der Klaue. Er begann damit, etwas auf die dunkle Steinplatte zu malen.

„Das ist ja eine Blume – die riecht aber nach gar nichts!", beklagte sich Tütelütü, die ihren Schnabel dagegendrückte. Sie hatte vorhin mal wieder nicht zugehört, als sich die anderen darüber unterhalten hatten.

„Das riecht nicht, weil es nur eine Zeichnung ist!", klärte Koko-Liko die Zwergente auf und wischte dann mit der Wasserpflanze darüber. „Siehst du, und jetzt ist alles wieder weg!"

„Ja, ganz toll, aber wozu soll das gut sein?", fragte die Ente verständnislos.

Geduldig erklärten es ihr die Freunde noch einmal, während Tütelütü sich dabei neugierig die Pflanze besah, mit welcher der Kea gerade die weiße Farbe abgewischt hatte. Sie nahm sie auf und knabberte versuchsweise daran herum. Umgehend spuckte sie die Pflanzenstücke wieder aus, ohne darauf zu achten, wen sie dabei traf, und die Versammelten brachten sich schnell davor in Sicherheit.

„Lurchzunge noch eins, ist das eklig!", beschwerte sie sich und watschelte auf das Wasser zu, während ihr noch ein Stück der Pflanze flatternd aus dem Schnabel hing. Am Wasser angelangt spülte sie ihren Schnabel sehr gründlich aus, um den üblen Geschmack schnell wieder loszuwerden.

„Nachdem Tütelütü uns gerade sehr anschaulich gezeigt hat, dass die Wasserpflanze nur zum Wegwischen und nicht zum Essen gedacht ist, insbesondere wenn die Krümel des Weißsteins dranhängen, können wir ja jetzt anfangen. Also wer zeichnet?", fragte Spitzer.

Die Ente hatte, während er sprach, das rechte Auge geschlossen und sah den Biber mit dem linken, prüfenden Auge an. Nachdem dieser jedoch keine Reaktion darauf zeigte, öffnete sie wieder das rote und folgte mit beiden Augen einem Blatt, welches der Wind sanft das Ufer entlangwehte. Sie sah es ganz so an, als wäre dies das erste Blatt, das sie je in ihrem Leben zu Gesicht bekommen hätte. Während die Pflanze sich langsam an ihr vorbeibewegte, begleitete Tütelütü sie mit einem bekümmert klingenden Schnarren, das leise ihrem Schnabel entwich.

„Warum machst du das nicht?", fragte Pepe′leoh an Koko-Liko gewandt. „Du scheinst doch sehr geschickt darin zu sein, wie man an deiner Zeichnung gesehen hat. Außerdem hast du dir ja bestimmt schon einiges von deinen Eltern abgeschaut und weißt genau, worauf man achten muss!"

Die Freunde einigten sich darauf, dass der Kea zeichnen sollte, und sogleich flogen ihm von allen Seiten Vorschläge zu, die er umgehend aufmalte. Dann wurde über die Ideen diskutiert und die unbrauchbaren wurden mithilfe der Wasserpflanze wieder vorsichtig weggewischt. Schließlich hatten sie sich auf einen Plan geeinigt und schwärmten gemeinsam aus, um geeignetes Baumaterial für ihr Vorhaben zu besorgen.

Der schnelle Aufbruch stand möglicherweise auch in Zusammenhang mit dem markanten Geruch, der sich überall zu verbreiten begann. Die Freunde hofften im Stillen inständig darauf, dass Bickamuck bald ein Mittel für die Beschwerden der Ente finden würde, und natürlich auch, dass sie ihre Federn wieder zurückbekäme!

Gemeinsam suchten sie den Strand, der die Insel umgab, nach geeigneten Materialien ab, da dort viele nützliche Dinge angespült wurden. Als sie die benötigten Sachen beisammen hatten, kehrten sie zum Floß zurück und nahmen dankbar zur Kenntnis, dass die Luft inzwischen vom Wind gesäubert worden war. Es roch wieder, wie es riechen sollte!

Sie begannen nun damit, die gesammelten Äste zu kürzen, bis diese die benötigte Länge hatten. Dann drehten sie Pflanzenfasern zusammen und rupften die Blätter zurecht. Dies alles diente dazu, ein tolles Floß zu bauen, aber in der Hauptsache sollte natürlich die Zeit verkürzt werden, in der sie von den Blaumeisen und Tornado getrennt waren!

Schnuddel fühlte sich dazu inspiriert, diese Gefühle in Worte zu kleiden: „Fürwahr regnen aus der über uns schwebenden Wolke der Sehnsucht dicke Tropfen der Trauer auf uns herab. Jedoch helfen die sinnvollen Taten im Kreise der Freunde dabei, die Sonne wieder ein wenig erstrahlen zu lassen. So wird sich der Tag schnell nähern, an dem ein Regenbogen purer Freude uns mit seinen schillernden Farben hell beleuchten wird, da wir zu jener Zeit die stolzen Recken wieder in unserer Mitte begrüßen dürfen!"

Selbstständig übersetzte Pinselohr für Pepe´leoh und einige andere: „Schnuddel ist genau wie wir traurig, weil unsere Freunde nicht bei uns sind, aber dafür wird die Freude umso größer sein, wenn sie zu uns zurückgekehrt sind!"

Da dem nichts hinzuzufügen war, machten sich alle an die Arbeit – jetzt aber mit einem kleinen Hoffnungsschimmer in ihren Herzen!

12. Ein luftiger Blütengruß

Die Sonne stand deutlich tief im Westen, als wir uns dem Kliff näherten. Hier traf der Ratladron auf den schäumenden Fluss und vermischte sich mit ihm. Vereinigt flossen sie noch ein kleines Stück, um sich dann schließlich tosend über eine Felskante ins Tal hinabzustürzen – in den ganz weit unten liegenden Regenbogensee!

Auf unserem Rückweg hatten wir überall nach dem Katta Ausschau gehalten, diesem Chismu – aber ohne Erfolg. Jeder, den wir fragten, ob er ihm begegnet wäre, schüttelte verneinend seinen Kopf.

„Es muss ihn doch irgendjemand irgendwo gehört haben, so laut, wie er kreischte. Und mit diesem riesigen Bananenblatt kann man ihn doch gar nicht übersehen!", wunderte sich Samtbäuchlein.

„Hat ja auch vielleicht niemand! Wenn dieser Chismu wirklich der bekannte Hutmacher ist, kann es doch auch möglich sein, dass er absichtlich nicht gesehen wurde – wenn ihr versteht, was ich meine?", fragte uns Flippi. Ratlos schauten wir alle unseren hüpfenden Freund an, der erklärend fortfuhr, als er unsere Blicke sah: „Wenn er wirklich so verschroben ist, wie man sich erzählt, möchte er vielleicht gar nicht gefunden werden! Oder andersherum: Wenn er so von sich überzeugt ist, wie man hört, wollen einige ihn möglicherweise auch gar nicht finden!"

Aber was auch immer der Grund dafür war, dass wir ihn nicht ausfindig machten – er blieb verschwunden! Am Kliff angekommen, führte uns Flippi zu Bäumen, die krumm und dünn in die Höhe wuchsen. Tornado flog sogleich zu den Blattwedeln empor, welche auf der Spitze eines Baumes in alle Richtungen wiesen, und pickte dazwischen auf etwas herum. Kurz darauf fiel es hinunter, klatschte dumpf auf den matschigen Boden und kam unmittelbar vor unseren Klauen zum Liegen. Einige Dreckklümpchen spritzten durch den Aufprall in die Höhe und trieben Federchen umgehend in die Flucht.

„Die picken dich nicht, das sind doch nur Kokosnüsse und die haben noch nicht einmal Zähne!", sagte Tornado lachend zu ihr.

„Ich wollte mir nur meine Federn nicht schmutzig machen, schließlich soll man mich ja als Blaumeise erkennen. Wollte ich, dass jeder denkt, ich wäre ein Grubenlurch, würde ich mich vermutlich genau wie ihr von oben bis unten beschmieren!", erwiderte sie spitz, hüpfte aber trotzdem näher, um sich die Frucht genauer anzusehen.

Flippi hatte sie aufgehoben, hielt sie fest in seinen beiden Pfoten und zeigte sie Federchen. Die Kokosnuss war wirklich fast so groß wie sein Kopf – ohne Ohren. Meine Schwester flatterte auf die Frucht, pickte mit ihrem Schnabel einige Male darauf und glitt wieder hinab zum Boden.

„Nichts zu machen, wie bekommt man die denn auf?", wollte sie ratlos von Flippi erfahren.

„Das ist ganz einfach!", antwortete dieser und fuhr, zu Rollo gewandt, fort: „Kannst du mir kurz mit deinen Zähnen aushelfen? Würde ich meine benutzen, hinge die ganze Nuss für alle Zeiten dazwischen fest!", sagte er mit einem breiten Grinsen und offenbarte dabei seine riesige Zahnlücke, zwischen die in jedem Fall eine Walnuss gepasst hätte.

So schnaufte Rollo auf ihn zu und machte sein Maul weit auf. Flippi hielt die Frucht beherzt zwischen seine Zähne und das Krokodil nagte vorsichtig daran herum. Nur wenige Momente später tropfte aus ihr eine milchige Flüssigkeit in sein Maul und Flippi zog die Nuss wieder vorsichtig aus der Zahnhöhle heraus, wobei er die Öffnung nach oben hielt, damit nichts mehr aus ihr laufen konnte.

„Ich verstehe, man muss ganz einfach nur einen Rollo zur Kralle haben, um sie zu öffnen. Daran hätte ich natürlich auch denken können! Nur, wo bekommt man so einen immer her?", piepte Federchen belustigt, worauf wir alle lachten.

„Darin liegt leider die Schwierigkeit, das kann niemand so genau sagen!", meinte Flippi mit breitem Grinsen und drehte die Frucht so, dass aus ihr langsam die Flüssigkeit herauslief. „Das ist Kokosmilch, probiert mal!", forderte er uns auf.

So hüpften wir, einer nach dem anderen, unter die tropfende Kokosnuss und sperrten unsere Schnäbel weit auf, um etwas davon aufzufangen. In meiner Vorstellung sollte eine Nuss auch nach Nuss schmecken, vorzugsweise nach Walnuss. Aber diese Kokosmilch schmeckte enttäuschenderweise nach Regenwasser, Baum und noch etwas anderem, das ich nicht kannte. Ein Blick auf meine Geschwister zeigte mir, dass sie das ganz ähnlich zu empfinden schienen. Als wir dann alle mal genippt hatten, hielt Flippi sich die Nuss an seine Schnauze, trank einen kräftigen Schluck daraus und schüttete den Rest in das geöffnete Maul von Rollo.

„Jetzt müssen wir noch das Fruchtfleisch aus der Nuss herauslösen, dann ist unser Blütentransporter fertig. Tornado, du hast doch so einen tollen, langen Schnabel. Meinst du, dass du damit durch diese Öffnung das Fruchtfleisch herauspicken könntest?", fragte Flippi den Kolibri.

„Kann eine Krebsschere zwicken, ein Krokodil schwimmen oder ein Känguru hüpfen? Auch wenn mein Schnabel einem Specht nicht den Nektar reichen kann, werde ich das schon schaffen!", antwortete Tornado in seiner ungeduldigen, leicht gereizten Art und sirrte zu der Kokosnuss hinüber, die Flippi ihm darbot. Dort stocherte er eine Weile in der Frucht herum, während er wie gewöhnlich in der Luft zu stehen schien.

Als er zur Seite flog, schüttelte Flippi die Kokosnuss kräftig und hielt sie, mit der Öffnung nach unten, über das Maul von Rollo. Die gelösten Fruchtstücke aus dem Inneren der Nuss verschwanden im Schlund des Krokodils und dann begann das gesamte Procedere wieder von vorne. Wir pickten derweil interessiert an den kleinen Bröckchen, die ins Gras gefallen waren. In jedem Fall schmeckten die mir besser als diese Kokosmilch, aber meine Leibspeise würde auch das wohl nicht werden!

Als Tornado das Fruchtfleisch komplett aus der Nuss herausgelöst hatte und dieses ebenfalls in den Tiefen von Rollos Schlund verschwunden war, sagte Flippi:

„Nun ist darin auf jeden Fall Platz genug für die Pflanzen!"

Er ging zu dem Bündel auf Rollos Rücken, zog es auf den Boden, wo er es öffnete. Sodann nahm er eine Seerosenblüte nach der anderen heraus und stopfte sie in die ausgehöhlte Nuss. „Das reicht, mehr gehen da nicht hinein. Ich würde aber die Öffnung gerne noch verschließen, wie es Federchen vorgeschlagen hatte, denn es wäre doch wirklich ziemlich dumm, wenn sich am Ende alles über dem See verteilte! Oder es könnte ja auch Wasser eindringen, wodurch sich der Blütentransporter hinab auf den Grund des Sees begäbe!" Er schaute sich kurz um, machte einige gewaltige Sprünge, hob ein Stöckchen vom Boden auf und stocherte damit zwischen der Rinde eines Nadelbaumes herum. Auf dem Rückweg zupfte er mit seinem Mund ein dickes, grünes Blatt von einem Strauch ab und brachte dieses ebenfalls zu uns. „Kannst du die mal mit dem Schwanz halten?", bat er Rollo, der diesen prompt um die Kokosnuss legte, sodass deren Öffnung nach oben wies. „Jetzt streiche ich nur noch das Harz auf die Ränder und drücke das Blatt darauf. Wenn ich es richtig anfange, verschließt es das Loch und die Blüten werden darin prima beschützt sein. Wir warten dann noch etwas, bis das Harz getrocknet ist, bevor Rollo oder ich Schleuderübungen machen können", erläuterte er uns sein weiteres Vorgehen.

„Wäre es nicht sinnvoller, wenn du noch ein paar mehr davon machen würdest? Ich meine, dann sind die Chancen größer, dass zumindest eine von ihnen wiedergefunden wird!", regte Samtbäuchlein an, und da Flippi gerade den gleichen Gedanken gehabt hatte, sammelte dieser flugs noch einige Kokosnüsse ein. Nachdem die Früchte auf die gleiche Weise präpariert worden waren, sagte er:

„So, das sollte jetzt aber reichen! Während wir das Harz trocknen lassen, können wir etwas essen, und ich muss uns auch noch neue Kiwis besorgen!" Daraufhin schaute er in seinen Beutel und nahm eine Kiwi heraus, welche er schälte und Rollo zuwarf. Der fing die Frucht erneut sicher auf, bevor er sie hinunterschluckte. Eine zweite folgte der ersten, doch die dritte hielt Flippi mit seinem gekrümmten Schwanz fest und schleuderte sie hoch in die Luft. Sie entfernte sich in Richtung des Regenbogensees und war nach einem Moment aus unserem Sichtbereich entschwunden. „Die war schon matschig!", sagte er lässig, während die Zwillinge vor Begeisterung laut johlten – und nicht nur sie, auch wir Übrigen waren sehr beeindruckt von diesem kraftvollen Wurf.

„Die ist bestimmt mitten in den See geplumpst, oder sogar bis vor die Höhle der Haselmäuse. Was sage ich? Direkt im Nussfluss wird sie gelandet sein!", zwitscherte Bürste begeistert.

„Weiter, viel weiter! Die ist mindestens bis zum Möhrenschnabel geflogen und liegt jetzt ganz oben auf seiner Spitze. Wahrscheinlich ist da sogar alles voll von Kiwis und Kokosnüssen!", fantasierte Kralle.

Wer von beiden mit seiner Vermutung richtiger lag, kann ich nicht sagen. Auf alle Fälle war das der Moment, in welchem ich beschloss, zukünftig bei der Überquerung des Regenbogensees den Tafelberg immer mit einem Auge zu beobachten. Ich verspürte nämlich keine Lust dazu, im Flug von einer Kiwi oder einer Kokosnuss einfach aus dem Himmel gepflückt zu werden!

Meine Geschwister sprachen gerade mit Rollo, während Flippi sich mit Tornado und mir in ein kleines Wäldchen begab. Dort wuchsen an den Bäumen zahlreiche Ranken empor, welche mit unzähligen kleinen, weißen Blüten besetzt waren. Der ihnen entströmende, wohlriechende Duft war hier allgegenwärtig.

„Das sind alles Kiwipflanzen und irgendeine von ihnen trägt immer gerade Früchte. Ab und an muss ich nämlich die aus meinem Beutel erneuern, da es wirklich nicht schön ist, wenn sie darin zu matschig werden. So sorge ich dafür, dass Rollo alle rechtzeitig aufisst, oder ich mache einfach Wurfübungen damit, wenn sie bereits zu alt sind! Auf jeden Fall fühlen sich Kiwis in meinem Beutel besser an als beispielsweise Steine, auch wenn die haltbarer sind. Aha, seht ihr? Da hängen sie ja, und fest scheinen sie auch zu sein!", rief Flippi erfreut aus und blickte nach oben zu den braunen Früchten. Er sprang ein paar Mal hoch, ziemlich hoch, und zupfte bei jedem Sprung einige Früchte ab, die er umgehend in seinem Beutel verschwinden ließ. „Das sollte reichen. Kommt auf meine Schultern, dann nehme ich euch mit zurück!", forderte uns Flippi auf. So ließen wir uns auf ihm nieder und er hüpfte zu den anderen zurück. Dort nahm er eine der Kokosnüsse auf, zupfte an dem mit Harz verklebten Blatt und nickte zufrieden, als es sich nicht ablöste. „Alles getrocknet! Kommt, lasst uns ein paar Würfe machen!", sagte er und zeigte uns seine Zahnlücke.

Wir flatterten von seinen Schultern und er legte die Kokosnüsse auf Rollos Rücken. Wegen der Schuppen hatten sie darauf ausreichend Halt und konnten nicht herunterkullern. Gemeinsam begaben wir uns nun an den Rand des Kliffs. Das herabstürzende Wasser brachte den Felsen zum Vibrieren, was auch hier deutlich in den Krallen zu spüren war. Der launisch wechselnde Wind zerzauste dazu unsere Federn und auch Flippis Fell, nur den Schuppen des Krokodils konnte der natürlich nichts anhaben!

Unsere beiden neuen Freunde stellten sich nebeneinander auf. Sodann nahm Flippi die Kokosnüsse von Rollos Rücken und legte sie auf den Boden. Unterdessen hockten wir uns auf einen Felsen, von dem wir den Regenbogensee gut überblicken konnten. Jeder der beiden legte jetzt seinen Schwanz um eine Kokosnuss, bog ihn damit nach hinten und ließ ihn wieder ruckartig nach vorne schnellen. Nachdem die Nüsse von ihnen freigegeben worden waren, flogen sie in hohem Bogen in die Luft, um dann in weiter Ferne zu verschwinden. Niemand von uns hätte sagen können, welche der beiden Nüsse weiter geflogen war. Wir hofften nur, dass niemand von den Wurfgeschossen getroffen wurde, und natürlich auch, dass unsere Freunde im Tal die Kokosnüsse fänden!

Dann warfen die beiden abwechselnd die restlichen Nüsse in Richtung der stetig sinkenden Sonne. Eine flog weiter als die vorherige und als die letzte unserer Sicht entschwunden war, ließen wir begeistert ein Pfeifkonzert erschallen.

„Das wäre doch eine tolle Idee: Wir könnten uns auch jeder in eine Nuss hocken und die beiden werfen uns dann damit hinab auf den See. Das wird noch verwichtelter als unser Flug vom Cabo Nocca!", rief Bürste aufgeregt aus.

„Mit Sicherheit würde das der absolute Flug werden!", stimmte ihm sein Zwillingsbruder aufgekratzt zu.

„Nichts dergleichen werdet ihr machen! Wir sind hier, um unserer Freundin zu helfen, und nicht, um uns mit wahnwitzigen Aktionen gegenseitig zu überbieten. Blattgleiten vom Vulkan sollte schon genug Unfug für euch beide gewesen sein!", sagte Federchen streng und schaute die Zwillinge eindringlich an, die dann auch umgehend auf den Boden blickten – da wir die beiden aber alle gut kannten, überzeugte das niemanden von uns!

„Ich habe hier noch drei Blüten, die nicht mehr in die Nüsse hineingepasst haben, und ihr wolltet ja sowieso sicherheitshalber noch ein paar selber mitnehmen. Dazu habe ich eine gute Idee, wie ich glaube!", meinte Flippi. Er nahm sich die erste Blüte, bohrte mit einem Stöckchen ein kleines Loch in deren Mitte, zog einen kräftigen Grashalm hindurch und verknotete diesen. Nun hüpfte er zu mir und hängte das Ganze um meinen Hals. „So habt ihr immer eine Blüte bei euch – genau wie ihr es wolltet", meinte er.

Daraufhin verfuhr Flippi mit den anderen beiden Blüten auf die gleiche Weise und hängte sie sowohl Samtbäuchlein als auch Piep um. Federchen hätte bestimmt ebenfalls gerne eine gehabt, aber ihr hing ja bereits der Kammzapfen um den Hals. Bei den Zwillingen machte es auch keinen Sinn, da sie die Blüten bestimmt innerhalb weniger Augenblicke verloren hätten!

Nachdem wir alles so weit erledigt hatten, überlegten wir gemeinsam, wie wir wieder nach unten zum See kämen. Den Weg, den wir gekommen waren, konnten wir ja nun nicht mehr nehmen. Zwar hätte auch niemand von uns etwas dagegen gehabt, noch ein wenig mehr Zeit mit unseren neuen Freunden zu verbringen, aber wir mussten wieder ins Tal, damit Tütelütü endlich neue Federn wachsen würden!

Die Zwillinge indes waren immer noch der Überzeugung, dass wir nach unten fliegen sollten – vorzugsweise in einer Kokosnuss.

„Zum Regenbogensee zu kommen, ist bestimmt einfach. Wem Fliegen zu gefährlich ist, der kann sich ja auch in eine Kokosnuss hocken und Flippi oder Rollo werfen die nach unten!", schlug Kralle hoffnungsvoll vor.

„Habt ihr eben Federchen nicht zugehört? Wenn einem von uns etwas geschieht, können wir Tütelütü nicht mehr helfen und unsere Eltern wären mit Sicherheit auch nicht glücklich darüber. Stellt euch doch bitte nur mal vor, ihr würdet gegen den Felsen geschleudert. Also lasst den Unfug jetzt und sucht lieber mit nach einer vernünftigen Lösung!", sagte Piep scharf und jeder erkannte an seinem Tonfall, dass er das auch genauso meinte!

13. Jemand weiß Bescheid!

„Ich glaube, die beste Möglichkeit wird im Süden liegen. Aber wie Armana schon sagte, birgt dieser Weg ebenfalls viele Gefahren – dessen ungeachtet kenne ich auch gar keinen anderen!", teilte Tornado uns sein Wissen über den Tafelberg mit. Darauf entbrannte eine lautstarke Debatte zwischen Flippi und Rollo, wie man am besten zum See kommen könne, bei der als einziges Ergebnis herauskam, dass es bestimmt nicht leicht werden würde!

Plötzlich ertönte eine Stimme, ohne dass jemand zu sehen war:

„Ich würde an eurer Stelle einfach zu den Lemuren gehen. Die haben doch nördlich von hier so eine Vorrichtung gebaut, um Pflanzen aus dem Tal hier hoch auf den Tafelberg zu holen. Redet mal mit ihnen, möglicherweise können die euch ja helfen!"

„Wer ist da? Wer belauscht uns? Ich zerfleische dich! Ich schleudere dich in den Cabo Nocca! Ich ziehe dich mit der Todesrolle für alle Zeiten unter Wasser! Komm sofort raus, oder du wirst es entsetzlich bereuen! Leg dich niemals mit Rollo de la muerte an, dem schrecklichsten aller schrecklichen Krokodile!", brüllte Rollo mit tiefer Stimme, schaute sich aber dabei nervös in der Gegend um, ganz so, als würde er erwarten, dass der Waldwichtel plötzlich hinter einem Busch hervorgesprungen käme.

Stattdessen huschte jedoch ein brauner Schatten aus einem Erdloch unmittelbar neben uns, woraufhin Rollo heftig zusammenzuckte. Das huschende Etwas lief schnell um uns herum, sprang auf den Panzer des Krokodils und nahm auf seinem Kopf Platz, genau über dessen Augen.

„Na, Scharfzahn! Ich will dir doch nichts tun, du kannst dich also wieder beruhigen. Hallo, Springbeutel! Wer sind denn die Winzlinge bei euch?", fragte der Schatten Flippi und kraulte Rollo gleichzeitig mit seinen Fingern beruhigend zwischen den Augen, dem das offensichtlich gefiel, da er leise zu grunzen begonnen hatte!

Jetzt erkannte ich, dass der Schatten eine Maus war! Sie hatte braunes Fell, einen weißlich gefärbten Bauch, braune Augen und Schnurrbarthaare seitlich der Nase. Mit Schwanz war sie ungefähr vier Mal so lang wie ich, ohne Schwanz jedoch höchstens doppelt so lang!

„Wer ist hier ein Winzling? Soll ich dich vielleicht mal mit meinem Schnabel in den Bürzel picken?", fragte unser Kolibri angriffslustig, während er mal wieder unruhig umherzuckte.

„Ach, hallo, Tornado. Ich habe dich ja gar nicht gesehen, hattest du deinen Rüssel wieder in einer Blüte versteckt?", entgegnete ihm die Maus keck. Daraufhin tauschten beide die eine oder andere spitze Bemerkung aus, um dann in lautes Gelächter zu verfallen. Als sie sich wieder so weit beruhigt hatten, erklärte uns Tornado lachend:

„Das hier ist die wortgewandte Nuffel! Sie ist eine Feldmaus, wie ihr ja unschwer erkennen könnt – und dazu noch eine recht neugierige!"

Rollo richtete nun eindringlich sein Wort an Nuffel:

„Ich hatte dich auch nicht bemerkt, pass aber lieber das nächste Mal ein bisschen mehr auf, denn ich möchte dich nicht versehentlich auffressen! Meine Zähne sind sehr scharf und meine Reflexe sind so schnell, dass ich selbst häufig nur Zuschauer dabei bin!"

„Alles klar, Schuppenhaut! So, wer seid ihr denn nun und warum müsst ihr Kleinen hinunter zum See?", fragte uns die Maus, wobei ich keineswegs der Meinung war, dass sie uns so deutlich überragte. Da sie einen netten Eindruck auf mich machte und zudem sowohl mit dem Känguru, dem Krokodil als auch mit Tornado befreundet schien, stellte ich mich, ohne dies zu kommentieren, vor. Meine Geschwister folgten mir nach und Federchen fragte dann die Feldmaus:

„Also, du hast gerade etwas von Lemuren gesagt, die eine andere Möglichkeit hätten, nach unten zum See zu gelangen? Genau so etwas suchen wir, da wir wieder dorthin zurückkehren müssen, um einer Freundin von uns bei einem gewaltigen Federproblem zu helfen. Der Weg, den wir gekommen sind, führt jetzt wegen der dort einströmenden Luft nur noch nach oben!"

Einmal mehr erzählte meine Schwester die Geschichte, die uns auf den Tafelberg führte. Als sie geendet hatte, sagte Nuffel:

„Die Lemuren haben sich etwas gebaut, und das ist, soweit ich das beurteilen kann, eure beste Möglichkeit, wieder zum Regenbogensee zurückzukehren. Dazu kommt glücklicherweise noch, dass sie von Cesiba angeführt werden, die genauso verständnisvoll wie hilfsbereit ist, wenn ihr es nur richtig anfangt – ansonsten kann sie nämlich auch äußerst bissig werden! Euer Vorteil wird sein, dass du ein Weibchen bist, eure Freundin mit dem Federschwund ebenfalls, genau wie Fefelosa, die ihr dazu natürlich brauchen werdet."

Rollo entfuhr ein lautes Stöhnen und wir schauten Nuffel fragend an, da wir nicht wussten, worauf sie damit hinauswollte.

„Hier oben halten wir Weibchen immer in Notsituationen zusammen – und besonders dann, wenn es um Fell oder um Federn geht!", sagte sie zu meiner Schwester, die nach dieser Erklärung verstehend aufpiepste.

„War Fefelosa nicht auch diejenige, die du mit Kiwis beworfen hast?", fragte Federchen das Känguru.

„Das geschah doch nur, um meinen Freund zu beschützen, denn leider hört die dicke Dame einfach auf zu denken, wenn sie wütend ist. Sie ist einfach auf meinen Freund zornerfüllt zugelaufen, während er mit der kleinen Lolosa, dem Nachwuchs ihrer Schwester, gespielt hat. Sag mal, Nuffel, hast du je von irgendjemandem gehört, den Rollo angegriffen oder verletzt hätte?", fragte Flippi die Maus.

„Natürlich nicht! Rollo hat noch keinem etwas angetan – und wer etwas anderes behauptet, ist ein verlogener Dungnager!", regte Nuffel sich auf und kraulte dazu gedankenverloren dem Krokodil weiter die Stirn. „Das Gute bei Fefelosa ist, dass sie immer schnell alles wieder vergisst. Wenn wir Cesiba für uns gewinnen können, wird sie das Flusspferd schon zur Vernunft bringen, denn wenn das einer schafft, dann die Anführerin der Kattas! Aber zunächst müssen wir Cesiba mal davon überzeugen, dass sie uns hilft – und ich habe auch schon eine Idee, wie das gehen könnte. Die Kattas mögen nämlich leidenschaftlich gerne Kokosnüsse, im Besonderen deren Milch, aber sie haben Probleme damit, diese richtig zu öffnen. Zwar verfügen sie über sehr geschickte Hände, doch bis sie die harte Frucht auf einem Stein geöffnet haben, dauert es ziemlich lange. Zudem läuft dann oftmals die ganze Milch aus, und die trinken sie besonders gerne! Bringen wir ihr einfach ein paar Kokosnüsse vorbei, die Rollo dort für sie öffnen wird. Er kann das spielend – und das, ohne etwas zu verschütten. Garantiert wird sie euch dann helfen, wenn es ihr nur irgendwie möglich ist!", erklärte Nuffel ihren Plan.

„Das hört sich für mich nach einer guten Idee an. Komm, Scharfzahn, gehen wir ein paar Kokosnüsse einsammeln!", schlug Flippi vor, hüpfte mit Rollo im Gefolge zu den schiefen Bäumen und wir folgten ihnen. Dort angelangt sprang das Känguru mit seinen Füßen einige Male gegen einen Baumstamm, während das Krokodil zeitgleich mit seinem Schwanz dagegenschlug. Zu ihrer Belohnung fielen mehrere Nüsse von der Palme herab, die Flippi aufsammelte und auf den Panzer seines Freundes legte. Nun deckte er diese mit einem herumliegenden Palmwedel ab, damit sie nicht mehr so einfach von seinem Rücken herabrollten. Als das auch geschafft war, konnte es losgehen!

Nuffel sprang schnell von Rollos Kopf herunter, rannte hinüber zu Flippi, kletterte zunächst dessen Schwanz und dann seinen Rücken hinauf. Oben, zwischen seinen Ohren, nahm sie wie selbstverständlich Platz und begann, ihn in gewohnter Weise zu kraulen.

„Hier kann ich besser erkennen, was vor uns liegt! Macht es dir etwas aus, wenn ich hier sitzen bleibe?", fragte Nuffel das Känguru, während Tornado wie immer ungeduldig um sie herumzischte. Flippi hatte nichts dagegen einzuwenden und so brachen wir in Richtung Norden auf, zu dem Gebiet der Kattas.

Zunächst überquerten wir den schäumenden Fluss. Wir flogen, Flippi stand auf dem Rücken des Krokodils und Nuffel wiederum hockte auf dessen Kopf. Doch kurz vor Erreichen des gegenüberliegenden Ufers sprang die Maus ins Wasser und schwamm das letzte Stück. Dabei konnten wir sehen, was für eine gute Schwimmerin sie war. An Land nahm sie wieder ganz selbstverständlich den Platz auf Flippis Haupt ein und erklärte freudig:

„Ich habe mich nur ein wenig schmutzig gefühlt, da wirkt so ein schnelles Sprudelbad wahre Wunder!"

Wie es nicht anders zu erwarten war, pflichtete Federchen ihr aus tiefstem Herzen bei – tropfnass! Sie hatte sich in der Zwischenzeit nämlich schnell großzügig Wasser über ihren Körper geschaufelt, da auch sie sich natürlich schmutzig gefühlt hatte – was vermutlich daher rührte, dass sie Nuffel beim Schwimmen zugesehen hatte. Meine Federn klebten jedoch noch nicht so stark, weshalb ich dieses Verlangen nicht verspürte, da änderte auch eine schwimmende Maus nichts daran!

Nachdem auch sonst keiner mehr den Wunsch nach einem Bad verspürte, machten wir uns endlich auf nach Norden, zu den Kattas – zu Cesiba!

14. Der Schein trügt

Tornado umschwirrte wieder den Kopf des Kängurus, auf dem Nuffel hockte, und fragte:

„Was hat die alte Schuppenhaut eigentlich für ein Problem mit der Herrin des riesigen Hinterns?"

Flippi rupfte sich einen Zweig von einem Strauch, machte davon einen kleinen Seitentrieb ab, an dem Samenkapseln baumelten. Diesen reichte er Nuffel nach oben, die sich dafür bedankte und sogleich daran zu knabbern begann. Flippi kaute derweil auf den Blättern seines Astes herum und sagte in nachdenklichem Tonfall: „Vermutlich war es nur ein riesiges Missverständnis, aber so genau kann ich dir das gar nicht sagen! Es begann damit, dass Rollo mit Lolosa im schäumenden Fluss spielte. Plötzlich stürmte Fefelosa brüllend heran und versuchte, ihn über das Kliff zu treiben. Ich musste alles werfen, was sich in meinem Beutel befand, um sie von ihrem Vorhaben abzubringen!" Flippi hielt einen Moment inne und sagte dann erklärend zu den Meisen und Tornado: „Lolosa ist die Kleine von Fefelosas Schwester müsst ihr noch wissen und dass Flusspferde die ganze Nacht über fressen, weil sie eine sehr empfindliche Haut haben, die durch die Sonnenstrahlen gereizt wird!" Nuffel nickte bestätigend zu Flippis Worten. „Natürlich haben sie auch alle einen gesunden Appetit, was man ja auch unschwer an ihren Körpern erkennen kann. Ich denke, dass Fefelosa an diesem Nachmittag irgendwo eine saftige Wiese entdeckte und immer weiter Grasbüschel aus ihr herausgerupft hat. Während des Fressens hat sie vermutlich Lolosa komplett vergessen, die diese Gelegenheit genutzt haben wird, um ihrer eigenen Wege zu gehen. Und irgendwo dabei hat die Kleine Rollo im schäumenden Fluss gesehen, der sich gerade darin abkühlte!", erläuterte Flippi seine Sicht auf die Geschehnisse an diesem Tag.

„Ja genau, in diesem Moment spielte ich mit Lolosa, weil sie so sehr darum gebettelt hatte", erinnerte sich nun Rollo. „Zuerst wollte ich das ja nicht, aber sie vergoss ein paar Tränen und da blieb mir nichts anderes übrig, als nachzugeben. Ich kann es eben nicht leiden, wenn jemand wegen mir weinen muss!", er schloss seine Augen und versuchte sich genau an diesen Moment zu erinnern. „Ich sollte für die Kleine das böse Krokodil spielen und sie rief zu mir, dass ich sie nicht fressen solle. Aber das wollte ich auch gar nicht, es war ja nur ein Spiel!", sagte Rollo de la muerte betrübt und mit gesenktem Blick.

„Ich denke, Fefelosa hat vermutlich irgendwann aufgehört, Gras in sich hineinzustopfen und dann eben festgestellt, dass die Kleine verschwunden war. Anscheinend hat sie daraufhin Angst um sie bekommen und sich voller Schuldgefühle auf die Suche nach ihr gemacht!", mutmaßte Flippi und schaute auf uns. Wir alle hatten den Atem angehalten und selbst Rollo hörte Flippi gespannt zu, obwohl er doch dabei gewesen war. „Irgendwann ist sie dann bei den beiden am Fluss angelangt und hat vielleicht mitbekommen, wie mein Freund das böse Krokodil gespielt hat. Sie stürmte jedenfalls laut brüllend auf ihn zu und Lolosa fing an zu heulen, weil sie vor der herandonnernden Naturgewalt erschrak. Das wiederum hat natürlich dem Zorn ihrer Tante zusätzliche Nahrung gegeben! Rollo suchte eilig das Weite und Fefelosa lief ihm wutentbrannt hinterher, genau auf das Kliff zu!" Federchen entfuhr plötzlich ein nervöses Piepen und wir zuckten alle zusammen. „Ich musste, wie bereits erwähnt, meinen gesamten Vorrat an Kiwis verbrauchen, damit Rollo entkommen konnte und nicht von ihr über das Kliff getrieben wurde! Seit diesem Vorfall wird sie augenblicklich fürchterlich hysterisch, wenn sie auch nur eine Schuppe von Rollo sieht. Ich habe seitdem schon oft versucht, ihr zu erklären, was damals wirklich geschehen ist. Aber sobald sie meinen Freund erblickt, hört sie einfach nicht mehr zu und beginnt ihn sofort zu jagen. Wir haben keine Idee mehr, was wir noch machen sollen!", sagte Flippi traurig.

„Ich werde ihr in den Schädel picken! Vielleicht kommt dann ja etwas Luft an ihre engstirnigen Gedanken und sie kann euch endlich richtig zuhören!", ereiferte sich ein hin und her zuckender Kolibri, während Tornado dabei anscheinend vollkommen vergessen hatte, dass er selber auch selten richtig zuhörte!

Doch er war ja nicht der Einzige, der sich in etwas hineinsteigern konnte. Meine Schwester war während Flippis Erzählung immer stiller geworden und hatte gelegentlich mit ihren Flügeln geflattert, was ein sicheres Zeichen dafür war, dass ihre Gefühle sie zu überwältigen drohten. Schließlich platzte es aus ihr heraus:

„Warum kann man nicht einfach zugeben, dass man einen Fehler gemacht hat? Warum suchen manche Lurchzungen immer nach Schuldigen für ihre eigenen Versäumnisse?", sie schaute so in die Runde, als müsse sie jemanden besonders kräftig picken, doch zu unserem Glück waren wir wohl für ihr Vorhaben nicht die Richtigen. So fuhr sie wütend fort: „Diese Pupsfeder sollte auf Lolosa aufpassen und hat sie durch ihre Fressgier komplett vergessen! Anschließend bekam sie ein schlechtes Gewissen und hat sich auf die Suche nach einem Schuldigen gemacht. Als sie dann Rollo erblickte, war der ideale Sündenlurch gefunden und sie brauchte sich selber nicht die Schuld für irgendetwas zu geben! Wenn ich die sehe, werde ich ihr auch einige Belüftungslöcher in ihren dummen Schädel hacken!", schimpfte sie in Tornados Richtung und schien dabei vollkommen vergessen zu haben, dass sie noch nicht einmal ein Loch in eine Kokosnuss gepickt bekam! Aber ich wusste, was sie meinte, und konnte ihr nur von ganzem Herzen zustimmen!

15. Wir halten zusammen

Seit einer Weile bewegten wir uns das östliche Ufer des Ratladrons entlang und wechselten nun auf die andere Uferseite. Hier war der Fluss zwar schon recht warm, aber noch nicht zu heiß für Rollo, sodass er ihn ohne Schwierigkeiten durchschwimmen konnte. Flippi und Nuffel hockten während der Überquerung auf seinem Rücken, da sie nicht so gut gegen hohe Temperaturen geschützt waren wie das Krokodil. Als sie die gegenüberliegende Seite erreicht hatten, sprang das Känguru mit der Maus auf das feste Ufer und die Zwillinge sahen endlich ihre Chance gekommen.

Zwar war der Kopf von Flippi durch Nuffel belegt, aber es gab noch andere freie Stellen bei ihm, um darauf zu landen. Bürste ließ sich auf der einen und Kralle auf seiner anderen Schulter nieder. Von dort schauten sie uns zufrieden an. Wir flatterten um das Känguru herum und sobald Rollo auch an Land kam, machten wir es uns auf seinem Panzer gemütlich, lediglich Tornado hockte sich direkt hinter die Wölbung seiner Augen. So bewegten wir uns gemeinsam auf dem Uferstreifen zwischen der Plateaukante und dem Ratladron nach Norden. Schon wenig später sahen wir wieder den Cabo Nocca im östlichen Hinterland aufragen.

„Da vorne ist das Wäldchen der Lemuren!", rief jetzt Nuffel erfreut von Flippis Kopf herab, was die Zwillinge durch ein Pfeifen bestätigten. Das Gehölz trennte den Fluss von der Plateaukante, wie wir nur Momente später selber sehen konnten. Einige Kattas saßen dort mit dem Rücken zum Wasser und hatten ihre Beine gespreizt, während sie sich die untergehende Sonne auf ihren Bauch scheinen ließen. Die Arme hatten sie ganz locker auf ihren Beinen abgelegt und den Kopf dem Himmel zugewandt. Alles wirkte ruhig und entspannt. Als wir uns ihnen näherten, löste sich dieses friedliche Bild jedoch schlagartig auf!

Die Blätter eines Baumes, der die andern überragte, begannen heftig zu rascheln. Äste knackten dazu und ein Katta sprang aus dem Baum hinab auf den Boden. Sodann hielt er auf allen vieren, mit schnellen, kurzen Schritten und hoch aufgerichtetem Schwanz, genau auf uns zu. Der Lemure war ungefähr doppelt so hoch gewachsen wie unser Schnuddel und sein Fell um die Augen herum wies, wie seine Nase, eine schwarze Färbung auf. Die Augen selber hatten eine hellbraune Farbe, mit einer schwarzen Mitte. Sowohl die Arme als auch die Beine waren hellgrau gefärbt, genau wie sein Bauch. Der nervös zuckende Schwanz ringelte sich schwarzgrau bis zu dessen Ende. Er hockte sich in unmittelbarer Nähe auf den Boden, starrte uns von dort wütend und angriffslustig an, während die übrigen Kattas hinter ihm drohend Aufstellung nahmen!

„Ach komm schon, erkennst du mich denn nicht wieder? Ich bin es doch, Nuffel!", rief die Maus von Flippis Kopf aus zu dem Katta herab. Sodann kletterte sie geschwind an dem Känguru herab, sprang auf den

Boden, rannte auf die starrende Gestalt zu und hockte sich vor ihr auf die Hinterbeine. Dann sagte sie friedlich: „Hallo, Cesiba, hör jetzt bitte auf, so böse zu starren, niemand von uns hat die Absicht, euer Revier zu verletzen!" Daraufhin löste sich sichtlich die Anspannung ihres Gegenübers und Nuffel fuhr fort: „Das sind Freunde von mir und wir haben euch sogar etwas mitgebracht! Könnt ihr beide mal schnell eine Nuss für Cesiba öffnen?", fragte sie nach hinten gewandt.

Wir flatterten alle auf den Boden herab und hockten uns dort hin, worauf Flippi umgehend den Palmwedel von Rollos Rücken löste. Unter den interessierten Blicken der Kattas, die sich im Halbkreis um uns herum aufgestellt hatten, legte er die Kokosnüsse auf den Boden und wählte davon eine besonders schöne aus.

„Komm, Scharfzahn, ich brauche mal wieder dein Gebiss!", sagte er und hielt Rollo die Nuss vor seine Kiefer. Dieser begann sogleich vorsichtig daran zu knabbern, wie wir es ja schon gesehen hatten. Als Rollo fertig war, hüpfte Flippi zu der Anführerin und bot ihr die geöffnete Kokosnuss an. Cesiba musterte das Känguru mit strengem Blick, schaute auf die Nuss, nahm sie darauf bedächtig entgegen, drückte deren Öffnung gegen ihren Mund und trank würdevoll einen langen Schluck. Nun setzte sie die Frucht wieder ab und reichte sie an einen anderen Katta weiter.

„Du, Krokodil, das hast du gut gemacht! Ihr habt mein Wohlwollen und dürft jetzt weitere Kokosnüsse für mein Rudel öffnen – aber nicht alle!", sagte sie streng zu Rollo und Flippi gewandt. Dann blickte sie wieder Nuffel an: „Wer ist die Rudelführerin eurer Gruppe?"

Aus Tornado wollte schon wieder eine impulsive Bemerkung herausplatzen. Vielleicht wollte er ihr ja nur sagen, dass wir nicht in einem Rudel lebten, aber noch bevor er den ersten Ton von sich geben konnte, wurde er bereits von Nuffel unterbrochen:

„Federchen, die kleine Blaumeise dort ist die Anführerin!", sagte die Maus und deutete mit ihrer Hand auf meine Schwester, die offensichtlich darüber erstaunt war, zur Anführerin auserkoren worden zu sein – trotzdem spielte sie mit.

„Folgt mir beide, wir haben zu reden", ordnete Cesiba an und sowohl Federchen als auch Nuffel folgten ihr zu dem höheren Baum, aus dem der Katta vorhin herabgesprungen war, während Kralle neben mir herummaulte:

„Warum die denn schon wieder? Ich möchte auch mal der Anführer sein!"

„Benimm dich nicht immer wie ein unreifer Nestling! Nuffel hat gesagt, dass wir die Kattas auf unserer Seite brauchen, um wieder zurück zum Regenbogensee zu gelangen. Da bei ihnen grundsätzlich die Weibchen die Anführer sind, stellt sich diese Frage wohl nicht!", sagte Samtbäuchlein nachdrücklich zu unserem Bruder, der daraufhin seinen Kopf nach unten nahm und wieder einmal irgendetwas Unverständliches vor sich hin nuschelte.

Wir konnten von unserem Standort aus die drei Weibchen auf einem Ast hocken sehen und sogar fast alles verstehen, was sie sagten. Es wurde bei den Kattas zwar nicht geduldet, den Gesprächen der Rudelführerin zuzuhören, doch das galt bestimmt nicht für uns – glaube ich jedenfalls!

„Nun denn, Schwester, warum seid ihr in mein Revier eingedrungen, ohne mich zuvor ordentlich um Erlaubnis zu bitten?", begehrte Cesiba von Federchen zu erfahren.

Die Maus wollte gerade antworten, doch ein Blick der Lemurin ließ sie die Worte schnell wieder verschlucken, und so erzählte meine Schwester ein weiteres Mal unsere Geschichte. Cesiba hörte ihrer Erzählung aufmerksam zu, doch sobald Federchen auf Tütelütüs Federausfall zu sprechen kam, sprang die Lemurin hektisch auf und befahl ihrem Rudel:

„Holt mir Fefelosa umgehend her! Sagt ihr, dass es sich um einen Notfall handelt und ich nicht den ganzen verbleibenden Tag damit zu verbringen gedenke, auf ihr Eintreffen zu warten!" Unmittelbar danach liefen zwei Kattas davon, vermutlich um ihren Auftrag schnellstens zu erfüllen.

Drei weitere Lemuren wurden von ihr damit beauftragt, irgendeinen Korb und Seile umgehend zu überprüfen. Zu Federchen sagte sie aufmunternd:

„Keine Angst, kleine Schwester, wir halten zusammen, euer Problem liegt bei mir in guten Händen!"

Etwas später kam Federchen zurückgeflogen und erklärte uns genau, was sie im Baum besprochen hatten:

„Cesiba hilft uns! Die Kattas haben eine Vorrichtung, um aus dem Tal Früchte nach hier oben zu holen, ganz so, wie Nuffel es schon gesagt hat. Sie nutzen dazu einen Korb, der an einem langen Seil befestigt ist, welcher von Fefelosa hinuntergelassen wird. Dieser Korb sieht wohl so aus wie ein großer Schildkrötenpanzer, nur dass er aus Pflanzenfasern geflochten wurde, woraus übrigens auch das Seil gemacht wird. Nur werden sie dafür auf eine besondere Art und Weise ineinander verdreht. Durch den kräftigen Wind wackelt dieser Korb wohl ziemlich heftig, aber es ist trotzdem vollkommen ungefährlich laut Cesiba, sich in ihm nach unten zum See zu begeben. Wenn wir uns dann darin befinden, wird er von oben zugedeckt, sodass während des Herabsinkens nichts in den Korb hineingeschleudert werden kann. Ach ja, auf dem Boden dieses Korbes werden zusätzlich noch Steine ausgelegt, damit der Wind ihn nicht allzu sehr durchschütteln kann!"

Sie warf einen rügenden Blick auf Bürste, der mal wieder etwas mit seinem Zwilling getuschelt hatte, worauf beide in ein lautes Zwitschern ausgebrochen waren. Nachdem diese sich beruhigt hatten, fuhr sie fort:

„Weit unterhalb des Plateaus liegt eine Terrasse, auf welcher der Korb dann aufsetzen wird. Dort ist der Wind wohl nur noch ein laues Lüftchen!"

„Gut, dass ich nicht mit euch in dem Korb nach unten muss. Die Herrin des gewaltigen Hinterns würde mich bestimmt einfach den Berg hinunterfallen lassen – wenn sie mich nicht schon vorher plattgetrampelt hätte!", sagte Rollo besorgt und blickte sich dazu furchtsam um.

Genau in diesem Moment erklang aus südlicher Richtung kräftiges Stampfen, welches von einem lauten Brüllen begleitet wurde – und beides näherte sich rasend schnell. Plötzlich brach Fefelosa wie eine Naturgewalt durch die Büsche und rannte geradewegs auf Rollo zu, wobei sie alle Pflanzen niedertrampelte, die sich auf ihrem Weg befanden.

Das Krokodil stöhnte laut auf, Tornado erhob sich in die Luft, wo er wütend umhersirrte, dazu piepte Samtbäuchlein geräuschvoll und erneut brach das schiere Chaos aus!

16. Ein vermeintlicher Hinterhalt

„Verrat, Verrat, wir wurden verraten! Bringt euch in Sicherheit, rette mich, wer kann!", schrie das Krokodil voller Panik, während es schnaufend davonlief, um der nahenden Gefahr zu entkommen. Cesiba sprang wieder von ihrem Baum herab, hockte sich genau zwischen uns und Fefelosa.
„HALT! SOFORT ANHALTEN! KEINEN SCHRITT WEITER!", brüllte sie dem sich nähernden Koloss entgegen und starrte ihn gleichzeitig wütend an. Unterstützt wurde sie dabei von ihrem gesamten Rudel, welches sich bedrohlich hinter ihr gruppiert hatte.

Anscheinend zeigte Cesibas Gebrüll die gewünschte Wirkung auf die heranwalzende Fefelosa, denn diese stemmte daraufhin ihre dicken Beine starr in den Boden. Wegen ihres Schwungs rutschte sie jedoch noch weiter und weiter, während ihre Hufe dabei tiefe Spuren der Verwüstung in der Erde zurückließen.

Ich wurde etwas nervös, als sie auf unsere Gruppe zuschlitterte, und selbst die Zwillinge hatten mit ihren Albernheiten aufgehört, als dieser Berg vor uns immer größer wurde. Nur Cesiba war die Ruhe selber, sogar noch als einige der Kattas ihres Rudels nervös zu werden begannen. Sie hockte stockstiff vor dem heranrutschenden Flusspferd, ohne die geringste Regung zu zeigen, und endlich kam Fefelosa auch zum Stehen. Die beiden trennte höchstens noch die Schwanzlänge eines Kattas voneinander!

Fefelosa hob ihren gewaltigen Schädel und öffnete verwundert ihre Augen, die sie offenbar während ihres Angriffes geschlossen gehalten hatte. Dazu machte sie einen ziemlich wütenden Eindruck, als sie umherschaute. Jetzt riss sie ihr Maul ganz weit auf und brüllte:

„Da ist doch dieses hinterhältige Fressmonster! Ich werde es platttrampeln, lehren werde ich ..."

„Du wirst zunächst einmal umgehend dein Maul wieder schließen und dich beruhigen! Dann öffnest du deine kleinen Öhrchen und hörst MIR zu, bis zum Ende! Daraufhin schaltest du dein Gehirn ein und wirst darüber nachdenken. Wenn du dann – und auch nur DANN – noch Fragen haben solltest, können wir die gerne in RUHE besprechen! Zuvor darfst du dich bei uns noch dafür entschuldigen, dass du wie ein vom wilden Ranzenkrebs befallener Fleischkloß in unser Revier eingedrungen bist! Und wer weiß, vielleicht vergebe ich dir dann sogar!", sagte die wütend starrende Anführerin und gab dazu noch merkwürdige, bellende Laute von sich. Nuffel, die es sich vorhin auf ihrer Schulter bequem gemacht hatte, nickte nachdrücklich zu jedem Wort Cesibas und kraulte ihr dazu abwesend den Arm.

Jetzt, da das Flusspferd unter Kontrolle war, packte Flippi seine Kiwi wieder in den Beutel, die er beim Herannahen des Kolosses dort vorsichtshalber herausgeholt hatte, und hüpfte seinem Freund eilig hinterher. An einem nahe gelegenen Blätterhaufen holte er Rollo schließlich ein. Er versuchte gerade, sich darunterzuwühlen, während er gleichzeitig panisch grunzte:

„Hast du nicht gehört, was Fefelosa gerufen hat? Das Fressmonster kommt hierher, ich kann gar nicht hinsehen! Es frisst alles und jeden, das Fressmonster! O du lieber Waldwichtel, bring mich schnell in Sicherheit! Das Fressmonster wird auch uns verschlucken und dann zermatschen! Es wird alles und jeden gnadenlos zerfetzen! Da, ich höre es schon kommen!", flüsterte er tonlos.

„Beruhige dich! Du kannst jetzt damit aufhören, dich in dieses Grünzeug hineinzuwühlen, es verfolgt dich niemand!", sagte Flippi zu ihm mit erhobener Stimme. „Im Übrigen hat Fefelosa DICH mit Fressmonster gemeint!"

Sein Freund hob jetzt zögerlich seinen Kopf unter den Blättern hervor und schaute sich um. Als er wirklich niemand herannahen sah und Flippis Worte zu seinem Gehirn durchgesickert waren, legte sich seine Hysterie.

Er machte einen verlegenen Eindruck und versuchte ein Lächeln, was aber so mit Laub bedeckt, wie er war, ziemlich merkwürdig aussah. Dazu hatte er sein Maul zu einem schiefen Grinsen verzogen, sodass man eine Menge seiner Zähne sehen konnte, und zwischen seinen hervorgewölbten Augen hatte sich auch noch ein Büschel rosa blühendes Sternmoos einen Platz gesucht – um seinen Gesamteindruck zu vervollständigen.

Während es dem Krokodil langsam dämmerte, dass es noch nicht seine letzte Seerosenblüte gegessen hatte, war Federchen an die Seite von Cesiba geflogen und bohrte dort ihre Krallen in den Boden. Nuffel verließ ebenfalls ihren Platz und hockte sich auf ihre Hinterbeine, unmittelbar neben unsere Schwester. Schweigend musterten sie zu dritt Fefelosa, doch dann platzte es aus Federchen heraus:

„Führ dich nicht so auf, als wärest du mit deinem Kopf gegen einen Felsen gelaufen! Rollo wollte weder deiner Nichte Angst einjagen noch hatte er die Absicht sie zu fressen, er hat lediglich mit ihr gespielt – was ja eigentlich deine Aufgabe gewesen wäre! Ach übrigens, falls du es noch nicht gehört hast: Er frisst nur Pflanzen!" Zuvor hatte Fefelosa meine Schwester gar nicht richtig wahrgenommen, doch spätestens nachdem sie ihr die Meinung so drastisch geflötet hatte, besaß sie ihre ungeteilte Aufmerksamkeit. Das Flusspferd klebte sogar förmlich an ihrem Schnabel! „Ich weiß, dass du vor lauter Hunger Lolosa einfach vergessen hast! In der Vergangenheit musste ich ab und an auf meine Brüder aufpassen und die Zwillinge waren auch so leicht zu hüten wie ein Nest voller Flöhe! Wenn sie sich mal wieder versteckt hatten und ich sie nicht finden konnte, suchte ich ebenfalls nach einem Schuldigen. Dabei war es natürlich meine alleinige Schuld, da ich nicht besser auf sie geachtet hatte! Genauso wird es sich bei dir zugetragen haben, aber dann solltest du zumindest die Größe haben, dir deinen Fehler einzugestehen, und Rollo in Frieden lassen!"

Cesiba sowie Nuffel nickten bekräftigend bei Federchens Worten und als sie fertig war, hielten alle drei Fefelosa unerbittlich mit ihren Augen gefangen. Diese senkte daraufhin ihren gewaltigen Schädel und stammelte kleinlaut:

„Ich hatte wirklich ein fürchterlich schlechtes Gewissen, weil ich nicht richtig aufgepasst habe, da hast du recht. Dazu kam noch, dass Lolosa das einzige Kind meiner Schwester ist!" Sie riss ihre Augen weit auf und fuhr fahrig mit brüchiger Stimme fort: „Wenn ihr etwas zugestoßen wäre, hätte ich nicht mehr weitergewusst!", dann drehte sie ihren Kopf in Rollos Richtung und brüllte zu ihm hinüber: „Es tut mir leid, es war nur alleine meine Schuld. Natürlich weiß ich, dass du niemandem etwas antun könntest. Bitte verzeih, das war absolut nicht fair von mir!"

Unser Krokodil sah zu ihr hin und in seinen Augen konnte ich so etwas wie Hoffnung erkennen. Er schüttelte sowohl das restliche Laub als auch das Moos von sich ab und kam langsam grunzend auf uns zu, während Flippi neben ihm herhüpfte. Vor dem Flusspferd blieben sie stehen. Rollo hob seinen Kopf, ganz so, als hätte er etwas sehr Schweres darauf liegen, und sagte dann traurig zu Fefelosa:

„Schon gut, ich bin es ja gewohnt, dass alle mich für ein gefühlloses Monster halten. Eines, das nur ans Jagen oder Fressen denkt. Aber das tue ich nicht – ganz und gar nicht!"

Sofort flogen Tornado, meine Geschwister und ich zu ihm hinüber, um ihm zu zeigen, dass wir das wussten. Auch Nuffel stieß dazu und kraulte seinen Vorderfuß, während Flippi ihm tröstend mit seinem Schwanz auf den Rücken klopfte.

„Leider lassen sich Vorurteile nur wesentlich langsamer ausräumen, als sie entstanden sind. Wir werden dir jedoch dabei helfen, das zu beschleunigen. Wenn dich noch mal einer grundlos angreifen sollte, wird er es mit meinem gesamten Rudel zu tun bekommen. Du hast mein Wort darauf, das Wort von Cesiba! Egal, wer oder was hinter dir her ist, du hast meine Erlaubnis, unser Gebiet zu betreten. Bei uns bist du immer gerne gesehen und willkommen! Das gilt natürlich auch für die anderen von euch!", sie reckte sich in die Höhe und schaute uns dabei würdevoll an.

„Mir gibst du auch sofort Bescheid, wenn sich irgendjemand so dumm zu dir verhält, wie ich es getan habe!", sagte jetzt Fefelosa, nicht würdevoll, dafür aber sehr nachdrücklich. „Ich rede dann sofort ein klärendes Wort mit dieser Lurchzunge und meine Familie führt auf ihr unseren allseits beliebten Familientanz auf! Du bist jetzt mein Freund und niemand, der noch einen Rest Verstand besitzt, bedroht meine Freunde!", donnerte Fefelosa.

„Und ich bringe dann etwas zum Werfen zu dieser Veranstaltung mit, damit derjenige nicht meint, er könne weglaufen oder einfach davonfliegen!", bot sich das Känguru grinsend an und alle anderen bekundeten ebenfalls ihren Willen, in einem solchen Falle unterstützend tätig zu werden.

Danach hockten wir noch eine Weile ganz entspannt beisammen, erzählten uns verschiedene Geschichten und lachten gemeinsam über diese – wie Freunde es normalerweise machen. Als mein Blick auf Rollo fiel, sah ich, dass er sein Maul zu einem breiten Grinsen verzogen hatte. Vermutlich lag das daran, dass wir keine Angst vor ihm hatten, nur weil sich so viele Zähne in seinem Maul befanden. Er war unser Freund – und nur das war von Bedeutung!

Nach einer Weile wurde es Zeit, an die Heimkehr zu denken, und so machten wir uns schweren Herzens an die Planung unserer Rückreise!

17. Wert der Freundschaft!

„Einige von uns werden euch auf eurem Weg hinab begleiten. Sie müssen dort Früchte und Kräuter für das Rudel sammeln! Da ihr jetzt auch irgendwie zu meinem Rudel gehört, bin ich natürlich für euch mitverantwortlich, weshalb ihr von mir alle Hilfe bekommt, die ihr braucht!", sagte Cesiba und zu dem Flusspferd meinte sie: „Wenn es dir nichts ausmacht, geh nun zu meinem Gefolge, damit sie dir das Seil umlegen!"

Fefelosa hatte sich zuvor dazu bereiterklärt, uns mit dem Korb herunterzulassen. Zum einen waren wir ja jetzt alle Freunde und zum anderen hatte sie möglicherweise dadurch eine Gelegenheit, wieder etwas gutzumachen – obwohl das natürlich niemand von ihr verlangt hätte!

Einige Kattas, die Cesiba aus ihrem Gefolge zu diesem Zweck abgestellt hatte, verknoteten sorgfältig die Pflanzenfasern – oder Seile, wie sie von ihnen genannt wurden – nachdem sie diese zuvor um die Mitte des Flusspferdes gelegt hatten. Dabei konnte ich sehen, dass es eindeutig von Vorteil ist, wenn man über Finger verfügt – wie es uns ja auch schon ein Lemure erzählte. Fefelosa stand, wegen ihrer empfindlichen Haut, während der gesamten Prozedur im Schatten eines Baumes. Zusätzlich war sie noch von einigen Kattas mit Schlamm beschmiert worden.

„Das hilft gegen die Sonne und fühlt sich recht angenehm auf der Haut an. Später beginnt es zu jucken, aber dann bin ich schon längst im Wasser des Ratladrons", sagte sie zu uns und dann war auch schon der Zeitpunkt gekommen, um ihr Lebewohl zu sagen. Die beiden Kattas prüften nochmals die Verknotung der Seile und kletterten dann auf den Rücken unserer schwergewichtigen Freundin.

„Passt gut auf euch auf und kommt uns mal wieder besuchen! Es könnte ja sein, dass mir abermals jemand richtig die Meinung flöten muss!", sagte Fefelosa und grinste dabei meine Schwester an.

Wir tauschten noch ein paar letzte Worte aus und verabschiedeten uns alle sowohl von ihr als auch von den beiden Lemuren. Dann drehte sie sich um und verschwand mit den auf ihr hockenden Kattas in östliche Richtung. Bevor sie endgültig unserer Sicht entschwand, ließ sie zum Lebewohl noch ein gewaltiges Brüllen erschallen.

„Fefelosa wird nun so weit gehen, bis sich die Seile zu straffen beginnen. Dann kommt einer der beiden Begleiter zurück und erhält von Cesiba die Erlaubnis, mit Fefelosa umzukehren. Und dann kann es losgehen!", erklärte uns einer der Kattas.

„An der Plateaukante im Westen hat ein alter Baum seine Wurzeln tief in der Erde vergraben, begeben wir uns nun zu ihm!", ordnete Cesiba an.

So folgten wir den Seilen und gelangten kurze Zeit später an eine große, einsame, alte Esche, die direkt am Abgrund wurzelte, wie es Cesiba gesagt hatte. Der Baum schien das unter ihm liegende Tal gelassen zu beobachten. Der Wind, der durch seine Krone hindurchstrich, erzeugte an den schmalen, gefiederten Blättern einen Klang, der mich an sanften Regen erinnerte – wie ich ihn auch schon einmal vor langer Zeit in unserer Behausung vernommen hatte! Die Seile verliefen über eine Astgabel und führten von dort zu dem Korb hinab, der mit einem weiteren Seil an dem Stamm befestigt war.

Cebolito, ein Katta, der mit uns nach unten kommen sollte, erklärte mir:

„Sobald Fefelosa sich so weit entfernt hat, dass sich die Seile spannen, hält sie an. Wir begeben uns sodann in das Transportgefährt, das Halteseil am Baum wird gelöst und der Korb wird mit uns über den Abgrund schwingen. Nachdem Cesiba den Auftrag zur Rückkehr Fefelosas erteilt hat und diese darüber informiert wurde, beginnt sich der Transportbehälter sanft wie eine Feder abzusenken, bis er schließlich weit unten sicher auf der Terrasse aufsetzt!"

„Das stimmt so weit – nur dass er sich manchmal auch wie eine Feder im Sturm absenkt!", berichtigte Cenebano schief lächelnd. Auch er würde uns auf unserem Weg nach unten begleiten.

„Ja, stimmt, es kann schon mal etwas holprig werden, je nachdem, wie launisch sich der Wind gerade verhält. Aber wenn er zu stark ist, werden wir gar nicht erst starten. So kann es im schlimmsten Fall nur zu gelegentlicher Übelkeit und weichen Beinen führen!", lachte Cesino, unser dritter Begleiter.

Andere Kattas näherten sich nun mit einem Flaschenkürbis, kletterten in die Esche und nahmen dort eine zähflüssige weiße Masse aus dem Behältnis.

„Das nennen wir Kokosschmier. Wir gewinnen ihn aus den Schalen von Kokosnüssen. Diese erhitzen wir vorsichtig unter ständigem Umrühren im Ratladron und fügen noch einige geheime Zutaten hinzu!", klärte uns Cesino auf.

„Aha, ich verstehe. Das macht ihr, damit das Fett aus den Früchten flüssig wird und ihr die anderen Zutaten damit besser vermischen könnt. Mir ist aber nicht klar, wozu das gut sein soll", sagte Samtbäuchlein, wissbegierig wie immer.

„Es hilft beim Rutschen der Seile. Sie werden ziemlich heiß, wenn sie über das Holz scheuern, und trocknen dadurch auch stark aus. Würden wir sie nicht einschmieren, zerrissen sie letztendlich – was bestimmt für die Korbinsassen nicht so toll wäre!", erklärte Cenebano.

„Der Kokosschmier hält die Seile schön geschmeidig, sodass sie länger halten – im Übrigen hilft er auch fabelhaft gegen trockene Füße! Dazu musst du wissen, dass wir solche oft haben, wenn wir den ganzen Tag über steinigen Boden laufen. Danach sind die Fußsohlen ziemlich trocken und beginnen stark zu jucken. Damit kann man sich beim besten Willen nicht entspannen, und so reiben wir uns einfach etwas von dem Kokosschmier darauf, dann sind sie am nächsten Tag fast wieder wie neu!", freute sich Cebolito.

Während unserer Unterhaltung hatten sich die Seile gespannt, mit denen Fefelosa in östliche Richtung verschwunden war.

„Ich fürchte, es ist so weit, wir müssen nun Abschied voneinander nehmen!", verschaffte sich Cesiba Gehör. „Das Seil ist straff, was bedeutet, dass Fefelosa ihr Ziel erreicht hat und darauf wartet, umzukehren. Begebt euch nun in den Korb, damit ich ihr den Auftrag dazu erteilen kann!", ordnete sie weiter an.

So verabschiedeten wir uns von unseren neuen Freunden. Natürlich nicht, ohne zu versprechen, dass wir uns schon bald wiedersehen würden – und das war nicht nur so dahingesagt!

Ich meine, es gibt auch Lurchzungen, die sich alles Mögliche versprechen, aber nichts davon einhalten. So etwas geschieht oft aus reiner Oberflächlichkeit, seltener aus Boshaftigkeit und fast immer wegen purer Dummheit. So war aber niemand von uns!

Ich versuchte mir die Bilder unserer neuen Freunde einzuprägen. Da war Flippi, das Känguru mit seiner großen Zahnlücke, dessen Beutel jetzt wieder prall mit Kiwis angefüllt war. Außerdem Nuffel, die auf seinem Kopf hockte und diesen dabei abwesend zwischen seinen Ohren kraulte, während sie in unsere Richtung blickte. Neben den beiden, auf dem Boden, ein entspannt guckender Rollo de la muerte, der sich nur pflanzlich ernährte, seine Augen nicht unter Wasser öffnen konnte und der uns fast die ganze Zeit auf seinem Panzer hocken ließ. Auf der anderen Seite des Krokodils stand die stolze und hoch aufgerichtete Cesiba mit ihrem gesamten Rudel.

Jetzt waren unsere drei Begleiter in den Korb geklettert und schweren Herzens folgten wir ihnen. Bevor das Halteseil gelöst wurde, flöteten wir den auf dem Plateau Verbleibenden einen Abschiedsgruß zu, dann schlitterte der Korb ein Stück über den Boden und schaukelte schließlich mit uns über dem Abgrund. Obwohl ich fliegen konnte, fand ich es merkwürdig, in dem Ding über dem Nichts hin und her zu schwingen, die Zwillinge neben mir jedoch jauchzten laut vor Freude.

„Bevor es losgeht, müssen wir den Korb noch mit dem Flechtboden verschließen, damit wir nicht hinausgeweht werden!", meinte Cenebano. Daraufhin nahmen er und Cesino ein seltsam aussehendes Blatt auf, welches an einer Wand des Korbes gelehnt hatte.

„Der wurde aus den Fasern der Palmblätter gefertigt und ist durch die besondere Art, wie er geflochten wurde, sehr widerstandsfähig. Jetzt verbinden wir ihn mit dem oberen Rand des Korbes mithilfe von Seilen und warten darauf, dass Fefelosa losstampft!", erklärte Cebolito und pfiff seiner Rudelführerin zu.

Daraufhin machte sich ein Katta auf den Weg zu Fefelosa und durch das Anbringen des Flechtbodens wurde es schlagartig dunkel im Korbinnern. An regnerischen Tagen hatte es in unserer Behausung ähnlich ausgesehen. Es gab hier in dem Korb sogar eine kleine Öffnung, die der glich, durch die wir in diese bunte Welt geflogen waren – vor einer gefühlten Ewigkeit. Möglicherweise hatte Piep gerade den gleichen Gedanken gehabt, denn er seufzte tief in diesem Moment. Oder er hatte das getan, weil wir unsere neuen Freunde zurücklassen mussten – aber wahrscheinlich war es ein bisschen von beidem!

„Warum tut Verabschieden nur immer so weh? Man freut sich darauf, die Zurückgelassenen wiederzusehen, ist aber zugleich traurig darüber, dass man dafür wieder jemand anderen zurücklassen muss!", sagte Federchen im Dämmerlicht, an niemand Bestimmtes gerichtet.

„Ich denke, es ist das Gleiche wie mit dem Wechsel der Tageszeiten! Bei Tage freut man sich über die Geräusche des Lebens, die vor einem liegenden Begegnungen und das wärmende Licht der Sonne. Am Abend nimmt die Dunkelheit dies alles wieder mit. Zum Ausgleich bringt sie Ruhe, die frische, würzige Nachtluft und auch die Möglichkeit, entspannt mit denen zusammenzuhocken, die einem nahestehen!", meldete sich Piep zu Wort.

Ähnliche Gedanken waren mir auch schon durch meinen Kopf gehüpft. Jedoch bin ich der Meinung, dass erst dieser Wechsel es überhaupt möglich macht, Werte zu erkennen – den Wert dessen, was man zurücklassen muss, den Wert dessen, was einem bleibt, und den Wert all der Dinge, die noch auf einen warten!

Wir hockten uns auf die Schultern unserer Begleiter und zwitscherten durch die Öffnung den Freunden zu, die von der Plateaukante zu uns hinübersahen. Ich bemerkte, dass bei einigen die Augen vor Feuchtigkeit glitzerten, woraufhin auch meine zu jucken begannen! Dann ruckelte es leicht und der Korb senkte sich langsam ab. Stückweise entschwanden die an der Plateaukante stehenden Freunde unserer Sicht. Das Letzte, was ich von ihnen sah, war der braune Fellkopf Nuffels, die noch auf Flippis Haupt hockte. Dann war auch der verschwunden und an dessen Stelle trat der braune Fels des Tafelberges!

Sofort erfasste tückischer Wind unseren Korb und schaukelte ihn wild durch die Luft. Sowohl Blätter als auch Zweige klopften an die Außenhülle und begehrten lautstark Einlass. Der Flechtboden hob und senkte sich klappernd auf den Rand des Gefährtes – doch die Seile, mit denen er verschnürt war, hielten ihn sicher in ihrem Griff!

Da es zu laut war, um sich zu unterhalten, hockten wir uns schweigend auf den Boden und hingen unseren Gedanken im Dämmerlicht nach. Unterdessen sank der Korb immer tiefer und nach einer Weile nahm der Wind ab, sodass das Schaukeln einem sanften Wiegen wich. Cesino und Cenebano lösten die Seile des Flechtbodens und lehnten ihn wieder an die Wand des Korbes, woraufhin das Licht der untergehenden Sonne zu uns hereinfiel.

„Das war doch total harmlos, da haben wir aber schon ganz andere

Sachen erlebt!", meldete sich Kralle ein wenig angeberisch zu Wort und sein Zwilling stimmte ihm laut piepend zu.

„Wir haben euch doch gesagt, dass es sicher ist, sich mit dem Korb herabzulassen. Natürlich ist das auch stark abhängig davon, welches Wetter gerade herrscht. Vor Kurzem hat es einen ziemlich heftigen Sturm gegeben und Cesino befand sich gerade mit einer Gruppe auf dem Weg nach oben. Das war dann nicht mehr so gemütlich!", erwiderte Cebolito meinem Bruder.

„Das ist wahr! Der Korb wurde herumgeschleudert, Blitze zuckten überall an ihm vorbei und wir rechneten ständig damit, dass sie uns jeden Moment treffen würden! Dazu stürzten sowohl Felsen als auch Baumstämme vom Plateau herab und nur der Waldwichtel kann sagen, warum sie nicht auf unseren Korb gefallen sind! Als wir nach einer gefühlten Ewigkeit wieder heil oben auf dem Tafelberg angekommen waren, sahen wir beim Aussteigen, dass alle überall mit zermatschten Früchten besudelt waren. Dieses Erlebnis war weder harmlos noch lustig!", meinte Cesino.

„Dazu tat ihnen auch noch alles weh, aufgrund der umherfliegenden Früchte, sodass sie sich zum Ratladron begaben, um sich dort ins warme Wasser zu hocken. Das hilft nämlich gut bei schmerzenden Körperteilen und macht dazu natürlich auch noch gut sauber!", sagte Cenebano.

„Ja, und tagelang mussten wir danach den Korb säubern, der von oben bis unten mit Fruchtstücken beschmiert war!", meldete sich Cebolito zu Wort.

„Ich dachte, der Korb wäre zum Transportieren von Nahrung gedacht, da hätte ich mir doch nicht diese ganze Arbeit gemacht, um alles wieder sauber zu bekommen. Schon alleine, weil er vermutlich ohnehin jedes Mal wieder schmutzig wird!", warf Kralle lapidar dazwischen, womit er natürlich unweigerlich die Aufmerksamkeit meiner Schwester auf sich zog:

„Das musste ja von dir kommen! Was ist nur dagegen einzuwenden, wenn man alles wieder sauber haben möchte? Du hättest bestimmt lieber mit verfaulender Nahrung, Wespen, eventuell einigen Flöhen oder Schlimmerem eingesperrt in dem Transportbehälter gehockt und vor dich hin gemüffelt!"

Mein Bruder hatte zu seinem Glück keine Gelegenheit mehr, darauf zu antworten. Der Korb setzte nämlich in diesem Augenblick auf festem Boden auf und wir begaben uns alle nach draußen. Um uns herum erhoben sich zahlreiche Pflanzen, die ich zuvor noch nie gesehen hatte. Mein Blick fiel auf die Seile des Korbes, die sich jedoch irgendwo weiter oben im Dunst verloren. Leider konnte ich unseren zurückgelassenen Freunden nun nicht mehr mit meinen Flügeln zum Abschied zuwinken, da sie ebenfalls meiner Sicht entschwunden waren!

„Die Terrasse ist gut gegen den Wind geschützt, aber es wehen trotzdem feine Tropfen des Wasserfalls bis hierher. Diese befeuchten die Pflanzen ausreichend, sodass sie ganz in Ruhe vor sich hin wachsen können", unterbrach Cebolitos Erklärung meine Gedankengänge.

„Warum wachsen denn hier so viele verschiedene Pflanzen? Das habe ich bisher noch nirgendwo gesehen!", wollte Piep nun von dem Katta erfahren.

„Die Vögel, die sich auf der Durchreise befinden, bringen häufig in ihrem Gefieder Samen mit und der Wind tut auch das Seinige dazu. Wenn sich eure Verwandten hier in den Bäumen niederlassen, um eine Rast zu machen oder eine Kleinigkeit zu picken, fallen die Samenkörner oft hinunter und schlagen dann gerne ihre Wurzeln in den feuchten Boden. Zusätzlich haben wir noch darauf geachtet, dass um die Terrasse herum kräftige Bäume sowie dicht wachsende Sträucher wurzeln, was den jungen Pflanzen noch einmal zusätzlichen Schutz gibt. Im Laufe der Zeit hat sich so nach und nach alles entwickelt!", gab der Katta Piep zur Antwort.

„Wenn wir noch in diesem Leben zum Regenbogensee gelangen wollen, sollten wir langsam aufbrechen!", machte uns ein umherzuckender Tornado ungeduldig auf unseren weiteren Weg aufmerksam. Da die Sonne immer tiefer sank, folgten wir seiner Anregung, doch zuvor erneuerten wir noch unser Versprechen, dass wir uns schon bald wiedersehen würden!

So erhoben wir uns unter dem Winken der Kattas in die Luft und flogen, dem Ostwind folgend, über die bunte Terrasse, hinab zum Regenbogensee!

18. Verwüstung, Verärgerung, Versprechung

Leinia schwamm an das westliche Seeufer, tauchte hinab auf den Grund und näherte sich der Wohnstatt des Sepias. Es war eine Höhle, die er in den Seeboden gewühlt hatte und deren Eingang mit vielen farbigen Kieselsteinen verziert war. Seitlich von diesem breitete sich sein Garten aus – ein Steingarten!

Der Sepia hatte alle außergewöhnlichen Steine eingesammelt, denen er habhaft werden konnte, und diese hier kunstvoll ausgelegt. An einer Stelle befand sich eine Schneckenspirale aus grünen und blauen Steinen. Gegenüber hatte er mit rötlichen Steinen die Umrisse eines Seepferdchens gelegt, dessen Mitte aus gelblichen Steinen bestand, von denen einige sogar glitzerten. Zwischen ihnen hatte er einen Aal aus dunklen Steinen geschaffen, dessen Kopf genau auf seinen Eingang wies.

Sobald Tinti den Biber erblickte, schwamm er heraus und verharrte an einer unsichtbaren Linie. Etwas von ihm entfernt, auf der gegenüberliegenden Seite, hielt Leinia ebenfalls inne, da ihre Haut ungewöhnlich stark zu jucken begonnen hatte.

Die unsichtbare Linie war in Wirklichkeit ein Salzwasserfluss, welcher hier unter dem leichteren Süßwasser des Sees entlangfloss. Der salzige Fluss war nicht allzu breit, aber breit genug, um Tinti ein Zuhause zu bieten.

„Hallo, mein Name ist Leinia. Leider muss ich hierbleiben, da meine Haut immer stärker juckt, je näher ich mich auf dich zubewege. Hier kann ich es noch gerade so aushalten!"

„Tinti werde ich genannt. Nett, dich mal kennenzulernen, Leinia! Ich habe dich und jemanden, der dir sehr ähnelt, des Öfteren schon im See herumschwimmen sehen. Leider ist es bei mir genau andersherum, ich vertrage kein Süßwasser! Wenn ich aber hierbleibe, kann ich das Jucken auch noch gerade so ertragen", sagte er zu Leinia und juckte sich zugleich mit drei seiner Arme.

„Dann bleiben wir jeder an seinem Platz, ich kann dich von hier aus gut verstehen. Der, den du mit mir im See schwimmen sahst, ist mein Gefährte. Spitzer ist sein Name! Wenn ich wieder zurück bin, werde ich Bickamuck fragen, ob er vielleicht ein Mittel kennt, was gegen unser Jucken hilft. Er und seine Frau Armana sind unsere Wissenswichtel! Sie sind Keas und unheimlich schlau. Sie sind auch der Grund dafür, warum ich dich um etwas bitten möchte! Die beiden haben herausgefunden, dass sie möglicherweise in der Lage sind, mit deiner Tinte eine Lösung herzustellen, die Tütelütü ihre Federn zurückbringen könnte. Vielleicht hast du die Ente schon einmal ...‟

„Doch nicht etwa diese merkwürdige Ente, die immer meinen Garten zerstört?‟, unterbrach Tinti Leinia erregt. „Immer, wenn ich gerade etwas Schönes gemacht habe, um mich daran zu erfreuen, legt sich ein Schatten über mein Heim. Kurze Zeit später sehe ich dann den Schnabel dieser unverschämten Ente, die einfach meinen ganzen Garten verwüstet. Alles habe ich schon versucht, um sie zu vertreiben. Sogar mit Tinte habe ich sie schon besprüht, jedoch ohne dass dies etwas gebracht hätte! Wenn sie dann endlich wieder verschwindet, wird es noch schlimmer! Mit ihren riesigen umherfuchtelnden Ruderfüßen zerstört sie noch das, was der Schnabel bis dahin nicht geschafft hat! Und du möchtest wirklich, dass ich dieser Gammelfeder helfe?‟

„Du hast recht! Tütelütü ist wirklich wunderlich und sie lebt in einer Welt, die sonst niemand anderes verstehen kann. Aber sie ist wirklich nicht bösartig, sie kann nur manche Sachen nicht erkennen – was einem oft unheimlich viel Geduld abverlangt!‟, versuchte Leinia den Sepia zu beschwichtigen. „Aber ich glaube, sie hat deinen Garten nicht absichtlich verwüstet. Sicher ist das nur geschehen, weil sie ihre Augen unter Wasser schließt, damit ihr diese nicht brennen. Möglicherweise ist daran auch das salzige Wasser schuld und normalerweise isst sie auch nur das, was auf der Seeoberfläche umhertreibt!‟, Leinia machte eine kurze Juckpause. Als der Sepia dies sah, begann auch er erneut, mit vier seiner Arme die sechs anderen zu kratzen. Nachdem die beiden dies ausgiebig gemacht hatten, fuhr Leinia fort: „Weil du Tütelütü mit Tinte besprüht hast, glaubt sie jetzt fälschlicherweise, dass die Pflanzen, die hier wachsen, ihren Federn eine schöne Farbe verleihen. Das ist schließlich auch der Grund dafür, weshalb sie immer wieder hierher zurückkommt!‟

„Was soll ich denn nur gegen ihre Zerstörungswut unternehmen? Das letzte Mal bin ich ihr sogar mit allen Armen ins Gesicht gesprungen und habe ihr gesagt, sie solle sofort damit aufhören, woraufhin sie nur fürchterlich zu brüllen anfing. Ich konnte noch nicht einmal verstehen, was sie wollte. Zudem hat sie mich auch noch mit einem sehr üblen Geruch besprüht!", sagte Tinti säuerlich.

„Das tut mir sehr leid, aber wie gesagt, sie ist überaus merkwürdig! Ich verspreche dir jedoch, dass ich mit ihr ernsthaft reden werde und dass ich sie dazu bringe, zukünftig deinem Garten fernzubleiben. Es wäre aber trotzdem nett von dir, wenn du mir etwas von deiner Tinte mitgeben würdest. Neben ihrem Problem mit den Federn könnte das vielleicht auch gegen diesen merkwürdigen Geruch helfen, den sie ständig überall verbreitet!", versuchte es Leinia noch mal. Der Tintenfisch fuhr sich mit zwei seiner Arme über den hornigen Schnabel und sagte:

„Also gut – ich werde ihr helfen! Aber nur, wenn sie verspricht, dass sie meinen Garten und meine Höhle zukünftig in Ruhe lässt! Der See ist groß genug für alle, da wird sie doch wohl irgendwo einen Platz finden, an dem sie keinem auf die Tentakel geht!", sagte Tinti streng.

Leinia versprach ihm, dass sie dafür sorgen würde, und übergab ihm den kleinen Behälter, den sie von Armana bekommen hatte. Tinti nahm ihn mit sechs seiner Arme, verschwand in der Höhle und kehrte kurz darauf mit dem gefüllten Behälter wieder zurück.

„Ich danke dir! Auch im Namen der Ente – und ich werde allen unseren Freunden sagen, dass sie ihre Augen nach besonders hübschen Steinen offenhalten sollen. Mein Gefährte oder ich werden sie dann ab und an bei dir vorbeibringen!", versprach ihm Leinia, was den Sepia dazu brachte, begeistert mit allen zehn Armen zu wedeln.

„Falls Bickamuck etwas gegen die Juckerei machen kann, können wir uns vielleicht das nächste Mal etwas länger unterhalten. Jetzt muss ich aber leider zurück in meine Höhle, weil es immer unerträglicher für mich wird!", sagte ein sich heftig juckender Tinti. So verabschiedeten sie sich eilig voneinander und der Sepia kehrte in seine Wohnstatt zurück, während Leinia an die Seeoberfläche emporstieg. Dann schwamm sie mit dem vollen Tintenbehälter zügig zu der Keainsel!

Nach einer Weile kam ihr Ziel in Sicht und als sie die Höhe des Kealabors erreicht hatte, entstieg sie dem Wasser. Sie begab sich zu dessen Eingang und pfiff einmal laut, woraufhin Armana umgehend heraushüpfte. Leinia berichtete ihr von der Begegnung mit Tinti und dem Juckreiz. Dann fragte sie, ob man vielleicht dagegen etwas machen könne.

„Das wird bestimmt nicht so einfach werden, aber möglicherweise hat Muck schon eine Lösung zur Kralle!", antwortete diese.

„Außerdem habe ich Tinti versprochen, dass wir zukünftig die Augen nach schönen Steinen aufhalten werden. Er braucht sie zur Gestaltung seines Steingartens, den er sehr liebevoll angelegt hat. Tütelütü hat ihn in der Vergangenheit unabsichtlich mehrmals zerstört, weil sie beim Tauchen immer ihre Augen schließt, und so dachte ich, das wäre eine nette Geste!", erzählte Leinia Armana.

„Wirklich ein netter Gedanke, ich werde meine Augen ebenfalls aufhalten! Vielleicht weiß ja sogar Muck, wo wir schöne Steine finden können, wobei ich dafür meine Krallen nicht in eine Krebsschere halten würde. Du weißt ja selber, dass er sich mit dem Kopf die überwiegende Zeit ganz woanders aufhält!"

Sie seufzte tief, lachte kurz auf und fügte noch hinzu:

„Wo wir gerade über den Kopf meines Gefährten gesprochen haben: Ich glaube, es wird auch besser sein, wenn ich jetzt zum Labor zurückkehre. Wer kann schon wissen, wovon er ansonsten wieder abgelenkt wird, oder was er in der Zwischenzeit so alles anstellt!"

Während Armana zu Bickamuck zurückkehrte, begab sich Leinia zum Strand, wo sich die anderen aufhielten. Schnell fand sie dort auch ihren Gefährten und ihre Freunde, denn alle hockten gerade zusammen beim Abendessen im Windschatten des Floßes. Leinia gesellte sich zu ihnen, nahm sich einen Zweig von Spitzer, nagte genüsslich dessen Rinde ab und erzählte von ihrer Begegnung mit Tinti:

„Er hat uns schon häufig im See umherschwimmen sehen, konnte aber nicht zu uns kommen, da er kein Süßwasser verträgt!" Dann schaute sie zu Tütelütü hinüber, die so aussah, als hätte sie gar nicht zugehört. „Dich kannte er auch schon!", fügte sie hinzu und sah sie dabei an.

Die Ente fing ihren Blick auf, kniff ihr rotes Auge zu und schaute sie mit ihrem blauen prüfend an. Da Leinia jedoch keine Reaktion darauf zeigte, schloss sie es wieder und öffnete nur das rote Auge. Als auch das zu nichts führte, öffnete sie das blaue Auge wieder und antwortete leicht beleidigt, mit einer merkwürdigen, heiseren Stimme:

„Dieses Glibberding ist mir ins Gesicht gesprungen, als ich unschuldig gründelte. Kennen würde ich das nicht nennen!"

„Da hast du recht, aber er hat das nur gemacht, weil du seinen Steingarten total verwüstet hast!", klärte Leinia sie auf.

„Das stimmt ja gar nicht, ich habe dort nirgendwo einen Garten gesehen, außerdem haben meine Augen viel zu stark gejuckt, sodass ich sie fest geschlossen halten musste!", empörte sich Tütelütü.

„Genau das ist ja das Problem! Wenn du deine Augen geschlossen hältst, kannst du doch gar nicht sehen, was du alles mit deinem Schnabel anrichtest, von deinen herumwirbelnden Ruderfüßen ganz zu schweigen!", sagte sie streng zu der Ente.

„Das ist doch … also … Pffft! Wer regt sich schon über Steine auf, die liegen doch sowieso nur überall im Weg!", verteidigte sie sich mit einem beleidigten Schnarren.

„Da magst du durchaus recht haben, aber Tinti macht aus Steinen schöne Bilder und erfreut sich an ihnen. Er hat gesagt, dass er dir gerne etwas Tinte abgeben wird, aber nur, wenn du sein Heim mit dem Garten zukünftig in Ruhe lässt!", gab Leinia die Botschaft des Tintenfischs an sie weiter. Als diese in das Gehirn der Ente vorgedrungen war und sie verstanden hatte, dass er ihr helfen würde, durchlief ihr Verhalten eine urplötzliche Veränderung.

„Natürlich wird Tüti zukünftig nicht mehr in der Nähe des netten Glibberdings gründeln gehen, denn schließlich hilft es ja der armen, komischen, kleinen, federlosen Ente. Und Steine habe ich ja auch schon immer hübsch gefunden!", sie schaute mit weit geöffneten Augen umher und rülpste dazu laut.

„Das ist gut, denn ich habe ihm versprochen, dass ich ihm immer Steine vorbeibringe, wenn ich irgendwo schöne finden sollte!", sagte Leinia und alle Umstehenden versprachen, sich ebenfalls an der Suche danach zu beteiligen!

„Hast du dich etwa erkältet?", fragte Leinia die Ente besorgt, da deren Stimme so merkwürdig heiser klang.

„Sie erfreut sich bester Gesundheit, sie hat nur an den Weißsteinen herumgekaut, und davon bekommt man eine heisere Stimme. Als ich noch sehr klein war, ist mir das auch ständig passiert", klärte Koko-Liko den Biber auf.

Unmittelbar danach breitete sich mal wieder ein ziemlich übler Gestank aus, den aber mittlerweile alle kannten! Um dieser Wolke der Fäulnisgase zu entkommen, suchte jeder eilig sein Nachtlager auf. Da sie den ganzen Tag an dem Floß gearbeitet hatten, waren sie schon in wenigen Augenblicken vor Erschöpfung eingeschlafen.

Sie hörten noch nicht einmal die leidenden Klagelaute von Omelettegesicht, die durch den nächtlichen Himmel hallten!

19. Es läuft zusammen!

Am nächsten Morgen wurden sie von der herabscheinenden Sonne geweckt. Der Himmel war in ein helles Blau getaucht und nur einige wenige Wolkenschleier unterbrachen seine Gleichmäßigkeit. Es würde bestimmt ein schöner Tag werden, nur ein ganz leichter Lufthauch strich über die erwachenden Freunde. Einer nach dem anderen schlug die Augen auf und begab sich ans Seeufer. Zusammen machten sie sich auf Nahrungssuche und kehrten anschließend zu einem gemeinsamen Frühstück wieder zurück. Schnuddel wartete bereits auf sie und auf Pinselohrs Frage, ob er denn gar keinen Hunger verspüre, antwortete er:

„Mir wurde großes Glück zuteil! Just in dem Moment, als ich in östliche Richtung zu schreiten gedachte, lief ein wendiger Krabbler über eine meiner Klauen. So kostete ich ihn ob seines Heldenmutes und war angenehm überrascht von seiner umfänglichen Würze, weswegen ich entschied, an diesem Orte bis zu eurer Rückkehr zu verharren, um meinen Schnabel ein wenig in diesem Boden zu versenken!"

Pinselohr flüsterte dem neben ihm hoppelnden Pfeifhasen zu: „Er hat hier leckere Ameisen gefunden, weshalb er gleich geblieben ist!"

Der Pfeifhase nickte verstehend, wobei der Löwenzahn, den er in seinem Mund hielt, auf und ab wippte. Die Biber brachten einige frische Äste mit und Pinselohr schaffte Fichtenzapfen herbei. Koko-Liko hatte sich irgendwo Schwarzwurzeln ausgebuddelt und aus Tütelütüs Schnabel hing ein großes tropfendes Blatt.

Während sie alle gemeinsam aßen, erklärten sie Leinia die Änderungen, die sie am Vortage an dem Floß durchgeführt hatten. Dann zeigten sie ihr die Dunkelsteine mit den Zeichnungen der Änderungen, die noch durchzuführen waren.

„Das ist wirklich sehr praktisch für Zeichnungen, womit habt ihr sie denn auf den Stein gemalt?", wollte Leinia erfahren und Pinselohr erklärte es ihr bereitwillig:

„Koko-Liko hat die Weißsteine aus dem Labor seiner Eltern mitgebracht und uns allen gezeigt, wie man damit malen kann. Gäckgäckgebäck, aber Tütelütü hat sich mehr dafür interessiert, wie die Pflanze schmeckt, mit der wir die Zeichnung abgewischt haben. Geschmeckt hat sie ihr zwar nicht, dafür ist sie aber davon heiser geworden, Gäckgäckgebäck!"

Sofort wurde er mit ihrem blauen Auge fixiert, aber da das Eichhörnchen dies nicht bemerkte oder nicht bemerken wollte, öffnete sie nach wenigen Momenten wieder beide Augen. Dann entschloss sie sich, weiter auf ihrem Blatt herumzukauen und mit ihrem Blick dem auf und ab schaukelnden Floß zu folgen.

„Zumeist haben wir nur Kleinigkeiten geändert, die aber durchaus von großem Nutzen sein können! Darüber hinaus wurde das Floß verlängert, wie du ja sehen kannst. So wird zukünftig ausreichend Platz vorhanden sein, um andere mitzunehmen!", sagte Spitzer zu seiner Gefährtin.

„Sogar der Bär würde jetzt darauf passen!", meinte Pepe´leoh und schüttelte sich, da er vermutlich daran dachte, wie dieser ihn verfolgt und abgeschleckt hatte.

„Das könnte wirklich gehen. Ach ja, wir haben auch einen Kippschnabel und einen Floßgleiter angebaut. Diese Idee hatten Koko-Liko und Tütelütü! Bis wir aber mit allem fertig sind, haben wir noch genug zu tun, also lasst uns mal anfangen!", rief Spitzer sie zur Arbeit auf. Als er Leinia den Kippschnabel zeigte, erklärte er: „Wir haben ein langes, flaches Stück Holz durch die Floßmitte geschoben, sodass es bis ins Wasser hineinreicht. Es soll verhindern, dass unser Gefährt umkippt, wenn sich Wind im Floßgleiter fängt!"

„Den Floßgleiter haben wir aus starken Blättern gefertigt, die dein Gefährte und ich mit Pflanzenfasern verbanden, um alles anschließend an diesem kräftigen Ast hier anzubringen", beschrieb Koko-Liko ihr gemeinsames Wirken. Die Idee dazu war ihnen ursprünglich gekommen, als sie noch vor Kurzem mit den Blaumeisen das Stockgleiten spaßiger gestalten wollten.

„Der Floßgleiter wird nun das Gefährt mit der Kraft des Windes bewegen, genau wie beim Fliegen – nur dass wir hier keine Flügel dafür brauchen!", klärte nun die Ente Leinia vertraulich auf.

„Das war wirklich eine gute Idee von euch! Wenn sie funktioniert, brauchen wir das Floß zukünftig nicht mehr zu ziehen!", sagte Leinia, an Koko-Liko und Tütelütü gewandt. Die Ente schaute sie daraufhin missfallend mit ihrem blauen Auge an.

Der Kea hatte gerade seinen Schnabel geöffnet, um etwas dazu zu sagen, da brach es auch schon aus der Ente hervor:

„Warum sollte es denn nicht funktionieren? Ich habe den Wissenswichteln schon oft genug zugesehen. Koko-Liko ist nicht nur ihr Küken, er versteht außerdem, genau wie ich, eine ganze Menge von Wasser und von Luft – was natürlich auch für Federn gilt!"

„Du hast selbstverständlich recht, natürlich wird es funktionieren. Ich meinte vielmehr, dass wir alles fertig haben müssen, bevor wir es ausprobieren können", versuchte Leinia die aufgebrachte Ente ein wenig zu besänftigen. Sie fragte sich gleichzeitig im Stillen, was dies alles denn mit Federn zu tun hätte und seit wann der Kea ein Küken war.

Tütelütü öffnete daraufhin wieder beide Augen, nickte befriedigt und lauschte dem, was nun gemacht werden sollte. Floßbauen schien sie zu interessieren – etwas, was wirklich nicht allzu oft bei ihr vorkam!

Nachdem sie Leinia die Neuerungen gezeigt hatten, fertigten alle gemeinsam Stöcke an, die das Floß bei Windstille bewegen sollten. Das Holzhasenohr, mit dem Pinselohr und Schnuddel den Schildkrötenpanzer bewegt hatten, war hierzu ungeeignet. Wieder kamen der Kea und die Ente darauf, etwas Besonderes dafür zu bauen.

Es war ein langer Stock, dessen Ende einem Ruderfuß ähnelte, weshalb er auch fortan bei ihnen ‚Ruderstock‘ genannt wurde, und Tütelütü demonstrierte allen bereitwillig, wie sie sich das vorstellten. Sie schloss dazu das rote Auge, neigte den Kopf zur Seite und öffnete ihren Schnabel ein wenig. Vor den Freunden, welche die Ruderstöcke fertigten, hob sie ihren Ruderfuß in die Höhe, damit diese möglichst ähnliche Abbilder von ihrer Vorlage schaffen konnten. Nachdem diese zur Zufriedenheit aller fertiggestellt waren, besorgten sie sich Pflanzenfasern. Mit einigen wurden verschiedenste Dinge festgebunden und andere wurden einfach zusammengelegt, um sie bei Bedarf in Reichweite zu haben!

Während alle eifrig arbeiteten, erschienen Armana und Bickamuck. Sie sahen beide so aus, als hätten sie nicht sehr viel Schlaf bekommen, aber zumindest hatten sie gegessen, wie sie sagten. Die beiden ließen sich die durchgeführten Arbeiten ebenfalls erklären und schauten sich alles ganz genau an. Bickamuck legte Stolz den Flügel auf den Rücken seines Sohnes, als er von dessen Mitarbeit erfuhr. Dann machten sie noch den einen oder anderen Verbesserungsvorschlag, der auch sogleich umgesetzt wurde.

Tütelütü hockte neben den Ruderstöcken und hatte nun ihren wissenschaftlichen Blick aufgesetzt. Dazu hielt sie einen Fuß in die Höhe, vermutlich um auf die Ähnlichkeit hinzuweisen. Die beiden Keas schenkten ihr jedoch kaum Beachtung, grüßten sie nur und hüpften dann an ihr vorbei. So setzte die Ente wieder ihren normalen Blick auf, während sie ihnen watschelnd folgte.

„Eine sehr gute Arbeit! Aber ihr solltet noch einen Richtungsänderer anbauen!", schlug Bickamuck vor, woraufhin Tütelütü schnabelschüttelnd umherschaute – ganz so, als hätte sie das auch schon mehrmals sagen müssen.

„Verzeiht meine Unwissenheit, Ehrenwerter, doch mir ist dieser Ausdruck nicht geläufig. Sicher ist er ungemein trefflich, doch würde ich gerne das ausgedörrte Gefäß meiner Vorstellungskraft mit Wissen füllen! Wäre es dir eventuell möglich, mich an deiner Weisheit teilhaben zu lassen und mir zu erläutern, was ‚Richtungsänderer‘ bedeutet?", fragte Schnuddel den Kea.

Und wieder übersetzte Pinselohr automatisch für den Pfeifhasen: „Schnuddel würde gerne wissen, was das ist."

„Ich habe auch keine Ahnung, um welche Schlauwichtelei es sich dabei schon wieder handelt!", entgegnete Pepe'leoh darauf ratlos.

„Nun, hochgeschätzter Schnuddel, der Richtungsänderer besteht aus einem sehr flachen Holz, welches sich im Wasser befindet. Dieses wird an einem Stock angebracht, dessen anderes Ende auf dem Floß fixiert wird. Durch Bewegen des Stockes verändert sich dann die Lage des flachen Holzes, was wiederum dazu führt, dass das Floß eine andere Richtung einschlägt!", erläuterte Bickamuck hilfsbereit.

Armana, die noch einigen leeren Blicken begegnete, fügte ergänzend hinzu: „Er ist ungefähr wie der Bürzel von Tütelütü: Wird er in eine Richtung im Wasser geschwenkt, bewegt sie sich in die andere!"

Tütelütü verstand sofort, was Armana damit meinte, weshalb sie es auch sogleich allen hilfsbereit demonstrierte. Sie schloss das rote Auge, legte den Kopf schräg und watschelte mit halb geöffnetem Schnabel vorwärts. Dann drückte sie den Bürzel in eine Richtung und ging in die andere. Dies wiederholte sie einige Male, bis sie sich sicher sein konnte, dass es auch jeder verstanden hatte. Dann sagte sie:

„Ihr seht, es ist wirklich ganz einfach, genau wie es die Wissenswichtel gerade gesagt haben. Nun sollten wir auch die Pause wieder beenden, lasst uns weiterarbeiten, bevor die Nacht bei uns eintrifft!"

Es war zwar erst Morgen, trotzdem begannen alle umgehend mit dem

Bau des Richtungsänderers, wozu der plötzlich auftretende üble Geruch sicherlich erheblich beitrug!

Kurz bevor die Sonne den höchsten Punkt des Tages erreichte, waren sie mit den Arbeiten fertig geworden und schauten sich nun zufrieden ihr Werk an.

„Wir sollten es jetzt ausprobieren! Ich meine, ob auch wirklich alles so funktioniert, wie wir uns das gedacht haben. Außerdem bekomme ich langsam schon wieder Hunger und es ist bestimmt spaßig, auf dem Floß gemeinsam zu essen!", sagte Koko-Liko. Und da alle seine Meinung teilten, schwärmten sie aus, um sich Nahrungsmittel zu besorgen, die sie dann später auf dem Floß verzehren wollten. Sowohl die Keas als auch Schnuddel hatten sich Obst besorgt, nachdem Armana den Grünspecht davon überzeugen konnte, dass es keine gute Idee wäre, krabbelnde Ameisen mit auf das Floß zu nehmen!

Tütelütü besorgte sich dagegen ein Blatt vom Uferrand. Dort schwammen mehrere Blätter herum und sie schnappte sich eines mit ihrem Schnabel, legte den Kopf in den Nacken, schloss ihr blaues Auge und lutschte konzentriert daran herum. Dann spuckte sie es wieder in den See und nahm sich das Nächste vor! Zwar bevorzugte sie es, bei der Nahrungssuche mit geöffnetem Schnabel über den See zu schwimmen, jedoch wäre das ohne Federn zu gefährlich für sie geworden! Aber diese Methode schien auch zum Erfolg zu führen, denn nach einer Weile kam sie mit einem Blatt zurück, welches ihren Anforderungen zu genügen schien. Es befand sich in ihrem Schnabel und baumelte bei jedem Schritt tropfend hin und her.

Pinselohr hatte mal wieder irgendwelche Pilze aufgetrieben und Pepe´leoh eine Auswahl an verschiedenen Kräutern, unter denen sich auch eine Butterblume befand. Die Biber brachten einige Äste mit, obwohl sie später jederzeit vom Floß ins Wasser springen konnten, um sich Nahrung zu besorgen.

Als sie sich auf dem Floß befanden und alles verstaut war, löste Spitzer die Haltefaser. Leinia rollte sodann das Blatt, oder den Floßgleiter, unter dem prüfenden Blick der Ente aus, während Koko-Liko zu dem Richtungsänderer hüpfte. Spitzer begab sich sodann zu Leinia, drehte den Blattgleiter in den Wind, woraufhin sich das Gefährt wie von Wichtelhand bewegte.

„Na also, geht doch – genau wie ich es gesagt habe!", meldete sich eine höchst zufriedene Tütelütü zu Wort.

Nach einer Weile begann der junge Kea sich schon an dem Richtungsänderer zu langweilen. Fälschlicherweise hatte er sich diese Arbeit um einiges aufregender vorgestellt, als sie tatsächlich war. Seine Kralle umschloss das Holz, bewegte dieses manchmal ein kleines Stück, und das war es auch schon. Gelangweilt schaute er umher, bis sein Blick auf Schnuddel traf, und eine Idee begann in ihm zu keimen. Er bat den Grünspecht zu sich und sagte dann listig:

„Ich glaube, das ist mir hier zu viel Verantwortung! Mit einer kleinen Bewegung dieses Stockes verändere ich direkt die Richtung des gesamten Floßes – und somit auch die aller, die sich darauf befinden. Was ist, wenn ich unaufmerksam werde und etwas Wichtiges übersehe?"

Schnuddel hatte ihm aufmerksam zugehört und während er zu seinen Worten nickte, wuchs eine Idee in ihm heran. Ihm war es schon nach kurzer Zeit langweilig geworden, nur verantwortungslos in der Gegend herumzuschauen. So richtete er sich noch ein Stück weiter auf und sagte verständnisvoll zu dem jungen Kea:

„In der Tat! Das scheint mir auch zu viel Verantwortung für einen jungen Recken zu sein! Einem so frischen Geist sollte man nicht eine dermaßen schwere Last aufbürden, da dieser durchaus daran zerbrechen könnte! Wenn es dich nicht zu sehr beschämen sollte, würde ich dir gerne dieses Gewicht abnehmen und die Gemeinschaft an deiner statt sicher durch die Unwägbarkeiten der Natur steuern! Dieser hehren Aufgabe bedarf es eindeutig eines erfahrenen Streiters, wenngleich dein heldenhafter Mut höchsten Respekt verdient!", antwortete ihm der Grünspecht. Danach tauschten sie freudig die Plätze und Stechbert von Schnuddel stellte sich mit durchgedrücktem Rücken an den Richtungsänderer, während sich sein Schnabel aufmerksam von einer Seite zur anderen bewegte.

Koko-Liko sah ihm noch einen Moment dabei zu, hüpfte dann langsam und auch erleichtert nach vorne, wo sich bereits Tütelütü befand. Er hockte sich neben sie und gemeinsam ließen sie sich den Wind zufrieden um ihre Schnäbel wehen.

Als sich ihr Gefährt ungefähr auf der Mitte des Sees befand, rollten die Biber den Floßgleiter zusammen und banden eine Ranke um ihn, damit er sich nicht wieder selbstständig entrollen konnte. Nachdem dieses geschafft war, versammelten sich alle und begannen, die mitgebrachten Sachen zu verspeisen. Nur Schnuddel blieb bei dem Richtungsänderer und aß dort, da er ja schließlich die Verantwortung übernommen hatte, welche er selbstverständlich wie immer äußerst ernst nahm!

Die Sonne schien wärmend vom blauen Himmel auf sie herab, während das Floß sanft vom Wasser geschaukelt wurde. Alle genossen es, entspannt herumzuhocken, und sogar Tütelütü klagte mal zur Abwechslung nicht über den Verlust ihres Federkleides.

Das sanfte Schaukeln brachte den Grünspecht mal wieder dazu, seine Gefühle in feierliche Worte zu kleiden, die auch umgehend seinem Schnabel entschlüpften:

„Verehrte Freunde, es ist mir wahrlich ein Hochvergnügen, mit euch meine Zeit verbringen zu dürfen! Hier im Regenbogensee sammelt sich alles Wasser, bevor es sich in ein neues Wagnis begeben darf, wie auch wir uns hier versammelt haben und unserer Freunde harren, auf dass das einmal begonnene Abenteuer erfolgreich fortgesetzt werde. Aus diesem Grunde flehe ich inständig zu dem Schicksalswichtel, dass der Tag des sehnsuchtsvoll erwarteten Wiedersehens für uns nicht in unerreichbarer Ferne liegen möge!"

Zunächst herrschte nach diesen Worten eine nachdenkliche Stille, welche dann jedoch durch die laute Zustimmung aller abgelöst wurde. Pinselohr flüsterte die Kurzfassung der Ansprache Pepe´leoh zu, der mal wieder nicht allzu viel verstanden hatte:

„Er hofft, dass der Schicksalswichtel sich etwas beeilt, damit unsere Freunde schnell wieder bei uns sind!"

Pepe´leoh pfiff einmal kurz, hoppelte zu Schnuddel hinüber und legte ihm seine Pfote auf die Klaue:

„Das wünsche ich mir auch, mit jeder Faser meines Körpers!"

Nach einem Moment der schweigenden Übereinstimmung hoppelte er wieder zurück zu Pinselohr und der Grünspecht bewegte erneut wachsam den Kopf von einer Seite zur anderen. Lediglich das leise Klappern seines Schnabels verriet den anderen, wie gerührt er war!

Nachdem alle gegessen und noch ein wenig zusammengehockt hatten, war es nun wieder an der Zeit, zurückzukehren. Sie hatten sich dem westlichen Seeufer ziemlich angenähert, weshalb die beiden Biber jetzt erneut den Floßgleiter entrollten und ihn in den Wind drehten. Schnell nahm das Floß Fahrt auf, während es in Sichtweite des Ufers in südliche Richtung über den Regenbogensee glitt. Tütelütü und Koko-Liko nahmen erneut ihre Positionen ganz vorne auf dem Floß ein, wo der Wind mit den Federn des Keas und mit der einen am Bürzel der Ente spielte. Tütelütü hatte gerade ihre Kiwischale gewaschen und sich diese wieder tropfnass auf den Kopf gestülpt.

„Da ist jemand am Ufer und winkt uns zu! Huhu! Juhu! Hier sind wir!", brüllte plötzlich Tütelütü und hüpfte so, als wäre sie vom wilden Ranzenkrebs befallen, sodass die Freunde schon Angst bekamen, die Zwergente würde noch vor lauter Begeisterung ins Wasser fallen. Sie hatte ja schließlich noch keine Federn und der Rest des Blattes, welches ihr aus dem Schnabel hing, würde ihr dann auch nicht helfen können!

Alle blickten nun ebenfalls in die Richtung, in welche Tütelütü brüllte. Dort sahen sie eine kleine, stachelige Gestalt winkend am Ufer stehen, welche zum Floß hinüberzuschauen schien!

20. Hinterhalt und Hüte

„Wo bin ich? Was ist passiert? Wo ist Gotondro? Warum sitzt du auf mir? Wer ist das?", fragte der gerade erwachende Hornrich den auf seinem Bauch hockenden Onkel Butterschnabel und schaute gleichzeitig Chismu an.

„Dazu später! Wie geht es dir? Hast du Schmerzen? Kannst du schon aufstehen?", wollte der Angesprochene von dem Steinbock wissen, während er auf den Kopf des Kattas flatterte, um ihn von dort aus zu beobachten.

Hornrich verdaute zunächst die Fragen der Kohlmeise und horchte dann in sich hinein. Daraufhin schüttelte er einige Male seinen Kopf, wobei er laut prustete und sich herumwälzte. Der Steinbock hockte sich auf seine eingeknickten Beine, verharrte so erneut, bevor er entschieden brüllte und auf seine Hufe sprang. So stand er einen Moment schwankend und machte dann einige zaghafte, torkelnde Schritte, die aber schnell sicherer wurden. Schließlich blieb er grinsend vor den beiden stehen und sagte:

„Hallo zusammen, schön, euch zu sehen! Es geht mir gut – bis auf leichte Kopfschmerzen."

Sogleich stellte sich der Katta bei Hornrich vor: „Mein Name ist Chismu und zu meinem Bedauern bin ich auch der Grund dafür, warum wir uns hier befinden und dir dein Kopf schmerzt! Das tut mir wirklich leid! Ich wurde mit einem Bananenblatt von ganz weit oben herabgeweht, vom Tafelberg. Dieser launische Wind hat mich den Lupa entlang gepustet, bis ich dich schließlich hier von dem Baumstamm fegte. Das Wasser hat sowohl uns als auch das Bananenblatt mitgenommen, bis der gierige Strudel alles einfing und hier herabgezogen hat. Es tut mir wirklich leid und ich werde alles machen, damit du hier wieder heil herauskommst! Kann ich vielleicht bis dahin irgendetwas für dich tun?", fragte der Katta mit zerknirschtem Gesichtsausdruck. Hornrich schaute ihn daraufhin scharf an und stieß ein markerschütterndes Röhren aus!

„Du warst das, du hast mich ins Wasser geworfen? Du bist der Grund dafür, warum wir hier sind?", er kam bedrohlich einen Schritt näher auf den Katta zu, sodass er ihn schon fast mit seiner Schnauze berührte. Sowohl Chismu als auch Onkel Butterschnabel wichen vor seinem Zorn ein Stück zurück, soweit es in der Enge der Strudelmitte ging, und blickten ihn irritiert an. Plötzlich durchlief den Steinbock eine Veränderung und er begann schallend zu lachen:

„Sehr mutig seid ihr beide offensichtlich nicht, aber zu eurer Ehrenrettung muss ich sagen, dass es mir vermutlich ähnlich gegangen wäre.

Nichtsdestotrotz war die Situation gerade einfach zu verlockend für mich!", freute er sich. „Aber mal ganz im Ernst, jedem hätte es so wie dir ergehen können – also zumindest jedem, der sich blindlings mit einem Bananenblatt von einem hohen Berg herabstürzt. Wenigstens befinde ich mich in guter Gesellschaft, falls wir hier nicht mehr herauskommen sollten!"

Onkel Butterschnabel wechselte nun wieder zu Hornrich, ließ sich zwischen seinen Hörnern nieder und pickte ihn dort leicht mit dem Schnabel:

„Sehr lustig, du hornige Lurchzunge, ich habe mir vor Angst fast die Federn nass gemacht. Das nächste Mal picke ich deinen Kopf auf und schiebe dein Gehirn mit meinen Krallen wieder an die richtige Stelle!", sagte er etwas säuerlich, da er wirklich gedacht hatte, Hornrich wäre wütend auf sie gewesen. Da aber das Lachen des Steinbockes ziemlich ansteckend wirkte, mussten auch die beiden mit einstimmen.

„Soll ich dir das Bündel von deinem Rücken lösen? Es ist doch sicherlich nicht sehr bequem damit. Oder hast du vielleicht Hunger? – Einen Augenblick! Ich glaube, ich habe eine gute Idee!" Ohne eine Antwort abzuwarten, flitzte der Katta auf den Baum zu und einen Moment später hockte er bereits in dessen Astgabel. Darin richtete er sich auf, zerrte an einer herabhängenden dunklen Frucht, bis diese sich schließlich löste, und kletterte mit ihr wieder schnell zu ihnen herab. Dort öffnete er die Schale und löste mit seinen geschickten Fingern das Fruchtfleisch heraus. Er bot es Hornrich an, der zunächst nur vorsichtig mit seiner Zungenspitze daran leckte. Einen Moment darauf hatte er das Fruchtfleisch jedoch bereits mit seinen Lippen aus den Händen des Lemuren gerupft. Genüsslich kaute er darauf herum und schluckte es schließlich hörbar herunter.

„Das war lecker!", rief er aus und sagte dann zu Chismu gewandt: „Ja, es wäre nett, wenn du mir das Bündel von meinem Rücken abmachen könntest – und ja, ich habe noch Hunger. Wenn du mir noch so ein Johannding abmachst, könnte ich dir möglicherweise verzeihen, dass du mich ins Wasser geworfen hast!", meinte Hornrich grinsend und Chismu entgegnete ihm lachend:

„Der Baum heißt Johannisbrotbaum, aber wie man die Frucht nennt, kann ich dir leider nicht sagen – ich denke, daher wird Johannding schon in Ordnung sein!" Doch bevor der Katta ihm noch ein Johannding besorgte, löste er geschickt die Schnüre des Bündels, welches sich noch immer auf dem Rücken des Steinbockes befand. Er schubste es zu Boden, wo es auf dem Bananenblatt zum Liegen kam, während das getrocknete Gras, welches sich darin befand, herausrutschte. „Das sieht aber auch lecker aus, möchtest du nicht vielleicht lieber das essen? Wer weiß, möglicherweise hält dich das ja von weiterem Unfug ab?", fragte er Hornrich grinsend.

Doch dieser schüttelte nur energisch seinen Kopf, weshalb Chismu nochmals auf den Baum huschte und in schneller Folge weitere Früchte nach unten auf den Boden warf. Als sich dort eine ausreichende Menge befand, kletterte er hinterher und begann, deren Fruchtfleisch freizulegen. Sobald er dieses auf dem Boden ausgebreitet hatte, näherte sich Hornrich und begann, alles methodisch zu verspeisen. Onkel Butterschnabel war jedoch nicht bereit dazu, dem Steinbock alles zu überlassen, weshalb er sich schnell ein kleineres Stück der Frucht krallte und es in sicherer Entfernung schmatzend aufzupicken begann!

Das letzte Stück schob sich der Katta selber in den Mund und Onkel Butterschnabel kehrte zurück auf den Kopf des Steinbockes. Von dort aus schaute er ihm nachdenklich in die Augen und fragte erstaunt:

„Was ist eigentlich mit dir geschehen? Du redest ja wieder ganz normal, ich meine, nicht mehr so verdreht wie sonst – wenn du weißt, was ich meine?"

Hornrich stutzte einen Moment, schloss seine Augen, um sie wenige Momente später wieder mit einem Strahlen zu öffnen.

„Er ist weg! Der Sturz hat den Wirrniswichtel in die Flucht getrieben! Ich kann endlich wieder das aussprechen, was ich denke!", freute sich Hornrich und drehte sich dazu ausgelassen um sich selber, während Onkel Butterschnabel darum kämpfte, nicht von seinem Kopf geschleudert zu werden!

Arle hatte unterdessen wieder das bewaldete Gebiet erreicht und sah die Rabenvögel wie zuvor im Kreis um die Baumstämme herumfliegen. Sie wickelten weitere Lianen von ihnen ab, während Gego, der auf Gotondros Geweih hockte, und Windfuß, der neben ihm stand, die Vögel bei ihrem Wirken beobachteten. Arle flog zu ihnen hinüber und nahm ebenfalls auf Gotondros Geweih Platz.

„Du hast dir aber Zeit gelassen! Warst du noch auf einem Abstecher im Wolkenschnabelgebirge?", wollte Gego mit amüsiertem Piepen von seiner Gefährtin erfahren, doch sie schien ihm gar nicht zugehört zu haben.

„Die Zwillinge sind nicht mehr am Heimbaum, glaube ich!", platzte es aus ihr hervor und sofort wurde Gego ernst, während er sie fragend anblickte. „Im Wegfliegen habe ich noch mitbekommen, dass Chismu unserem Onkel etwas von Blattgleiten und Kralle erzählt hat. Der Katta kam doch vom Tafelberg herab, dann kann er sie doch auch nur da oben gesehen haben, oder nicht?", wollte sie in fahrigem Tonfall von ihm wissen.

„Nicht zwangsläufig. Ohne dass wir den Zusammenhang kennen, kann das alles Mögliche bedeuten!", versuchte Gego sie zu beruhigen. „Wenn wir nachher wieder bei Chismu sind, werden wir ihn fragen, was er damit gemeint hat. Wie sollten denn die Zwillinge überhaupt auf den Tafelberg gelangt sein? Sie sind doch noch so klein. Außerdem passen die anderen bestimmt gut auf sie auf! Und wenn sich unsere Racker tatsächlich auf dem Plateau befinden, werden wir das schon noch früh genug herausfinden und uns dann gemeinsam in Ruhe überlegen, was wir unternehmen. Im Moment können wir sowieso nichts machen und wir sollten uns besser darauf konzentrieren, Hornrich aus seiner Misere zu befreien", meinte Gego. Doch es hätte niemand mit Gewissheit zu sagen vermocht, ob er Arle oder sich selbst damit beruhigen wollte!

Genau in diesem Moment fiel die erste Ranke den Baum hinab und nur Augenblicke später landete Hakeka schwankend neben ihr. Dann fiel Jaeos Ranke herab und die von Bickabolo folgte ihr unverzüglich. Die beiden hockten sich nicht minder schwankend neben Hakeka und warteten mit ihr gemeinsam darauf, dass sich ihr Schwindelgefühl wieder legte. Nach einer Weile, als sich nicht mehr alles um die drei drehte, begannen sie damit, die Pflanzenfasern wieder auf die Geweihe der Steinböcke zu wickeln. Nachdem sie auch diese zum Ufer gebracht und auf dem Boden in Schlangenlinien ausgelegt hatten, kehrten sie um, holten die letzten beiden Ranken, die sie dann ebenfalls zu den anderen brachten.

Nun wickelten sie das Ende einer Liane mehrmals um den Ast, an welchem schon die erste befestigt worden war, und ließen es bis auf den Boden herabhängen. Als die Steinböcke wieder einen Felsen daraufgeschoben hatten, flatterte Arle in die Astgabel, um die Lianen zu überwachen, während Gego zu Chismu flog, damit dieser sich schon bereithielt.

Nun verfuhren die Rabenvögel genau wie bei der ersten Pflanzenfaser und der Katta nahm auch diese in der Strudelmitte in Empfang. Nachdem sie von ihm am Johannisbrotbaum verknotet worden war, sagte Chismu: „Ich hoffe, dass mich das aushalten wird, aber das bringt uns leider auch nicht weiter!" Er kletterte, ohne noch weitere Worte zu verlieren, beherzt auf die Pflanzenfasern und hüpfte einige Male auf ihnen herum. Da sie hielten, begann er nun, sich vorsichtig und auf allen vieren ans Ufer zu bewegen. Diese Art der Fortbewegung war deshalb notwendig, damit er nicht ins Wasser stürzte, wenn die Lianen auf einmal beschlossen, verschiedene Richtungen einzuschlagen.

Die Rabenvögel begleiteten ihn in der Luft, um möglicherweise eingreifen zu können, und Gego wachte über die Befestigung, wie Arle es auf der gegenüberliegenden Seite ebenfalls tat. Zu ihrem Glück löste sich nichts und der Katta kam wohlbehalten am Ufer an. Dort stellte er sich zunächst Gotondro und Windfuß förmlich vor, ehe er zu Arle in die Höhe kletterte. Hier nahm er eine Pflanzenfaser fest in seine Hände und bat dann Windfuß, den Stein wegzurollen, der als Beschwerung diente. In Windeseile hatte Chismu das Ende der Liane noch einige Male um den Ast gewickelt und verknotet. Mit der anderen Faser verfuhr er auf die gleiche Weise. Nun sprang er wieder auf ihr herum, um deren Festigkeit zu prüfen, und bat Arle, sie möge weiterhin die Haltbarkeit dieser Verbindung überwachen.

„War es das jetzt, Hutmacher?", wollte Bickabolo von dem Katta erfahren, als dieser sich wieder auf dem Boden befand.

„Noch nicht ganz, fürchte ich. Ich glaube, es wird besser sein, noch zwei weitere Lianen zu ziehen. Hornrich ist ja keine Feder und er soll nicht schon wieder ins Wasser stürzen! Doch zuvor muss ich die bereits gespannten Lianen miteinander verbinden, damit sie nicht auseinandergehen können!", erklärte er und begab sich zu einer Pflanzenfaser, die lose auf dem Boden lag.

Unter den aufmerksamen Blicken des Nacktschnabelhähers nahm er eine davon auf und hielt sie Windfuß hin:

„Kannst du das für mich mal schnell durchnagen? Du hast dafür die geeigneteren Zähne!", bat er ihn.

Schnell hatte der Steinbock die Liane durchtrennt und der Katta kletterte wieder auf die Ranken, die er jetzt damit verknotete. Versuchsweise wackelte er daran und stellte sich dann auf seine Konstruktion. Sie hielt ihn aus und so bat er die beiden Steinböcke, ihm noch mehrere davon in ungefähr der gleichen Länge abzutrennen. Die Rabenvögel brachten sie ihm, während er sich über die Pflanzenfasern weiter zur Strudelmitte bewegte. Ab und an blieb er stehen, verknotete damit die parallel verlaufenden Lianen, bis er schließlich den Johannisbrotbaum heil erreichte.

Dort lachte er laut auf und umgehend kamen die Rabenvögel neugierig angeflogen, die sogleich belustigt flöteten.

„Bist du jetzt auch zu einem Katta geworden?", wollte Hakeka von Hornrich erfahren, der sich zusammen mit Gego und Onkel Butterschnabel bereits in der Astgabel unterhalb der Baumkrone befand.

„Nur weil ich sonst nicht auf Bäume klettere, heißt das doch nicht, dass ich das nicht kann! Vor einiger Zeit habe ich am Papo Ziegen dabei beobachtet, wie sie das machten, um an die jungen Blätter und Triebe heranzukommen. Da dachte ich so bei mir, dass ich das bestimmt auch können würde, und habe dann so lange geübt, bis es mir schließlich gelang!", entgegnete der Steinbock stolz.

„Das erleichtert jetzt vieles!", meinte Chismu daraufhin. „Ich habe mir schon die ganze Zeit Gedanken darüber gemacht, wie wir dich hier hochbekommen, ohne zu wissen, dass das überhaupt kein Problem darstellt! Aber begib dich trotzdem noch nicht auf die Lianen, da ich nicht weiß, ob sie dich tragen werden. Ich möchte nicht schon wieder schuld daran sein, dass du unverhofft ein Bad nehmen musst!", klärte der Katta ihn auf.

Nachdem Hornrich ihm versichert hatte, dass er nichts dergleichen vorhabe, bewegte sich der Katta wieder auf die andere Seite – natürlich erst, nachdem er zuvor die Festigkeit der Lianen erneut geprüft hatte! Mittlerweile konnte er darauf schon relativ schnell laufen. Die Rabenvögel folgten ihm in der Luft, nur Bickabolo hatte beschlossen, auf den Lianen zurückzuhüpfen. Dies tat er wahrscheinlich weniger, um deren Belastbarkeit zu prüfen, sondern weil ihm das Wackeln einfach Freude bereitete.

Als der Katta bei Arle angelangt war, brachten ihm die Rabenvögel sogleich die beiden Enden der noch auf dem Gras liegenden Lianen nach oben. Umgehend verknotete er sie an demselben Ast, an dem auch bereits die anderen befestigt worden waren. Sodann flitzte er wieder zur Strudelmitte und die Rabenvögel erhoben sich mit den letzten beiden Lianen in die Lüfte, um sie dem wartenden Katta zu bringen. Nachdem Chismu auch diese befestigt und mit den anderen verbunden hatte, testete er nochmals deren Belastbarkeit.

„Du kannst jetzt hinüberwechseln, es wird dich aushalten, obwohl du so schwer bist. Pass bitte nur auf, dass du dich nicht verläufst oder nass machst!", sagte er zu dem wartenden Hornrich. Dieser schaute ihn an, kam noch ein Stück näher mit seinem Kopf an den Katta heran und leckte ihm blitzschnell über sein Gesicht. Sodann sprang er mit einem Hüpfer leichtfüßig auf den für ihn gemachten Überweg und wechselte lachend auf das andere Flussufer.

Unter dem erfreuten Zwitschern von Arle sprang er hinab auf den Boden, wo er grölend von Gotondro und Windfuß begrüßt wurde, während auch die Rabenvögel einschwebten.

„Jetzt habe ich aber richtigen Hunger. Während wir auf deine Rettung gewartet haben, konnten wir nur hin und wieder an einem Halm zupfen!", sagte Gotondro.

„Wir hatten da schon mehr Glück. Chismu hat uns von dem Johannisbrotbaum Früchte abgemacht, die recht lecker geschmeckt haben. Auch Gras wuchs dort, aber ich habe mich lieber den Johannisdingern gewidmet und es war ja auch nicht so, dass ich dort anderes hätte tun können. Trotzdem lehne ich natürlich eine leckere Kleinigkeit nie ab", meinte Hornrich darauf.

„Ich kann ja noch einige Früchte herüberbringen, wenn mir jemand dabei hilft!", schlug Chismu vor und sofort meldeten sich alle drei Rabenvögel. Gemeinsam holten sie einige Johannisdinger herüber, während die anderen nachsahen, was ihnen die Umgebung noch zu bieten hatte. Nachdem sich ausreichend Früchte auf dem Gras befanden, löste Chismu erneut das Fruchtfleisch aus ihnen heraus und legte es zu den Beeren, die direkt neben dort wurzelnden Kräutern aufgehäuft worden waren.

„Die schmecken ziemlich gut und die springen dich auch nicht an!", sagte Hornrich glucksend zu Bickabolo, der die Früchte äußerst misstrauisch beäugte, ganz so, als wollten sie sich jeden Moment auf ihn stürzen. Daraufhin pickte der Nacktschnabelhäher zaghaft in die Frucht, schluckte, pickte erneut in sie hinein und merkte mit vollem Schnabel an:

„Nicht schlecht, gar nicht schlecht! Auf dem Rabenhorn wachsen die nicht, wir sollten vielleicht dort einige dieser Samen vergraben. Ich bin der festen Überzeugung, dass man beim Essen gar nicht genug Auswahl haben kann!"

Während er sprach, hatte sich Hakekas vorwurfsvoller Blick an ihn geheftet, da aus seinem Schnabel einige Fruchtstückchen zu ihr hinübergeflogen waren. Doch er schien das nicht zu bemerken – oder wollte es vielleicht auch nur nicht bemerken. Großmütig schaute seine Gefährtin darüber hinweg und begann, wie alle anderen, die ausliegenden Nahrungsmittel methodisch zu dezimieren. Mit Ausnahme von klappernden Schnäbeln und kauenden Kiefern war eine ganze Zeit lang kein anderes Geräusch mehr zu hören. Nachdem alle gesättigt waren, genossen sie, noch ein wenig träge, die Strahlen der warm auf sie herabscheinenden Sonne.

Gotondro hatte, aufmerksam wie er war, ebenfalls bemerkt, dass der Wirrniswichtel Hornrich verlassen hatte und freute sich nun mit den anderen für den Steinbock. Chismu hatte unterdessen einige längere, trockene Halme ausgezupft und verknotete diese immer wieder. Alle schauten dem Lemuren dabei fasziniert zu und nach einer Weile wuchs daraus ein merkwürdiger runder Gegenstand, den er immer wieder in seinen Händen drehte.

„Was wird das denn?", wollte Windfuß von ihm wissen.

„Ach, nur ein Hut! Mein alter ist mir ja während des Fluges vom Kopf geweht worden und ohne fehlt mir einfach etwas. Mal ganz abgesehen davon, dass ich es nicht mag, dass mir die Sonne ständig in die Augen scheint!", antwortete er. Auch wenn keiner der Freunde so genau wusste, was ein Hut war, ließen sie ihn trotzdem gewähren und begnügten sich damit, seinen geschickten Fingern zuzusehen. Als das Gebilde fertig war, schaute der Lemure es sich gründlich von allen Seiten an und setzte es sich auf den Kopf. Dann nahm er es wieder ab und meinte:

„Da fehlt noch eine Kleinigkeit!"

Rasch machte er in dessen umlaufenden Rand ein Loch und wiederholte dies auf der gegenüberliegenden Seite. Jetzt setzte er sich den Hut erneut auf und die Freunde sahen, dass die Löcher sich nun genau über den Höröffnungen des Kattas befanden. „Seht ihr, das ist ein ganz einfacher Strohhut. Dadurch brennt mir nicht ständig die Sonne auf den Kopf – und wenn es regnet, wird mein Fell dort auch nicht so nass! Obendrein bin ich ja noch ein berühmter Hutmacher, der nicht nur angeben kann!", fügte er augenzwinkernd hinzu.

„Das mit dem Hut hört sich nicht schlecht an. Schade, dass ich so lange Hörner habe, sonst würde ich mir auch überlegen, einen zu tragen. Wie bist du überhaupt darauf gekommen, so etwas zu machen?", fragte Gotondro.

„Vor längerem sah ich oben auf dem Plateau einen Entenschwarm, der dort auf dem Wasser landete und diese Vögel hatten Kopffedern, die einem Hut ähnelten. Ich befand mich damals auf der Suche und hatte daher viel Zeit – vor allem, um neue Sachen auszuprobieren!", meinte der Katta und hielt einen Moment inne, weil er vermutlich an diese Zeit zurückdachte. „Also mit anderen Worten: Ich hatte nichts zu tun und langweilte mich fürchterlich!", fuhr er lachend fort. „Ich habe dann versucht, ihre Kopffedern aus Stroh nachzumachen, was mir nach mehreren Versuchen auch gelang. Etwas später war ich förmlich besessen von Hüten und machte unzählige davon, in allen verschiedenen Variationen. Viele Plateaubewohner kamen zu mir, damit ich ihnen einen machte, und ihr könnt mir glauben, da war manche Herausforderung dabei!" Jetzt zupfte Chismu erneut einige lange Halme aus und flocht daraus einen weiteren Hut. Nachdem der fertig war, hielt er ihn an Gotondros Kopf und machte seitlich noch zwei Aussparungen für seine Hörner hinein. Er hatte die ungefähre Form einer Banane mit einer kleinen Terrasse an der Vorderseite. „Darf ich ihn dir aufsetzen?", fragte er den Steinbock, der damit sofort einverstanden war.

„Das ist ja toll! So blendet mich die tiefstehende Sonne gar nicht mehr und Luft kommt auch noch genug darunter. Ich danke dir!", sagte der Steinbock mit seiner dunklen Stimme. Natürlich probierten die anderen Steinböcke den Hut ebenfalls an und baten den Katta, ihnen auch so einen zu machen. Kurze Zeit später trug jeder der Steinböcke einen Bananenhut.

Arle hatte das Treiben nur halbherzig beobachtet, da sie die ganze Zeit an die Zwillinge denken musste, und jetzt platzte es aus ihr heraus: „Ich habe zufällig vorhin im Wegfliegen gehört, wie du von zweien gesprochen hast, die auf dem Plateau Blattgleiten gemacht hätten. Kannst du mir sagen, ob das auch Blaumeisen waren und ob du eventuell ihre Namen erfahren hast?", fragte sie Chismu mit starrem Blick und nervöser Stimme.

„Komisch, dass du sie erwähnst. Als ich euch das erste Mal zu Gesicht bekam, habt ihr mich direkt an die zwei erinnert. Sie nannten sich Bürste und Kralle. Es war schon mehr als beeindruckend, wie die beiden Quirligen mit ihrem Blatt den Cabo Nocca herabstürzten ..."

Da wurde er von aufgeregtem Pfeifen unterbrochen, welches die Blaumeisen fast gleichzeitig ausgestoßen hatten, und Onkel Butterschnabel war dadurch sogar vor Überraschung seine Butterblume aus dem Schnabel gefallen.

„Das sind unsere Zwillinge! Wie kommen die denn auf das Plateau? Waren sie alleine dort?", wollte Gego jetzt von dem Katta erfahren, und noch bevor dieser darauf antworten konnte, prasselten bereits Fragen von Arle auf ihn ein:

„Waren sie gesund? Ging es ihnen gut? Was wollen sie denn nur dort oben?"

Der Katta hatte Mühe den Fragen der beiden Blaumeisen zu folgen und immer wenn er versuchte eine davon zu beantworten, wurde ihm schon die nächste gestellt.

„Ruhe, das führt doch zu nichts! Ich werde das jetzt in die Kralle nehmen!", schaltete sich Bickabolo mit gebieterischer Stimme ein, Verhöre waren ja seine Spezialität – dachte er zumindest!

So hüpfte er direkt vor den Katta, schaute ihn mit bohrendem Blick von oben bis unten an und fragte scharf:

„Wer hat dich geschickt?"

„Niemand! Ich habe mir nur das Blattgleiten der beiden angesehen und musste es anschließend dummerweise selber versuchen, obwohl sie mich davor gewarnt hatten", antwortete Chismu verunsichert.

„Aha! Du hast die Zwillinge also heimlich ausspioniert! Für wen hast du das gemacht? Was solltest du herausfinden? Ist mein Name gefallen? Wie heißt die Mutter meiner Tante?" Bickabolo legte seinen Kopf schräg und hielt den Blick des Kattas mit seinen Augen gefangen, während er ungeduldig auf seine Antworten wartete. Der Katta war durch den Verhörton Bickabolos ziemlich verunsichert geworden und bemühte sich nun, schnell die passenden Antworten auf die gestellten Fragen zu finden, obwohl ihm diese mehr als merkwürdig erschienen:

„Nein! Für keinen! Nichts! Nein! Äh ... und wie ging es jetzt noch mal weiter? Wiederhole deine letzte Frage bitte noch einmal."

Der Nacktschnabelhäher nickte siegessicher, fast schon so, als hätte er mit seinen Fragen tatsächlich etwas ungeheuer Wichtiges herausgefunden. Schon setzte er an, um weitere Fragen auf den Katta herabprasseln zu lassen, doch da unterbrach Arle ihn, die den Schnabel voll hatte von seinem Unfug:

„Was soll denn der Blödsinn, Vogel? Es geht hier um meine Kleinen, also stelle nur ich die Fragen! Hör sofort mit deinem Verfolgungsblöd-

sinn auf und klemm dir deine Zunge ein! Hakeka, mach bitte etwas!",
flehte sie diese an, dann drehte sie sich wieder zu Chismu um und wollte
von ihm wissen:

„Ging es ihnen denn gut? Haben sie vielleicht irgendetwas gesagt? Wie
sahen sie aus?"

Gego zuckte mit seinen Schwanzfedern zu jeder der von ihr gestellten
Fragen und hinter sich hörte er den Nacktschnabelhäher zu Jaeo flüstern:

„Bei mir wäre er bald so weit gewesen, fast hätte ich ihn geknackt!
Betteln würde er darum, mir alles erzählen zu dürfen. Sogar den Namen
meiner Mutter hätte er mir verraten und dann gar nicht mehr aufgehört
zu reden! Mir kann man doch nichts vormachen! Nichts! Niemals! Zu
keiner Zeit!"

Ruckartig verstummte sein Flüstern, da Hakeka nun neben ihn geflattert
war und ihren Gefährten scharf von der Seite anschaute. Inzwischen rückte
Chismu den Hut zurecht, sodass der jetzt schräg auf seinem Kopf ruhte,
holte tief Luft und gab Arle bereitwillig die Antworten auf ihre Fragen:

„Ja, es ging ihnen genauso gut wie den anderen sieben – aber die haben
kein Blattgleiten gemacht! Ich bin mir auch sicher, dass einige von ihnen
viel zu schwer dafür gewesen wären! Seerosenblüten sollten sie für jemanden besorgen, weil wohl irgendein Wissenswichtel, ein Kea, sie damit
beauftragt hatte. Im Regenbogensee gäbe es keine, Seerosenblüten meine
ich, weshalb sie auch auf den Tafelberg gekommen sind! Dann kam ein
starker Windstoß, fegte mich davon, und wo vorher oben war, war dann
unten – und natürlich umgekehrt!"

Arle piepte erleichtert und sagte zu Gego:

„Waldwichtel sei Dank, es geht ihnen gut und unsere Kleinen sind zusammen dort oben! Aber Chismu hat von den Zwillingen und weiteren
sieben gesprochen, wer sind denn die anderen drei?"

Gego legte seinen Kopf schräg, dachte einen Moment nach und wollte
daraufhin von dem Lemuren wissen:

„Waren vielleicht Frau Platsch, Schnuddel und Kleimi bei ihnen?",
wobei er vollkommen übersehen hatte, dass der Hutmacher die doch
gar nicht kennen konnte.

„Wenn Frau Platsch, Schnuddel und dieser Kleimi ein Kolibri, ein Känguru und ein Krokodil sind, dann waren sie alle dort, da könnt ihr beruhigt sein! Ich finde es nur merkwürdig, dass diese anderen drei mir irgendwie bekannt vorkamen, aber woher will mir einfach nicht einfallen! Einen Hut habe ich denen jedenfalls noch nicht gemacht, da bin ich mir sehr sich..."

„Hat von euch jemand eine Ahnung, wie man von hier zu dieser Kea-insel kommt – und vor allem, wo wir da diesen Wissenswichtel finden können?", fragte Arle aufgebracht und schnitt dem Lemuren einfach das Wort ab.

„Wie kommt der denn dazu, unsere Kleinen auf so eine weite und gefährliche Reise zu schicken? Sind das die Keas, von denen ihr uns schon erzählt habt?", fragte Gego und rief aufgebracht und beinahe zornig: „Los, wir fliegen sofort dorthin, die werden uns jede Menge zu erklären haben!" Ohne ein weiteres Piepen erhob er sich in die Luft, flog in östliche Richtung davon und Arle beeilte sich, ihn einzuholen.

„Los, kommt, wir folgen den beiden, bevor sie noch eine Dummheit machen!", rief Gotondro aus und trabte umgehend los.

Onkel Butterschnabel klammerte sich an Hornrichs Geweih fest und Chismu kletterte auf dessen Rücken. Als sie lostrabten, schlossen sich ihnen die anderen beiden Steinböcke an und auch die drei Rabenvögel stiegen in den Himmel auf, um über ihnen zu schweben.

Nach einem kurzen Moment hatten sie die Blaumeisen bereits eingeholt. Der Katta machte nun ein Zeichen, woraufhin alle Vögel neben den Steinböcken landeten. Chismu sprang auf die Erde herab und begab sich sogleich zügig daran, die Bündel von den Rücken der Steinböcke zu lösen.

„Die Dämmerung wird bald hereinbrechen. Deshalb schlinge ich nun jedem von euch Gehörnten eine Pflanzenfaser um den Körper, dann können sich die Gefiederten daran festklammern. Die Nahrungsmittel aus den Bündeln werden wir wohl nicht mehr benötigen, hier wächst überall genügend. Wir lassen sie am besten für einen glücklichen Finder zurück und kommen so schneller voran!", teilte Chismu ihnen mit.

„Eine gute Idee, Lemure! Im Dämmerlicht kann man schnell ein

Hindernis übersehen und sich dabei die Schwinge verletzen. Wozu das führt, haben wir ja bei Onkel Butterschnabel gesehen. Unsere behuften Freunde sind unermüdlich und mit solch einem Gelände bestens vertraut, weshalb wir den Regenbogensee noch vor Einbruch der Dunkelheit erreichen können. Auch werden wir dadurch vermutlich nicht zu müde sein, um über das Wasser bis auf die Insel zu fliegen!", ließ Jaeo sie an seinen Überlegungen teilhaben und sogar Onkel Butterschnabel musste ihm zustimmen – auch wenn er bei der Erwähnung seines Missgeschickes kurz beleidigt aufgepiept hatte.

„Wir sollten uns aber schon mit dem Gedanken anfreunden, möglicherweise am Ufer des Regenbogensees übernachten zu müssen. Wenn wir dort ankommen, ist es vielleicht nicht mehr hell genug, um ihn gefahrlos zu überqueren. Schließlich hat keiner von uns Eulenaugen – und nach Gehör fliegen, wie die Fledermäuse, klappt bei uns auch nicht. Auf den Tafelberg werden wir heute sowieso nicht mehr gelangen können!", sagte Gego zu seiner Gefährtin, die ihm daraufhin aufgewühlt entgegnete:

„Und unsere Kleinen noch eine Nacht in einer feindlichen Umgebung ganz alleine lassen? Einsam, verängstigt, mit Krokodilen und wer weiß, mit was sonst noch alles?"

„Auf jeden Fall seid ihr dann am morgigen Tag ausgeruht, wenn ihr auf das Plateau gelangen wollt, aber für mich würde es noch viel zu anstrengend werden", bedauerte Onkel Butterschnabel.

„Das wäre wirklich ein unschätzbarer Vorteil, wenn wir bis zum nächsten Morgen warten würden. So hätten wir noch den ganzen Tag vor uns und könnten schon von Weitem sehen, wer uns verfolgt – oder ob jemand eine fürchterliche Fürchterlichkeit für uns vorbereitet hat!", tat Bickabolo seine paranoiden Vorstellungen kund, die aber keiner der Anwesenden wirklich beachtete.

„Sie müssen einen kürzeren Weg gefunden haben, ansonsten wären sie ja immer noch unterwegs. Makea hat mir doch erzählt, dass man durch den rauen Norden mehrere Tage bräuchte, um auf das Plateau zu gelangen. Im Süden sei es noch schlimmer, hat sie gesagt, dieser Weg sei sogar mehr als doppelt so lang. Der Kea muss einfach einen kurzen

Weg kennen, er muss!", murmelte Arle vor sich hin, ganz so, als wolle sie jemanden beschwören, der unsichtbar unter ihnen weilte!

Jetzt nahmen die Vögel und der Katta auf den Rücken der Steinböcke Platz und weiter ging es zum Regenbogensee. Es dauerte nicht allzu lange, da sahen sie das Blau des Wassers zwischen den Bäumen hindurchschimmern. Weil noch ausreichend Licht vorhanden war, erhoben sich die Rabenvögel und flogen mit kräftigen Flügelbewegungen darauf zu, während die Steinböcke nochmals ihr Tempo erhöhten. Sie sprangen jetzt mehr, als dass sie liefen. Die Meisen mussten sich mit ganzer Kraft an ihren Hörnern festkrallen und trotzdem wurden sie heftig hin und her geschaukelt!

Gerade sprangen sie einen kleinen Hügel hinauf, auf dessen Spitze sich ein Gebüsch ausbreitete, da stoppte Gotondro scharf. Die beiden anderen machten es ihm umgehend nach und der Katta wäre dabei fast von Hornrichs Rücken gerutscht. Er hatte sich glücklicherweise noch im letzten Moment an den Hörnern des Steinbocks abstützen können!

Jetzt erkannten sie die Ursache für das abrupte Haltemanöver. In dem Gebüsch vor ihnen kauerten die Rabenvögel und Bickabolo hielt einen Flügel vor Hakekas Schnabel. Den anderen bewegte er auf und ab, was ihnen wohl signalisieren sollte, dass Vorsicht geboten wäre. So bewegten sich die Steinböcke langsam und fast geräuschlos auf die Wartenden zu. Als sie schließlich nahe genug an die im Gebüsch kauernden Rabenvögel herangekommen waren, fragte der Nacktschnabelhäher sie flüsternd und in verschwörerischem Tonfall:

„Ist euch jemand gefolgt?" Wie immer schüttelten alle verneinend die Köpfe, bevor Bickabolo höchst dramatisch fortfuhr: „Am Seeufer steht so eine merkwürdige stachelige Gestalt und wartet offensichtlich auf irgendetwas – oder irgendjemanden!" Er rollte mit seinen Augen und blähte ein wenig seine Federn auf, bevor er weitersprach: „Das bedeutet nichts Gutes, ich bin mir sicher, dass dies ein hinterhältiger Hinterhalt ist. Seid jetzt ganz, ganz leise – und keine Geräusche!"

Beinahe lautlos hüpften die Blaumeisen zu den Rabenvögeln ins Gebüsch, während Onkel Butterschnabel, der Katta und die Steinböcke gespannt davor warteten. Vorsichtig spähten Arle und Gego zwischen dem

Geäst hindurch und sahen die von Bickabolo beschriebene Gestalt: Eine kleine, stachelige Halbkugel mit großen Ohren, die auf den See schaute!

Ohne Vorankündigung stürzte Gego aus dem Gebüsch heraus und brüllte währenddessen:

„Hallo, Kleimi! Wir sind wieder da! Hallo! Was machen deine Ohren?", er flog auf den Igel zu und ohne auf die anderen zu warten, eilte ihm Arle hinterher. Kleimi drehte sich erstaunt zu ihnen um, jedoch schien ihm das Licht der untergehenden Sonne direkt in die Augen. Des Weiteren waren die Meisen von ihrer Reise auch ziemlich staubig, sodass der Langohrigel sie von seiner Position aus nicht direkt erkennen konnte. Genau in dem Augenblick, als der Rest der Gruppe den Blaumeisen folgen wollte, hielt ein Floß geradewegs auf die Gesellschaft am Ufer zu. Hinter aufgeblähten Blättern, die an einem Ast befestigt waren, konnte man jetzt mehrere Gestalten ausmachen.

„Fürchterlich, oh weh, eine fürchterliche Fürchterlichkeit! Sie müssen auf uns gewartet haben, es ist uns doch jemand gefolgt und jetzt sind sie da! Bleibt alle in Deckung und macht nicht den geringsten Laut!", krähte Bickabolo leise. Sowohl Chismu als auch die drei Steinböcke – mit Onkel Butterschnabel auf dem Geweih Hornrichs – kamen ganz leise in das Gestrüpp. Die dort hockenden Rabenvögel schauten unterdessen gebannt zu, wie die Blaumeisen sich fröhlich zwitschernd mit der stachligen Gestalt unterhielten. Kurz entschlossen flogen Hakeka und Jaeo zu den dreien hinüber, da anscheinend keine Gefahr bestand. Nur wenig später sprangen auch die Steinböcke mit einem huttragenden Chismu und einem auf den Hörnern Hornrichs wackelnden Onkel Butterschnabel hinterher. Nur Bickabolo verblieb in dem Gebüsch und krähte alleine leise vor sich hin:

„Um des Wichtels willen, jetzt sind sie alle verloren. Alle! Ich hatte sie doch gewarnt! Wie konnten sie dann nur in diese offensichtliche Falle fallen? Auch wenn ich nun ganz alleine bin, ich werde euch retten, meine Freunde! Ja, ich ganz alleine! Ich, Bickabolo, der es mit jedem aufnimmt. Angst ist ein mir unbekanntes Wort!" Offensichtlich wollte er sich dadurch für seinen geplanten Rettungsversuch Mut zusprechen, während er gleichzeitig beunruhigt auf verdächtige Geräusche in seiner Nähe lauschte. „Schließlich kann man ja nicht wissen, welcher schuftige Schuft sich gerade in der Nähe herumtreibt!", warnte ihn seine innere Stimme und während er so alleine in dem Gebüsch hockte, drangen Geräusche zu ihm vor, die er in Gesellschaft nicht beachtet hätte.

Ein Zweig fiel unweit von ihm auf den Boden – hatte ihn jemand versehentlich abgebrochen?

Blätter raschelten merkwürdig – schlich sich vielleicht dort irgendeiner an?

Seitlich von ihm schwankte ein Strauch – vielleicht versteckte sich darin eine finstere Gestalt?

Die Schatten der kommenden Nacht wurden immer länger und schienen nach ihm greifen zu wollen! Als urplötzlich ein Tier das Gebüsch streifte und dazu einen seltsamen Laut ausstieß, brach er panisch durch das Blattwerk und flog laut krähend auf die am Seeufer Versammelten zu:

„Lasst meine Freunde in Ruhe oder es wird euch schlecht ergehen! Wir sind fürchterlich und zu allem entschlossen, es wird euch noch leidtun, sich mit Bickabolo und den Seinen angelegt zu haben!"

21. Irrungen und Wirrungen

Sie hatten sich neugierig zu Koko-Liko und Tütelütü begeben, um die winkende, kleine, stachlige Gestalt am Ufer etwas genauer betrachten zu können. Und um die Ente eventuell davor zu bewahren, aufgrund ihrer zuckenden Bewegungen in den Regenbogensee zu fallen!

Spitzer hatte nun den Richtungsänderer übernommen, da Schnuddel von der Welle seiner eigenen Begeisterung überrollt worden war. Er hatte seinen Heldenmut gegen ein jungvogelhaftes Herumspringen eingetauscht, da er wusste, wer diese Gestalt am Ufer war!

„Das ist ja Kleimi!", sprudelte es überschäumend aus Pinselohr hervor und an den neben ihm hockenden Koko-Liko gerichtet erklärte er:

„Das ist mein Freund, der Langohrigel. Er hat mich und die Blaumeisen zu den Haselmäusen geführt, wo wir Stäubchen gerettet haben. Dort haben sie es mir gezeigt, Gäckgäckgebäck. Die Haselmäuse, meine ich. Ein riesiges, verwichteltes Lager voller Nüsse – Walnüsse, um genau zu sein, Gäckgäckgebäck!"

Der junge Kea schaute das zappelnde Eichhörnchen ganz so an, als hätte er nicht die geringste Ahnung, was dieses ihm damit sagen wollte. Unterdessen hatte Spitzer Kurs auf das Ufer genommen, da sagte Armana zu ihm:

„Das muss vorerst warten, schau einmal in nördliche Richtung, da treibt etwas auf dem Wasser! Ich glaube auch, dass ich weiß, was das ist, und möchte es mir aus der Nähe ansehen. Bring unser Floß bitte zunächst dorthin!"

Wegen der Dringlichkeit in ihrer Stimme wendete Spitzer umgehend das Floß und gleichzeitig stieß Schnuddel einen lang gezogenen, klagenden Pfiff aus.

„Wir kehren ja gleich wieder zurück, meine Gefährtin muss sich zuvor nur noch etwas ansehen. Bitte beherrsche deine Gefühle noch für eine kleine Weile", versuchte ihn Bickamuck zu beruhigen.

„Mein leidvoll vermisster Freund! O welch grausamer Schmerz greift nach meinem Herzen! Verzage nicht, denn es ist uns vorbestimmt, dass wir uns schon in Bälde erneut gegenüberstehen werden! Halte durch, mein stacheliger Freund!", murmelte der Grünspecht vor sich hin, als ihr Gefährt die Richtung wechselte. Tütelütü blickte mit ihrem geöffneten roten Auge Schnuddel an und begleitete sein Murmeln mit einem traurigen Quaken, da sie Ähnliches wie er empfand.

„Warum dieser plötzliche Wechsel, was hast du gesehen?", wollte Bickamuck von seiner Gefährtin erfahren.

„Dort drüben treibt eine große Kokosnuss auf dem Wasser und meines Wissens gibt es hier am Regenbogensee nirgendwo Kokospalmen, oder hast du schon einmal hier welche gesehen?" Bickamuck schüttelte verneinend seinen Kopf, woraufhin Armana fortfuhr: „Deshalb bedarf es einer näheren Untersuchung, denn es könnte sich auch durchaus um ein Zeichen vom Plateau handeln!"

Der Grünspecht hatte ihre Worte, genau wie die Ente, mitbekommen und stellte umgehend sein Klagen ein. Zwar ließ er seine Flügel immer noch hängen, aber die Erwähnung des Plateaus lenkte seine Aufmerksamkeit in eine andere Richtung. Er drehte seinen Kopf mit hocherhobenem Schnabel in Richtung des Kliffs und Tütelütü wechselte dazu von ihrem trauervollen Quaken zu einem hoffnungsvolleren Schnattern. Pinselohr dagegen hatte nur die Wörter „Nuss" und „groß" gehört. Diese Kombination der beiden Wörter zwang ihn unerbittlich dazu, an eine Seite des Floßes zu springen, um dort mit geweiteten Augen und umherzappelnd die Seeoberfläche abzusuchen.

„Gäckgäckgebäck, da ist sie! Ich kann sie sehen, Gäckgäckgebäck, seht ihr sie auch?" Pinselohr hielt seinen Blick starr auf die näher kommende Kokosnuss gerichtet, während sein Schweif dazu aufgeregt auf das Holz des Floßes klopfte. Als sie sich in Reichweite der treibenden Nuss befanden, sprang Leinia in einer fließenden Bewegung von Bord und war mit ein paar kräftigen Schwanzschlägen bei ihr angelangt. Nun schob sie diese mit ihrer Schnauze vor sich her, schubste sie sodann auf das Floß und katapultierte sich nur wenig später direkt neben sie.

Die vorher erwähnte Wortkombination und diese riesige Nuss hatten anscheinend jeden vernünftigen Gedanken aus dem Kopf des Eichhörnchens gefegt. Er stierte die auf dem Floß umherrollende Frucht wie hypnotisiert an und brabbelte dazu immer wieder wie in Trance:

„Gäckgäckgebäck, riesige Nuss! Gäckgäckgebäck, alter Lurch, ist die groß! Gäckgäckgebäck!"

Schnell flatterte Armana nun zu der Kokosnuss, betrachtete sie genau und pickte vorsichtig mal an dieser, mal an jener Stelle herum. Neben sie hatte sich Bickamuck gehockt und beteiligte sich ebenfalls an der Untersuchung, während Pinselohr hinter den beiden nervös auf und ab hüpfte, damit er nur alles mitbekam, was dort vor sich ging.

„Ich kann sie ganz leicht für euch öffnen, ich habe starke Zähne, seht her!", er versuchte, den Keas seine gebleckten Zähne zu zeigen, doch sie wandten sich noch nicht einmal zu ihm um. „Soll ich? Gäckgäckgebäck, ist das wirklich eine Nuss? So eine große habe ich ja noch nie gesehen!

Gäckgäckgebäck! Soll ich sie öffnen, soll ich? Gäckgäckgebäck!", keckerte Pinselohr lautstark und sprang noch höher.

Auf einmal kreischte er auf und fiel mit einem lauten Klatschen in den Regenbogensee. Wasser spritzte in die Höhe, ergoss sich über den einen und den anderen der Freunde, während er hektisch versuchte, wieder auf das Floß hinaufzukommen. Da seine Bemühungen nicht von Erfolg gekrönt wurden, sprangen beide Biber ins Wasser und brachten das schreiende Eichhörnchen wieder wohlbehalten auf das Floß zurück. Mit tropfendem Fell und leicht irrem Gesichtsausdruck drängelte er sich wieder zu den Keas durch und schaute ihnen bei ihrer Untersuchung zu. Dieses Mal verzichtete er dabei jedoch auf das wilde Umherhüpfen!

„Na, Nager, hast du dich wieder beruhigt? Wenn ja, kannst du jetzt auch damit aufhören, mich ständig mit deinem feuchten Fell zu schubsen!", pfiff ihn Bickamuck an, der langsam die Geduld mit Pinselohr verlor. Da dieser den Kea nicht noch mehr verärgern wollte, blieb ihm nichts anderes übrig, als die Nuss in der Abgeschiedenheit seiner Gedanken zu öffnen!

„Irgendetwas ist seltsam an der Nuss, seht ihr, sie wurde hier mit einem Blatt zugeklebt", sagte Armana und zupfte vorsichtig an ihm herum, bis sie es schließlich in einem Stück abgelöst hatte.

„Sehr schlau, es wurde Harz zum Verkleben benutzt. So konnte weder Wasser eindringen noch konnten die Blüten herausfallen!", stellte Bickamuck fest.

„Seit wann wachsen denn olle Blumen in Nüssen?", platzte es aus Pinselohr tief enttäuscht hervor, als er die Seerosenblüten im Inneren der Kokosnuss sehen konnte. Er hatte sich deren Inhalt als riesige, leckere, essbare Nuss vorgestellt – und jetzt so etwas!

„Du redest wieder Unsinn, Nagezahn! Blumen können nicht in Kokosnüssen wachsen, da dort das Licht fehlt – etwas, was Pflanzen eben dringend zum Wachsen benötigen! Das sind Seerosenblüten, wie du ja sehen kannst, und die wachsen in Gewässern auf Seerosenblättern – unter dem Licht der Sonne! Verstehst du, Fusselkopf? Licht!", belehrte Bickamuck das Eichhörnchen streng und auch ein wenig genervt. Dann sagte er, an keinen Bestimmten gerichtet: „Unsere kleinen Freunde waren anscheinend erfolgreich. Mit diesem Material sollte es uns nun gelingen, die Federn der komischen, kleinen Ente wieder zum Wachsen zu bringen, doch zuvor müssen wir sie dringend von ihrem Geruchsproblem befreien!"

Abermals hatte sich aus der Richtung der Ente ein heftiger Gestank ausgebreitet, welcher den Kea wohl zu dieser Äußerung bewegte. Und vermutlich ebenfalls dazu, seinen Schnabel schnell in den Wind zu drehen!

Auch alle anderen bemühten sich unauffällig darum, möglichst weit weg von der Quelle des aufdringlichen Geruchs zu gelangen. Armana war jetzt Tütelütü am nächsten, wenn sie auch ihren Schnabel von ihr weggedreht hatte. So stand sie mit dem Rücken zu ihr, aber als sie die Ente leise hinter sich brabbeln hörte, gewann ihre Neugier die Oberhand und sie drehte sich zu ihr um. Nun sah sie, dass sich Tütelütü vor die offene Kokosnuss gehockt und ihren Schnabel tief darin vergraben hatte. Schmatzend murmelte diese undeutlich dazu:

„Meine Minerals, ich esse alle auf, damit meine hübschen Federchen wieder wachsen können! Wachst schnell, Federchen, ich spüre schon, wie es mich überall juckt! CHCHCHCH! Tolle Minerals seid ihr!"

„Hör sofort damit auf, du einfältiger Breitschnabel, du hast ja schon überall roten Ausschlag, sieh dich doch nur mal an! Unbearbeitet kannst du die Blüten nicht essen, auf diese Weise bekommst du deine Federn niemals wieder!", sagte nun Armana in sehr strengem Tonfall.

Schlagartig hörte Tütelütü damit auf, sich die Seerosen in den Schnabel zu stopfen, und blickte den Kea mit angstgeweiteten Augen an.

„Keine guten Minerals für die arme Tüti, keine tollen neuen Federn? Minerals sind gut für die komische kleine Ente, der Wissenswichtel hat es selbst gesagt!", quakte sie wirr, dabei die halbzerkauten Stücke der Blüten umherspuckend, ohne darauf zu achten, wen sie damit traf. Dazu hatten ihre Augen einen stark leidenden Ausdruck angenommen.

Bickamuck hatte sich jetzt zu ihr umgewandt und da der Wind die Luft wieder gereinigt hatte, hüpfte er zu ihr.

„Natürlich helfen sie dabei, dass deine Federn wieder wachsen, aber erst wenn wir die Blüten bearbeitet haben. Wissenschaft bedeutet nämlich nicht, dass man sich einfach alles in den Schnabel stopft! Komm, Armana, wir nehmen die Seerosen und fliegen schon mal zum Labor zurück, bevor diese merkwürdige Ente auch noch die ganze Kokosnuss in sich hineinstopft!", sagte ein schnabelschüttelnder Bickamuck und sammelte mit Armana sorgfältig alle Blüten ein.

„Bis nachher", rief Armana, nachdem sie bereits in den Himmel aufgestiegen waren. Schon kurze Zeit später waren die beiden im Licht der untergehenden Sonne verschwunden. Tütelütü schaute ihnen hinterher, bis sie nicht mehr zu sehen waren, und flüsterte leise beschwörend vor sich hin:

„Bitte, nette Armana, mach einen schönen Wichteltrank für schöne Federn, ja, schöne Federn für Tüti! Bitte schlauer Bickamuck, hole all die guten Minerals aus den Blüten, mach es für mich, für die komische, kleine, aber nette Ente! Bitte ihr netten Wissenswichtel, macht mir bitte, bitte schöne neue Federn!"

Spitzer steuerte nun das Floß wieder in Richtung Kleimi, der immer noch winkend am Ufer hockte. Plötzlich sahen sie zwei Blaumeisen auf ihn zufliegen und als sie sich vermutlich gerade begrüßt hatten, flogen auch zwei Rabenvögel aus einem Gebüsch. Sie hielten auf die drei zu und als sie ungefähr die Hälfte der Strecke zurückgelegt hatten, schälten sich dazu noch drei Steinböcke aus dem gleichen Busch. Bei einem von ihnen hockte eine Gestalt auf dem Rücken, die etwas Seltsames auf ihrem Kopf trug und ein kleiner Vogel hatte sich an einem der Hörner des Steinbocks festgeklammert.

Schnuddel hatte sich wieder nach vorne zu Koko-Liko begeben, als das Floß erneut auf das Ufer zuhielt, und jetzt brachen die eingesperrten Gefühle aus ihm hervor:

„Oh Familie, endlich! Meine Familie, jetzt wird wieder alles gut!" Freudetrunken erhob sich der Grünspecht voller Ungeduld in die Luft und nahm Kurs auf die am Ufer Versammelten. Genau in dem Moment, als er neben ihnen gelandet war und zu einer schwungvollen Begrüßungsrede ansetzen wollte, geschahen mehrere Dinge zur gleichen Zeit!

Das Floß erreichte das Ufer und dessen Mitfahrer schwappten in die dort Versammelten. Aus der anderen Richtung fluteten die Rabenvögel und die Steinböcke mit ihren Passagieren heran.

Als die verschiedenen Gruppen sich vermischten, fegte ein blau gefiederter Nacktschnabelhäher heran, der laut Wörter krähte, die aber nicht richtig zu verstehen waren. Er landete auf den Hörnern eines Steinbockes und schaute sich bedächtig um. Als ihm aufgefallen war, dass alle Blicke auf ihn gerichtet waren, krähte er mit lauter Stimme:

„Hat euch jemand von meinem Kommen erzählt? Ist dies ein hinterhältiger Hinterhalt?"

Daraufhin machte sich in den Gesichtern der Versammelten Verwunderung breit und ein lautes Schweigen setzte ein, doch nur wenig später nahmen alle ihre Gespräche wieder auf, als ob nichts geschehen wäre!

22. Zu den Sternen

Vor uns tat sich ein wahrer Dschungel auf, der sich über den gesamten unteren Hang ausdehnte, bis er schließlich von dem Dunkelblau des Wassers abgelöst wurde! Das Fliegen war hier wieder recht einfach für uns, da zwischen den Bäumen nur noch ein ganz laues Lüftchen wehte. Die Terrasse, auf der wir uns von den drei Kattas verabschiedet hatten, war schon seit einiger Zeit unserem Sichtfeld entschwunden. Nun dauerte es nicht mehr lange, bis wir den Uferrand erreichten, dem wir nach Süden folgen würden. Am Wasserfall, der vom Kliff herabstürzte, müssten wir dann nach Westen über den Regenbogensee fliegen. Dort lag die Insel, auf der sowohl die Keas als auch Tornado lebten und auf der unsere Freunde bestimmt schon auf uns warteten!

Aus den von uns mitgebrachten Seerosenblüten würde es Armana und Bickamuck mit Sicherheit gelingen, ein Mittel herzustellen, welches endlich unserer schnatternden Freundin ihre Federn zurückbrächte. Vielleicht könnten wir ja auch schon bald wieder zu unserem Heimbaum zurückkehren, und der Waldwichtel hätte dann hoffentlich dafür gesorgt, dass unsere Eltern dort wohlbehalten auf uns warten würden. Ich freute mich schon auf ihre Gesichter, wenn wir ihnen von unseren Abenteuern erzählten, und fragte mich gleichzeitig, welche sie auf ihrer Reise erlebt haben mochten!

„Wir sollten noch etwas essen und ruhen, bevor wir das Seeufer entlangfliegen. Da vorne sehe ich einen Strauch, der voller dicker, roter Beeren hängt. Ich habe keine Ahnung, was ihr machen wollt, ich jedenfalls möchte einige dieser Früchte!", unterbrach Piep meine Gedankengänge. Als mein Bruder das ausgesprochen hatte, bemerkte ich, wie mein Bauch seine Idee aufgriff, denn er begann unmittelbar danach, merkwürdige Geräusche von sich zu geben. Sowohl Tornado als auch meinen vier anderen Geschwistern schien es ähnlich zu ergehen, weswegen wir auch sogleich in den Ästen des Strauches landeten, auf den Piep uns gerade aufmerksam gemacht hatte. Die Beeren waren so prall mit Saft gefüllt, dass mir bei ihrem Anblick das Wasser im Schnabel zusammenzulaufen begann. Schnell rupfte ich eine davon ab. Sie war so groß, dass ich meinen Schnabel nicht schließen konnte, und als ich sie dazwischen zerdrückte, flutete der herrlich süße Saft meine Kehle!

„Seid aber vorsichtig, wir sollten ja schon mal, nachdem wir uns den Bauch so vollstopften und dadurch einschliefen, einigen Ameisen als Nahrung dienen – falls ihr euch noch daran erinnern könnt!", ermahnte uns Federchen. Damals hatte Schnuddel uns ja gerettet und dafür gesorgt, dass wir mit heilen Federn entkommen konnten.

Nun wartete der Grünspecht bestimmt schon ungeduldig auf unsere Rückkehr und legte sich vermutlich sogar schon seine Worte für eine „kleine" Begrüßungsansprache zurecht!

„Keine Angst, ich habe mir alles ganz genau angesehen, hier gibt es nur Bäume und Büsche – sonst nichts. Keine Ameisen, die uns gefährlich werden könnten, und auch keine heimtückischen Wichtel, die versteckt hinter Blättern auf uns lauern. Sei doch nicht immer so ängstlich wie ein Nestling, hier ist niemand!", sagte Kralle zu unserer Schwester und zupfte sich eine besonders große Beere ab, die er genüsslich in seinem

Schnabel zerplatzen ließ. Viel von deren Saft rann jedoch gleich wieder heraus und färbte seine Brustfedern mit großen, dunklen Flecken ein.

Doch da begann plötzlich einer der Zweige laut zu fauchen, woraufhin wir alle erschrocken aufflatterten und auf einer benachbarten Pflanze landeten. Kralle war dabei die halb zermatschte Beere ein Stück aus seinem Schnabel gerutscht, die nun von dort aus weiter auf seine Federn tropfte – sowie auf den Kopf seines Zwillingsbruders. Bürste hatte sich nämlich auf einem der unteren Äste niedergelassen und schaute sich von dort aus neugierig um. Doch der weiterhin auf ihn herabtropfende Saft schien ihn dabei nicht im Geringsten zu stören!

„Habe ich euch etwa erschreckt? Das tut mir aber leid, ich denke, es gibt hier doch nur Bäume und Büsche. Ihr seid ja genauso eingebildet, wie ihr feige seid!", wehte eine leise, tief deprimierte und beleidigt wirkende Stimme zu uns herüber.

„Wer sagt hier, ich wäre feige? Komm raus, du Lurchzunge, dann picke ich dich mit meinem Schnabel und zeige dir, wer hier der Feigling ist!", wütete ein umherzuckender Kolibri. Doch das Einzige, was sich in der lauen Abendbrise bewegte, waren die sanft schwingenden Zweige mit ihren Blättern.

Vorsichtig schwirrte Tornado über dem sprechenden Strauch hin und her, auf welchem wir noch vor Kurzem gehockt hatten, und schaute sich ratlos nach jemandem um, an dem er seine Drohung wahr werden lassen konnte. Ein wenig später landeten auch wir wieder auf einem der unteren Zweige des Strauches und suchten dort ebenfalls alles ab. Die Zwillinge hüpften sogar in das Gebüsch hinein, nur um Augenblicke später wieder schnabelschüttelnd zu uns zurückzukehren.

„Da ist keiner, ich habe es ja gesagt! Das war bestimmt nur ein besonders witziger Vogel, der sich aus der Luft über uns lustig machen wollte!", vermutete Kralle und Bürste nickte daraufhin zustimmend.

„Das ist ja wieder ganz typisch, ihr seid alle so von euch eingenommen! Alle benehmen sich immer so, als wären sie ganz alleine in meinem Wäldchen! Ihr setzt euch auf mich, pickt auf mir herum, beschmiert mich einfach mit Beerensaft und stellt euch dann noch nicht einmal bei mir vor!", leierte die deprimierte und gleichzeitig tief enttäuscht wirkende Stimme, während wir allesamt erneut erschrocken in die Höhe flatterten! Doch auch von dort konnten wir nicht ausmachen, woher die Stimme kam, und so flogen wir wieder zurück auf den Ast. Es war immer noch niemand zu sehen, weshalb wir uns nur schweigend und ratlos anschauten.

„Tut ruhig weiter so, als wäre ich nicht da, dann braucht ihr euch ja auch nicht zu entschuldigen – wozu auch? Es ist ja nichts geschehen – euch zumindest nicht. Und ich bin ja nur ein Niemand!", beklagte sich die Stimme weiterhin bei uns. Ich starrte fast Löcher in den Busch, und trotzdem sah ich nichts. Außer Beeren, Blättern und einem Ast, den Kralle mit Saft besudelt hatte, war da nichts. Gar nichts. Absolut gar nichts!

„Lieber Strauch, es tut uns leid, dass wir dich bekleckert und uns nicht bei dir vorgestellt haben. Aber wir hatten ja keine Ahnung, dass Sträucher sprechen können!", versuchte ich eine neue Vorgehensweise, obwohl mir das schon irgendwie sehr merkwürdig vorkam, mich mit einer Pflanze zu unterhalten!

„Natürlich können Sträucher nicht sprechen, aber sie werden wenigstens gesehen! Ich dagegen bin ein hässlicher Niemand, mit dem keiner etwas zu tun haben will!", meldete sich die freudlose Stimme wieder aus dem Nichts.

„Wie soll man denn jemanden sehen, der gar nicht da ist? Zeig dich sofort, du Dungbräter, oder es wird dir noch sehr leidtun!", zischte Tornado gereizt und schoss wie eine wütende Wespe über dem Strauch hin und her. Unser impulsiver Freund übersah dabei aber etwas sehr Bedeutsames: Damit man jemanden dazu bringen konnte, dass ihm etwas leidtat, musste man zunächst einmal wissen, wo sich der überhaupt befand!

„Das wird ja immer besser! Wirklich toll! Jetzt bedroht ihr mich sogar. Vermutlich weil ihr euch etwas darauf einbildet, fliegen zu können, und ich dazu verwichtelt bin, auf meinen kurzen Beinen herumzulaufen – bis ans Ende meiner trostlosen Tage!", ertönte neuerliches Klagen aus dem Strauch.

„Tornado, unser Kolibri, ist eben immer ein wenig zu impulsiv!", sagte nun Piep. „Aber wir tragen wirklich keine Schuld daran, dass der Waldwichtel uns Federn gemacht hat", versuchte mein Bruder der Stimme aus dem Strauch zu erklären.

„Da hattet ihr aber richtiges Glück, für mich gab es nur noch ein paar gammelige, alte Schuppen! Ich kann schon verstehen, dass ihr so einen Schuppenwichtel wie mich bedroht und auslacht! Ha, ha, ha, wirklich sehr lustig!", klagte die Stimme daraufhin aus dem Dunkel.

„Es macht sich doch keiner lustig über dich, warum sollten wir auch! Einer unserer besten Freunde hat ebenfalls Schuppen, und weil er ein Krokodil ist, denkt jede Lurchzunge, er würde alles und jeden auffressen. Hinter seinem Rücken machen sich dann diese Dungbräter über ihn lustig, ohne dass sie ihn jemals richtig kennengelernt haben! Aber so oberflächlich sind wir nicht, absolut nicht!", sagte nun Samtbäuchlein ebenfalls ungehalten zu der leidenden Stimme.

Darauf folgte Stille und dann ein schwaches Rascheln, welches begleitet wurde von einem leisen Fauchen. Aber noch immer kam niemand aus dem Strauch oder hinter den Blättern hervor.

„Ginge man mir wenigstens aus dem Weg, anstatt mich zu übersehen, oder hätte ich doch nur anstelle meiner dummen wechselnden Farben riesige, messerscharfe Zähne – dann wäre ich bestimmt auch viel weniger traurig! Respektieren müssten mich dann alle – und übersähe man mich trotzdem, würde ich mit meinen Zähnen schon sehr schnell deutlich machen, wo ich mich befände! Vor mir hat aber noch nie jemand Angst gehabt, das Leben ist halt ungerecht!", erwiderte die brüchige, weinerliche Stimme aus dem Irgendwo, denn noch immer konnten wir niemanden entdecken, der vielleicht zu ihr gehören könnte.

Langsam ging uns allen das Gejammer auf die Krallen. Wir hatten keine Ahnung, was wir noch hätten tun können, um den, der hinter der Stimme steckte, dazu zu bringen, sich uns endlich zu zeigen. So startete Federchen einen letzten Versuch:

„Hör mal, wer immer du auch bist, uns ist es vollkommen egal, wie du aussiehst. Entscheidend ist nur, wer du bist! Unser Freund, das Krokodil, ist Vegetarier! Ein anderer Freund, ein männliches Känguru, bekam vom Waldwichtel einen Beutel! Unsere Entenfreundin hat alle ihre Federn verloren und wir haben ihr vom Plateau Seerosenblüten besorgt, damit die Keas ihr etwas daraus mischen können, was ihr hoffentlich neue wachsen lässt! Wir müssen zu ihr, bevor die Nacht hereinbricht, und wenn du dich uns nicht zeigen möchtest, ist das vollkommen in Ordnung! Aber wir müssen, wie gesagt, dringend weiter und fliegen jetzt – leider, ohne dich je kennengelernt zu haben, was wir alle wirklich sehr schade finden! Trotzdem alles Gute für dich!"

„Genau, denn für solche Albernheiten haben wir wirklich absolut keine Zeit!", schaltete sich jetzt der noch immer umherzuckende Kolibri ungeduldig ein.

„Was soll ich denn noch alles machen, ich bin doch hier! Ihr seid auch nicht besser als alle anderen, niemand interessiert sich wirklich für mich! Warum auch? Ich bin viel zu langweilig, selbst meine eigene Familie hat mich einfach hier zurückgelassen!", bemitleidete sich die Stimme erneut.

Plötzlich schnellte eine lange Zunge blitzschnell aus den Blättern hervor und schnappte sich eine kleine Mücke, die vor meinen Augen herumgetanzt war. Viel hätte nicht mehr gefehlt, dann wäre ihre Spitze gegen meinen Schnabel geklatscht. Als ich mit meinen Augen der zurückschnellenden Zunge folgte, sah ich in dem grünen Dämmerlicht einen kleinen Körper, der nicht weit von uns entfernt im Geäst hockte. Die Gestalt, dem er gehörte, umklammerte einen Zweig fest mit ihren kurzen Beinen und hatte darauf hinter sich ihren Stummelschwanz abgelegt. Das kleine Wesen besaß eine ähnliche Färbung wie die Pflanze, auf der sie hockte, und schaute mich mit einem Auge an. Das zweite sah verwirrenderweise zur gleichen Zeit in eine vollkommen andere Richtung!

Die Färbung dieser Gestalt war wohl auch der Grund dafür, dass wir sie nicht gesehen hatten. Sie erinnerte mich ein wenig an eine der Echsen, die wir bereits auf dem Plateau gesehen hatten, nur war sie höchstens halb so lang wie der Schnabel unseres Kolibris!

„Hallo, jetzt sehe ich dich ja. Bist du eine Echse? Sei doch bitte nicht so niedergeschlagen und entschuldige, dass wir dich nicht gleich bemerkt haben. Du hast aber auch eine perfekte Körperfärbung, so etwas habe ich ja noch nie gesehen, die sieht fast wie der Ast aus, auf dem du hockst. Das muss aber sehr nützlich sein, wenn man nicht gefunden werden will! Wie ist denn dein Name? Meiner ist Blaukäppchen!", sprach ich die Echse an, die daraufhin einen langen, tiefen Seufzer ausstieß und mir betrübt entgegnete:

„Du hast aber einen wirklich schönen Namen, er ist viel schöner als meiner. Ich heiße nur Deprimus und bin noch nicht einmal eine richtige Echse! Ich bin einfach nur ein gewöhnliches Reptil, ein ödes Stummelschwanzchamäleon, um genau zu sein. Dazu bin ich auch noch klein und wechsele fortwährend meine Farbe, damit mich alle auslachen können, wenn mir das geschieht. Aber darüber will ich mich nicht beklagen, das ist immer noch besser, als gar nicht bemerkt zu werden!"

Sowohl Tornado als auch meine Geschwister kamen jetzt neugierig zu uns gehüpft und stellten sich ebenfalls vor, was das kleine Chamäleon zu erfreuen schien – oder zumindest nicht noch mehr deprimierte.

Nach einer Weile sagte es: „Nett, dass ihr euch ein wenig mit mir unterhalten habt. Jetzt wird es auch weniger schlimm sein, wenn ich nachher wieder ganz alleine hier hocken bleiben muss. Ich meine, wenn ihr euch dann wieder glücklich in den Himmel erhebt und ich, da ich ja keine Flügel habe, hier zurückbleiben muss – für den Rest meines kleinen, traurigen Daseins. Doch dann wird die Erinnerung an euch zumindest meinem einsamen Herzen ein wenig Wärme spenden!"

Die Zwillinge und Piep schienen etwas zu planen, wie ich bei einem Seitenblick auf die drei feststellte. Sie hatten ihre Schnäbel zusammengesteckt, schauten hin und wieder auf Deprimus, dann auf die Bäume, die uns umgaben, um erneut miteinander zu tuscheln.

„Wenn du hier ganz alleine bist und keine Familie oder Freunde in deiner Nähe leben, flieg doch einfach mit uns zurück. Da ist immer etwas los und Einsamkeit kennt dort keiner, außerdem übersehen wir niemals unsere Freunde – auf jeden Fall nicht mit Absicht! Wir hätten da sogar schon eine Idee, wie du mit uns fliegen könntest!", sagte Piep jetzt zu dem kleinen Stummelschwanzchamäleon.

Deprimus hob daraufhin seinen Kopf etwas weiter in die Höhe und schaute Piep mit einem Hoffnungsschimmer in seinem Auge an. Das andere Auge blickte, vor Feuchtigkeit glitzernd, zu uns!

„Als ich eines Tages in einen Sturm geriet, war meine Familie plötzlich nicht mehr da, kein Einziger von ihnen! Und ich befand mich hier in diesem Strauch, ohne eine Ahnung zu haben, wo ich eigentlich bin. Und Freunde habe ich auch keine. Ich glaube, dass ich überhaupt noch nie welche hatte! Ich kann mir vorstellen, dass es gar nicht so schlimm ist, wenn ich mit euch gehe, selbst dann nicht, wenn ihr mich später irgendwo vergesst. Ihr müsst nämlich wissen, dass es absolut keine Rolle spielt, wo man alleine ist. Einsamkeit bleibt immer Einsamkeit!", sagte er deprimiert, aber nicht mehr am Boden zerstört.

„Wir haben uns überlegt, dass wir für dich ein starkes Blatt von dem Baum dort drüben abmachen. Dann krabbelst du darauf, vier von uns packen es an jeder Seite mit einer Klaue und du musst dich nur noch gut daran festhalten. Wir erheben uns dann in den Himmel und fliegen gemeinsam zu unseren Freunden auf der Insel. Du kannst dich mit ihnen anfreunden, bei uns leben, oder du gehst einfach deine eigenen Wege, ganz so, wie du es möchtest!", sprudelte es aus Kralle begeistert und überraschenderweise auch einfühlsam hervor.

„Wird das denn nicht fürchterlich gefährlich? Was geschieht dann mit mir, wenn ihr mich fallen lasst und mich dann nicht wiederfindet? Oder wenn ihr gar keine Lust mehr dazu habt, ein nutzloses Bündel wie mich durch die Gegend zu schleppen?", dämpfte Deprimus ein wenig die Begeisterung meines Bruders und natürlich auch seine eigene.

„Was heißt denn hier gefährlich? Wir haben das Gleiten mit einem Blatt erfunden und sind sogar den Cabo Nocca mit einem herabgeglitten – das ist ein Vulkan, ganz hoch oben auf dem Tafelberg! Auch sind wir schon nachts mit Fledermäusen geflogen, bei vollkommener Dunkelheit, und haben uns dabei nur einer Pflanzenfaser anvertrauen können! Du kannst dir sicher sein, dass niemand wie wir fliegen kann, und lass dir auch gesagt sein, dass man ohne ein Risiko nichts erlebt!", schaltete sich Bürste überzeugend ein.

„Ausnahmsweise haben meine Brüder mal recht, trotzdem muss man nicht immer gleich alles riskieren! Also, denk gut nach, mein Freund, bevor du dich auf ein Abenteuer mit den Zwillingen einlässt – aber mich würde es freuen, genau wie alle anderen, wenn du mitkämest!", schaltete sich Federchen ein, unsere Stimme der Vernunft!

Trotz der erwähnten Risiken und der Art des Chamäleons, alles aus der Katastrophenperspektive zu betrachten, glomm sichtbar ein Hoffnungsschimmer in seinen beiden Augen auf. Gleichzeitig bahnte sich aus einem eine Träne den Weg über seine Schnauze, bis sie schließlich daran herabtropfte und den Ast zwischen dessen Klauen traf. Möglicherweise war Deprimus ja bewusst geworden, dass er jetzt nicht mehr alleine war, sondern Freunde gefunden hatte – uns alle!

„Ihr habt recht, ein Leben ohne Risiko ist öde!", sagte ein nur noch geringfügig deprimierter Deprimus. Nachdem er den Blick von Federchen aufgefangen hatte, beeilte er sich noch schnell hinzuzufügen: „Natürlich nur mit einem wohlüberlegten Risiko!"

Sodann flogen die Zwillinge in den gegenüberstehenden Baum und zerrten dort mit ihren Schnäbeln an einem dickeren Blatt. Sie mussten ihre gesamte Kraft einsetzen, um es von dem Ast abzurupfen, doch schließlich hatten sie es geschafft und glitten mit ihm zu Boden. Dort breiteten sie es unter dem Ast, auf dem wir hockten, sorgfältig aus.

„Klettere doch bitte schon mal herunter und setze dich auf das Blatt. Dann können wir einen Übungsflug mit dir machen. Hoffentlich macht es dir Spaß!", sagte Piep zu dem Chamäleon. Da es jedoch nicht darauf reagierte, berührte mein Bruder es ganz leicht mit seinem Schnabel, nur um festzustellen, ob es ihm zuhörte. Deprimus sah nämlich mit einem Auge zu den Zwillingen herab und war mit dem anderen einer Mücke gefolgt, bevor er sie mit seiner langen Zunge blitzschnell einfing. Doch in dem Moment, in dem Piep ihn mit seinem Schnabel berührte, fiel er vollkommen regungslos von seinem Ast, genau auf das darunter liegende Blatt!

Einen Moment verharrten wir alle geschockt, um dann umgehend an seine Seite zu fliegen. Federchen schaute auf das reglose Chamäleon und sagte besorgt:

„Er atmet nicht mehr, ob er sich verletzt hat? Was sollen wir jetzt mit ihm machen?"

„Ich habe ihn doch nur ganz leicht mit meinem Schnabel berührt, das verstehe ich nicht!", murmelte Piep fassungslos, während Samtbäuchlein meiner Schwester bei der Untersuchung des reglosen Deprimus zu Hilfe eilte. Sie beugten sich dabei tief über ihn, um festzustellen, wo er sich bei dem Sturz verletzt haben könnte, doch plötzlich zuckten sie erschrocken zurück.

„Das ist auch so etwas! Kaum berührt mich jemand, falle ich wie tot um – ob ich das will oder nicht! Es ist nicht weiter schlimm, nur ziemlich verstörend. Auch kann ich mich danach nie daran erinnern, warum das geschehen ist!", sagte unser neuer Freund, der überraschend sein Bewusstsein zurückerlangt hatte und nun nur noch ein wenig traurig auf mich wirkte. „Zumindest tue ich mir dabei nicht weh, wahrscheinlich, weil ich immer ganz steif beim Fallen werde!"

Egal, wie das zusammenhing, jeder von uns freute sich über seine unerwartete Rückkehr in die Welt der Lebenden, und nachdem sich bei allen der Schrecken wieder gelegt hatte, stand nun einem Probeflug nichts mehr im Wege.

Deprimus klammerte sich an dem Blattstängel fest. Die Zwillinge, Piep und ich nahmen je eine Seite des Blattes in unsere Klauen und stiegen damit hoch auf in die Luft. Das Chamäleon war so leicht, dass wir sein Gewicht fast gar nicht bemerkten. Deprimus verhielt sich ganz ruhig, nur seine Augen bewegten sich in alle Richtungen – unabhängig voneinander!

Wir flogen mit ihm einmal um die Sträucher, dann etwas höher, um schließlich wieder sicher mit ihm auf dem Boden zu landen, wo bereits Federchen, Samtbäuchlein und Tornado auf uns warteten.

„Wie war dein erster Flug? War das nicht toll? Hattest du Angst? Ist das nicht ein herrliches Gefühl, wenn dir der Wind um den Schnabel weht?", löcherte ihn Bürste enthusiastisch.

„Es wäre bestimmt eine gute Idee, ihn zuerst einmal antworten zu lassen. Man könnte ja glatt meinen, du wärest gerade aus der Behausung ausgeflogen!", versuchte Samtbäuchlein unseren Bruder zu beruhigen.

„Danke, das war wirklich das am wenigsten Schlimme, was ich je in meinem Leben mitgemacht habe. Wenn ihr jetzt wieder weiterfliegen müsst, lasst mich ruhig hier. Es ist gar kein Problem für mich, wieder den Stamm ganz alleine nach oben zu klettern. Danke für die Zeit, die ihr an mich verschwendet habt, ich werde euch das nie vergessen – solange ich lebe!", sagte das kaum noch niedergedrückte Chamäleon.

Federchen schaute ihn daraufhin scharf an, mit dem gleichen unerbittlichen Blick, den Mutter so perfekt beherrschte. Dieser Blick, bei dem man sofort wusste, dass jeder Widerspruch absolut sinnlos war!

„Bleib gefälligst auf deinem Blatt hocken, Stummelschwanz, wir fliegen jetzt los – du auch!", ordnete sie unerbittlich an.

Deprimus verharrte auf der Stelle und nahm zeitgleich eine rote Färbung an, die sich ein wenig später wieder dem Grün des Blattes anpasste. So nahmen wir die Blattränder erneut in unsere Klauen, stiegen wieder in den Himmel empor und flogen in Richtung der Keainsel.

Deprimus schloss seine Augen ganz fest und hielt seine Schnauze hoch in die Luft, dem sanft wehenden Wind entgegen. Während wir Kurs auf unser Ziel nahmen, bildete ich mir ein, dass ein leises Wispern an meine Ohren drang:

„Zu den Sternen!"

Aber vielleicht war es ja auch nur der Wind gewesen!

Epilog

Hier endet der zweite Teil

Wie ihr nun wisst, wurden die Bewohner des Papolupatals von zahlreichen Abenteuern überrascht. Deshalb musste das angekündigte große Fest leider auf den dritten Teil „Das Papolupatal – Ein federleichtes Fest" verschoben werden.

Darin werdet ihr erfahren, ob das Federproblem von Tütelütü gelöst werden konnte. Darüber hinaus werde ich euch von einem überraschenden Zusammentreffen auf der Keainsel erzählen, außerdem von einem Spiel, das einen unerwarteten Gewinner hervorbrachte. Auch werde ich euch davon berichten, wie jemand bei einem Bad überrascht wurde.

Ihr werdet in dieser Geschichte Zeugen eines nächtlichen Anschlages, genau wie ihr dem Zusammentreffen mit dem Bären Zuckerschnute beiwohnt. Selbstverständlich erfahrt ihr auch noch mehr über Freundschaften und erlebt eine unerwartete Wendung nach dem großen Fest!

Der dritte Teil der Geschichte über das Leben hier in unserem Tal wird wieder ziemlich verwichtelt werden – das kann ich euch jetzt schon versprechen! Und Hüte spielen darin eine ziemlich außergewöhnliche Rolle!

Ich freue mich schon darauf, wenn ihr mit mir die Reise fortsetzt, und wünsche euch bis dahin eine federleichte Zeit!

Euer Blaukäppchen